HEYNE BÜCHER

SCIENCE FICTION

Ein Verzeichnis aller weiteren im HEYNE VERLAG erschienenen STAR TREK-Romane finden Sie am Schluß des Bandes.

SUSAN WRIGHT

STAR TREK®

Die Badlands I

Star Trek®-Roman

Deutsche Erstausgabe

WILHELM HEYNE VERLAG
MÜNCHEN

HEYNE SCIENCE FICTION & FANTASY
Band 06/6475

Titel der amerikanischen Originalausgabe
THE BADLANDS 1
Deutsche Übersetzung von
ANDREAS BRANDHORST

Umwelthinweis:
Dieses Buch wurde auf
chlor- und säurefreiem Papier gedruckt.

Redaktion: Rainer Michael Rahn

Erstausgabe by Pocket Books/Simon & Schuster Inc., New York

http://www.heyne.de
Printed in Germany 2001
Umschlagbild: Pocket Books/Simon & Schuster, New York
Umschlaggestaltung: Nele Schütz Design, München
Technische Betreuung: M. Spinola
Satz: Schaber Satz- und Datentechnik, Wels
Druck und Bindung: Ebner Ulm

ISBN 3-453-18777-6

Für Kelly Beaton,
meinem hilfreichen und liebevollen Ehemann.

Und noch einmal danke ich Willie Gonzales
für die Benutzung seiner
umfangreichen Star Trek-Videosammlung.

1. TEIL

STAR TREK
CLASSIC

Sternzeit 5650.1
Jahr 2268

Einige Monate
nach den Ereignissen von
»Die unsichtbare Falle«

1.

Die *Enterprise* beendete den Warptransfer und setzte ihren Flug mit Impulsgeschwindigkeit fort. Aus den bunten Streifenmustern, die der Wandschirm bisher gezeigt hatte, wurden einzelne Sterne. Hinzu kam eine große Wolke, in der es rot und orangefarben glühte.

James T. Kirk, Captain des Föderationsschiffes *Enterprise*, beugte sich vor. Ein solches Phänomen sah er jetzt zum ersten Mal. Erstaunt beobachtete er das Wabern und Flackern in der riesigen Wolke.

»Was ist das, Mr. Spock?«, fragte Kirk.

»Leistungsfähigkeit der Sensoren wird verstärkt.« Spock beugte sich über den Sichtschlitz des Scanners, von dem grünliches Licht ausging. Es betonte die Blässe des Vulkaniers und seine geschwungenen Brauen. »Offenbar handelt es sich um einen Plasmasturm, Captain.«

»Einen so großen habe ich nie zuvor gesehen«, erwiderte Kirk.

»In unseren Datenbanken fehlen Informationen über ein derartiges Phänomen«, sagte Spock.

Das Bild wurde größer, und daraufhin ließen sich einzelne Farbbänder erkennen. Sie waren in ständiger Bewegung, schlangen sich umeinander. Ihr Glühen konnte nur eines bedeuten – Energie. Genug Energie, um das Warpfeld der *Enterprise* kollabieren zu lassen, wodurch die Geschwindigkeit von Warp sechs auf Warp drei und schließlich auf Warp eins gefallen war, als sich das Schiff den von Starfleet Command übermittelten Koordinaten näherte. Schon vor Tagen hatte die *Enterprise* das stellare Territorium der Föderation verlassen.

»Die Plasmamasse durchmisst etwa vierundachtzig Parsec.« Spocks Stimme klang gedämpft, während er die vom Scanner angezeigten Daten las. »Sie ist ungefähr kugelförmig und eine starke Gravitationskraft geht von ihr aus.«

»Ungefähr vierundachtzig Parsec ...«, wiederholte Kirk beeindruckt.

»Ausgesprochen sonderbar.« Spock hob den Kopf und sah zum Wandschirm. Wie üblich blieb sein Gesicht ausdruckslos. »Es lassen sich keine genauen Daten über das Phänomen gewinnen. Die zahlreichen Entladungen im Bereich der Plasmastürme stören offenbar unsere Sondierungssignale.«

Kirk trat vom Befehlsstand herunter und näherte sich dem Wandschirm. Die Darstellungen des Projektionsfelds vermittelten nicht immer den richtigen Eindruck von der Realität. Vierundachtzig Parsec ... Das entsprach einem Drittel des ganzen Raumsektors – ein gewaltige Region, mit heißem Plasma gefüllt.

Fähnrich Chekov nahm Spocks Worte zum Anlass, den Blick auf Lieutenant Sulu zu richten. Er zog die Schultern hoch, wie um sich auf das vorzubereiten, was vor ihnen lag. Das struppige Haar verbarg sein Gesicht vor Kirk, aber der Captain brauchte es auch gar nicht zu sehen, um zu wissen, dass der Navigator Unbehagen empfand.

»Geschwindigkeit auf halbe Impulskraft senken«, sagte Kirk. Das gab ihnen mehr Zeit, um das Phänomen zu untersuchen.

Der Pilot Sulu blieb gelassen und auf die Navigationsdaten konzentriert. »Aye, Sir.«

Kirk drehte sich um und bemerkte, dass Lieutenant

Uhura zum Wandschirm sah. Die Hand mit dem Kom-Modul ruhte im Schoß, und das Gesicht der dunkelhäutigen Frau zeigte Staunen. Ihre ausdrucksstarken Augen glänzten.

Als sie Kirks Blick bemerkte, senkte sie verlegen den Kopf und wandte sich wieder ihrer Kommunikationsstation zu. »Es ist wunderschön«, sagte sie leise.

Der Captain sah erneut zum Wandschirm und beobachtete bunte Massen, die sich ständig verschoben. »Ja, das stimmt«, räumte er ein.

Uhura lächelte kurz, bevor sie das Kom-Modul wieder ans Ohr hob.

»Irgendwelche Nachrichten von Starfleet?«, fragte Kirk.

»Nein, Sir«, antwortete Uhura. »Aber ich empfange ein klares Signal vom Kommunikationsrelais.«

»Halten Sie mich auf dem Laufenden«, sagte Kirk.

Die *Enterprise* hatte vor einigen Wochen den Befehl erhalten, zu diesem entfernten und unerforschten Raumbereich zu fliegen. Eine verschlüsselte Mitteilung von Admiral Komack forderte Kirk auf, die Mission geheim zu halten. An bestimmten Koordinatenpunkten sollten Subraum-Kommunikationsrelais zurückgelassen werden – jede ausgeschleuste Kom-Sonde empfing die Koordinaten für das nächste Relais.

Aber man hatte Kirk nicht darauf hingewiesen, dass er am Ziel der Reise eine riesige und sicher auch sehr gefährliche Ansammlung von Plasmastürmen vorfinden würde.

Die rote Tür des Turbolifts öffnete sich mit einem leisen Zischen, und Dr. McCoy betrat die Brücke. Kirk verbarg ein Lächeln; er glaubte zu wissen, warum der Bordarzt gekommen war.

»Bei allen Raumgeistern!«, entfuhr es McCoy. »Warum hat uns Starfleet hierher geschickt?«

Vermutlich hatte der Arzt die Unterbrechung des

Warptransfers gespürt und den Kontrollraum aufgesucht, um einen unmittelbaren Eindruck von der Situation zu gewinnen.

McCoy wollte seinen Worten noch etwas hinzufügen, überlegte es sich aber anders, als er das Bild auf dem Wandschirm sah. Er trat einige Schritte näher, und sein Blick schien an den Darstellungen regelrecht festzukleben. Das Wabern der Plasmawolken fesselte ihn ebenso wie Uhura.

Kirk ging zu Spocks wissenschaftlicher Station und legte die eine Hand aufs Geländer, das den Kommandobereich der Brücke umgab. Der Vulkanier sah erneut in den Sichtschlitz des Scanners und betätigte gleichzeitig die Kontrollen des Computers.

»Bereiten Sie ein Kom-Relais vor«, sagte Kirk.

»Die nahen Plasmastürme könnten die Signalübertragung beeinträchtigen, Captain«, ließ sich Spock vernehmen. »Es gibt hier starke elektrische und magnetische Interferenzen. Dauernd entstehen Photonen und zerfallen wieder. Hochenergetische ionische Oszillationen finden statt.«

»Können wir die Sonde irgendwie abschirmen?«, fragte Kirk.

»Ich werde es versuchen, Sir«, sagte Spock. »Ich schlage vor, wir nähern uns dem Plasma, um genauere telemetrische Daten zu gewinnen.«

»Sie haben es gehört«, wandte sich Kirk an Chekov. Er kehrte zum Kommandosessel zurück, nahm Platz und strich sich mit der einen Hand übers Haar.

Dr. McCoy näherte sich dem Befehlsstand. »Starfleet hat uns also mitten ins Nirgendwo geschickt, damit wir uns hier ein natürliches Phänomen ansehen«, murmelte er.

Kirk verkniff sich einen Kommentar – Chekov hatte gute Ohren. Er schüttelte andeutungsweise den Kopf, gab dem Arzt damit zu verstehen, er möge unter den gegenwärtigen Umständen auf eine Erörterung dieses Themas verzichten.

»Was ist denn mit dem Wandschirm los?«, fragte McCoy gereizt.

Kirk hatte es bereits bemerkt: Je weiter sie sich den Plasmastürmen näherten, desto mehr Statik erschien auf dem Schirm.

»Die Entladungen im Plasma stören unsere Sensorsignale«, kam Spocks Erklärung von der wissenschaftlichen Station.

Während der nächsten Minuten waren auf der Brücke nur noch das Summen und leise Zirpen der elektronischen Systeme zu hören. Indikatoren blinkten auf Spocks Konsole, während er die Analysen fortsetzte.

Schließlich straffte der Vulkanier die Schultern. »Das wissenschaftliche Laboratorium hat eine Sonde der Klasse vier mit verstärkter Telemetrie- und Transponder-Kapazität vorbereitet. Sie sollte uns Daten liefern, während sie sich dem Bereich der Plasma-Aktivität nähert und in ihn hineinfliegt. Allerdings bleibt ungewiss, wie lange sie nach dem Kontakt mit dem Phänomen senden kann.«

Kirk nickte. »Ausgezeichnet, Mr. Spock. Starten Sie die Sonde.«

Spock betätigte eine Taste. »Sonde gestartet, Captain.«

Der Wandschirm zeigte, wie ein Lichtpunkt von der *Enterprise* fortflog, dem wogenden Plasma entgegen.

»Gravitation und ionisierte Strahlung nehmen exponentiell zu«, sagte Spock und blickte auf die Anzeigen der wissenschaftlichen Konsole. »Es wird sehr intensive Röntgenstrahlung registriert. Kiloelektronen-Spannung der achten Stufe. Zehntausendfache Varianz bei Frequenz und Stärke von optischen und Radio-Pulsationen.«

»Ein ziemlich unangenehmer Ort«, meinte Kirk.

McCoy nickte. »Ich hoffe, du willst dir dort kein Ferienhaus zulegen.«

»Die Sonde überträgt keine Signale mehr«, meldete Spock und fügte mit wissenschaftlicher Präzision hinzu: »Zwei Komma zwei Sekunden nach dem Eintritt ins Plasma brach der Kontakt ab.«

Chekov pfiff leise – und wurde sofort wieder still, als er sich seiner Reaktion bewusst wurde.

»Wie ein wütender Tornado«, sagte McCoy nicht ohne einen gewissen Respekt. »Du hast doch nicht vor, dort hineinzufliegen, oder?«

Kirk wusste nicht, was Starfleet plante, und das ärgerte ihn. Er war der Captain der *Enterprise*. Eigentlich sollte er über alle Dinge Bescheid wissen, die sein Schiff betrafen. Doch er durfte seinen Verdruss der Crew nicht zeigen.

»Spock?«, fragte Kirk. »Könnte die *Enterprise* den Belastungen standhalten?«

»Geben Sie mir ein wenig Zeit, um die Daten zu analysieren, Captain.«

McCoy beugte sich zum Kommandosessel vor und senkte die Stimme. »Es ergibt durchaus einen Sinn, dass Starfleet dieses Phänomen untersuchen möchte. Aber warum die Geheimhaltung? Die Admiralität kann wohl kaum verhindern, dass auch andere Leute ein so großes Etwas finden.«

»Nun, es befindet sich ein ganzes Stück abseits der normalen Schifffahrtslinien«, erwiderte Kirk nachdenklich. Er fügte nicht hinzu, dass sie sich in relativer Nähe zum Romulanischen Reich im benachbarten Beta-Quadranten befanden. Das mochte der Grund dafür sein, warum alles geheim bleiben sollte.

Der übliche Kontaktbereich zwischen den Romulanern und der Föderation erstreckte sich viele Lichtjahre entfernt entlang der Neutralen Zone. Kirks Begegnung mit den Romulanern war seit über hundert Jahren der erste offizielle Kontakt zwischen der Föderation und ihrem alten Feind gewesen. Kirk hatte bei jener Gelegenheit den Sieg errungen – wenn man von einem Sieg sprechen konnte. Den Namen des romulanischen Commanders kannte er nicht, aber sein Einfallsreichtum, sein *menschliches* Wesen und die absolute Rücksichtslosigkeit, mit der er das eigene Schiff zerstörte, was den Tod für alle Besatzungsmitglieder bedeutete ... Noch Jahre später wurde Kirk von den Erinnerungsbildern gequält.

Spock näherte sich dem Kommandosessel. Kirk stellte fest, dass der Blick des Vulkaniers auf ihn gerichtet blieb, ohne McCoy zur Kenntnis zu nehmen. Zwar hatte Spock nie direkte Kritik geübt, aber Kirk wusste, welchen Standpunkt der wissenschaftliche Offizier vertrat: Seiner Ansicht nach wurde der Bordarzt zu sehr an Kommando-Entscheidungen beteiligt. Der Captain spürte, wie sich McCoy noch etwas weiter vorbeugte, um Spocks Bericht zu hören.

»Captain, in dieser Region des Alls findet ein ständiger energetischer Fluss statt. Im Innern des Phänomens scheint es Hunderte von einzelnen Plasmastürmen zu geben.«

Kirk erinnerte sich an ihren letzten Aufenthalt in Starbase 4, nach der Begegnung mit einem Plasmasturm. Die Rejustierung der Antimateriefluss-Regulatoren hatte Wochen in Anspruch genommen.

»Ich würde nicht empfehlen, in den Bereich der Plasma-Aktivität hineinzufliegen«, fuhr Spock fort und wölbte eine Braue, um seinen Worten Nachdruck zu verleihen. »Falls sich das nicht vermeiden lässt, muss das Warptriebwerk deaktiviert sein. Andernfalls könnte unser eigener Plasmaausstoß eine explosive Kettenreaktion bewirken.«

»Ich verstehe.« Kirk ballte eine Hand zur Faust. Sie

würden sich von jenem Ort fern halten, solange sie keine anders lautenden Befehle bekamen.

Spock kehrte zur wissenschaftlichen Station zurück und setzte die Analyse der Plasmastürme fort.

»Wir nähern uns den angegebenen Rendezvous-Koordinaten«, meldete Sulu.

»Es gibt hier starke Gravitationsfelder«, warnte der Vulkanier.

»Captain!«, rief Uhura und zögerte.

»Ja, Lieutenant?«, fragte Kirk. »Empfangen Sie eine Nachricht?«

»Negativ. Aber die energetischen Emissionen der Plasmastürme wirken sich störend auf die Kom-Verbindung mit der Relais-Sonde aus.« Uhura betätigte die Kontrollen und versuchte, den Empfang zu verbessern. Ohne Erfolg. »Ich bekomme kein klares Signal. Die Plasmastürme scheinen eine Art Schatten zu projizieren, den die Telemetrie nicht durchdringen kann.«

»Auf die Scanner haben sie einen ähnlichen Effekt«, fügte Spock hinzu.

»Verstanden. Zurück, Mr. Sulu. Erhöhen Sie den Abstand zwischen uns und den Plasmastürmen.« Kirk blickte auf das in die Armlehne des Kommandosessels integrierte Display und nannte Koordinaten. Die Plasmastürme sollten zwischen der *Enterprise* und dem stellaren Territorium des Romulanischen Reiches bleiben.

McCoy schien sich auf eine längere Wartezeit vorzubereiten. »Hübsch«, sagte er und meinte das bunte Wabern. »Wie ein besonders spektakulärer Sonnenuntergang.«

»Mhm … ja«, erwiderte Kirk geistesabwesend. Er hörte sich noch einmal die Aufzeichnung von Admiral Komacks Einsatzorder an, um festzustellen, ob diese angesichts der jüngsten Entdeckungen mehr Sinn ergab. Doch die flackernden Entladungen in der enormen

Plasmawolke lenkten ihn ab. »Das Phänomen erinnert mich an die Badlands.«

»Wie bitte?«, fragte McCoy.

Spock wandte sich halb von der wissenschaftlichen Station ab. »Die Badlands sind eine Region auf der Erde, bekannt für ihre speziellen, durch Erosion entstandenen Formationen.« Fast im Plauderton fügte er hinzu: »Allerdings kann ich keinen Zusammenhang zwischen Plasmastürmen und einer geophysikalischen Struktur erkennen, Captain.«

»Die Badlands befinden sich in Süddakota, nicht weit von dem Ort in Iowa entfernt, an dem ich aufgewachsen bin«, sagte Kirk. »Die Erosion hat dort seltsame Gebilde geschaffen: Türme, abgeflachte Wälle und tiefe Schluchten, in deren Wänden sich ganz deutlich die einzelnen Gesteinsschichten abzeichnen. Das Gebiet ist immens und isoliert, so wie diese Stürme. Und es hat eine ganz besondere Schönheit.«

»Ja«, sagte Uhura und erstaunte alle. »Das trifft es genau. Etwas Geheimnisvolles und Imposantes.«

»Die Badlands«, wiederholte McCoy und schien dem Klang des Namens zu lauschen. »Meinetwegen. Aber ich möchte mir sie nicht von innen ansehen.«

McCoys Vorrat an Geduld ging allmählich zur Neige, und er fragte sich, ob er zur Krankenstation zurückkehren sollte. Seit einer Stunde befand er sich auf der Brücke, und noch immer war keine Nachricht von Starfleet eingetroffen. Sollten sie vielleicht tagelang mitten im Nichts auf die Übermittlung neuer Order warten?

Er seufzte und ärgerte sich über Kirks amüsierten Blick. Nun, der Captain *saß* wenigstens. McCoy seufzte erneut und hielt den Zeitpunkt für gekommen, einen strategischen Rückzug anzutreten. »Gib mir Bescheid, wenn ...«, begann er.

»Sir!«, erklang die Stimme von Lieutenant Uhura. »Ich empfange eine Nachricht von Starfleet. Sie ist verschlüsselt.«

Kirk drehte den Kommandosessel zur Kommunikationsstation und beugte sich erwartungsvoll vor. McCoy nahm die Reaktion des Captains mit Interesse zur Kenntnis. Kirks Erscheinungsbild hatte einen entspannten Zustand vorgetäuscht: im Sessel zurückgelehnt, die Beine gestreckt, als gäbe es für ihn wirklich nichts Besseres zu tun als auf Anweisungen von Starfleet Command zu warten. Doch McCoy hatte seinen alten Freund durchschaut und beobachtet, wie Jims Blick immer wieder zwischen Wandschirm und Spocks wissenschaftlicher Station hin und her glitt.

»Die Nachricht wird entschlüsselt, Sir«, teilte Uhura dem Captain mit. »Sie stammt von Admiral Komack und ist nicht als vertraulich gekennzeichnet.«

»Auf den Schirm«, sagte Kirk.

Jetzt erwartete McCoy eine Antwort auf die Frage, was es mit dieser geheimnisvollen Angelegenheit auf sich hatte. Vermutlich war die Nachricht des Admirals deshalb nicht als vertraulich oder geheim klassifiziert, weil sich niemand sonst in der Nähe befand. Wem hätte die Crew etwas verraten können?

Alle Brückenoffiziere sahen zum Wandschirm. McCoy konnte es ihnen nicht verdenken. Normalerweise wurden sie vor dem Beginn einer Mission informiert, doch diesmal hatten sie wochenlang auf Informationen verzichten müssen. Der Arzt nahm an, dass auch die Geduld der anderen allmählich zur Neige ging. Die in Chekovs Haltung zum Ausdruck kommende Anspannung bot ebenso einen Hinweis darauf wie der Umstand, dass Scotty bis zur Kante seines Sessels rutschte und sich vorbeugte.

Sie alle erhofften sich Klarheit. Nur Kirk ließ sich nichts anmerken. Und das galt natürlich auch für

Spock. Der Vulkanier verhielt sich so, als sei sein Scanner interessanter als alles andere.

»Sind Sie nicht neugierig darauf zu erfahren, was uns hierher gebracht hat, Spock?«, fragte McCoy. Er konnte der Versuchung einfach nicht widerstehen.

»Ganz im Gegenteil«, erwiderte der Vulkanier mit einer Ruhe, die McCoy noch mehr ärgerte.

»Seien Sie nur nicht *zu* aufgeregt«, brummte er.

Admiral Komack erschien auf dem Wandschirm, ein älterer Mensch, der früher als Captain Forschungsexpeditionen in die Tiefen des Alls geleitet hatte. »Captain Kirk, ich beglückwünsche Sie dazu, den Rendezvouspunkt erreicht zu haben. Es tut mir Leid, dass wir Sie mit dieser Mission beauftragen mussten, ohne Sie über alle Einzelheiten zu informieren, aber das werden Sie gleich verstehen. Nur die *Enterprise* kam für diesen Einsatz in Frage.« Der Admiral lächelte kurz, wurde dann wieder ernst. »Wir haben erfahren, dass ein Schmuggler einen Transporter unweit Ihrer gegenwärtigen Position erreichen möchte. Wir wissen nicht, wer die Informationen des Schmugglers kaufen möchte, und deshalb sollten Sie auf der Hut sein. Sie werden hiermit angewiesen, den Schmuggler abzufangen und aufzubringen, bevor er seine Informationen weitergeben kann.« Die Brauen des Admirals schoben sich zusammen. »Wir glauben, dass es dabei auch um technische Daten über die romulanische Plasmaenergie-Waffe geht. Mit dieser Waffe wurden vor zwei Jahren vier irdische Außenposten entlang der Neutralen Zone zerstört.«

Jener Angriff hatte viele Menschen das Leben gekostet, erinnerte sich McCoy. Während des Kampfes gegen das hinterhältige romulanische Schiff, das angesichts seiner Tarnvorrichtung über einen unfairen Vorteil verfügte, starb Spezialist Robert Tomlinson. Er hatte gerade erst Angela Martine geheiratet, als Außenposten Vier überfallen wurde. Die *Enterprise* war damals nicht imstande gewesen, die Vernichtung der Kolonie durch die romulanische Plasmaenergie-Waffe zu verhindern.

Kirks Schiff überstand die Konfrontation nur knapp, und die Moral der Crew erlitt einen schwerer Schlag. Manche Leute hielten es für unmöglich, eine Familie an Bord der *Enterprise* zu haben und gleichzeitig die eigene Karriere weiter zu verfolgen. Viele der jüngeren Besatzungsmitglieder waren zutiefst erschüttert. Sie hatten sich Abenteuer erhofft und zum ersten Mal gesehen, wie der Tod zahllose Opfer verlangte.

Im Vergleich mit ihnen kam sich McCoy uralt vor. Seiner Ansicht nach sollte man die jungen Offiziere mit den Milchgesichtern zur Akademie zurückschicken, damit sie dort Gelegenheit bekamen, ein wenig an Reife hinzuzugewinnen, bevor man sie einer weiteren Feuerprobe aussetzte.

Admiral Komack nannte die Konfigurationsdaten des Schmugglerschiffes. »Ich brauche Sie bestimmt nicht darauf hinzuweisen, wie wichtig dies für die Föderation ist, Captain. Viel Glück.«

Der Admiral verschwand vom Wandschirm, und das Symbol der Föderation nahm seinen Platz ein. Dann erschienen wieder die Sterne und das Wogen der Badlands.

»Die Plasma-Aktivität hat er nicht erwähnt«, sagte Kirk nachdenklich.

»Zweifellos weiß er nichts von dem Phänomen«, verkündete Spock gelassen.

»Nun, wir können die Plasmastürme zu unserem Vorteil nutzen.« Kirk beugte sich vor. »Mr. Sulu, bringen Sie uns bis auf zweihunderttausend Kilometer an die Badlands heran.«

»Aye, Sir!«, bestätigte der Pilot sofort.

»Gute Idee«, sagte McCoy. »Wenn die Stürme unsere Sondierungssignale stören, so beeinträchtigen sie auch die des Schmugglers.«

»Genau.« Kirk senkte den Kopf und lächelte. »Wir warten im Sensorschatten und schnappen ihn uns, wenn er erscheint.«

»Hoffentlich erwischen wir ihn, bevor er die Informationen weitergibt«, sagte Chekov.

»Wir kriegen ihn bestimmt«, meinte Sulu.

Kirk wirkte weitaus reservierter als die Brückenoffiziere. »An alle Decks, Lieutenant Uhura.«

»Interner Kom-Kanal geöffnet, Sir.«

»Hier spricht der Captain«, sagte Kirk und zögerte kurz, um ganz sicher zu sein, dass er die volle Aufmerksamkeit der Crew hatte. »Es ist von äußerster Wichtigkeit, dass wir unsere aktuelle Mission erfolgreich durchführen. Sie alle wissen, dass wir den Auftrag erhielten, das stellare Territorium der Föderation zu verlassen und zu diesem fernen Ort zu fliegen. Was Sie bisher nicht wussten, ist folgendes: Wir sollen Waffen-Daten abfangen, die aus dem Romulanischen Reich geschmuggelt werden.« Er legte eine kurze Pause ein, um seinen Worten dadurch zusätzliche Bedeutung zu verleihen. »Halten Sie sich in Bereitschaft. Alarmstufe Gelb. Kirk Ende.«

Die Stimmung wurde ernster, und gleichzeitig wuchs die allgemeine Entschlossenheit, den Erfolg der Mission zu gewährleisten. Schmuggler waren aufregender als irgendwelche natürlichen galaktischen Phänomene. Selbst McCoy musste zugeben: Es erleichterte ihn sehr, dass sie nicht den Auftrag erhalten hatten, in die Badlands zu fliegen.

Er ging zum Turbolift, um zur Krankenstation zurückzukehren. Als er die Tür erreichte, drehte er sich um und blickte noch einmal zum Wandschirm, der die wogenden Plasmawolken zeigte. Inzwischen füllten sie fast das ganze Projektionsfeld; nur unten zeigte sich noch ein dünner Streifen schwarzes All. Die statischen Störungen nahmen immer mehr zu.

Sicher, der Anblick war recht hübsch, aber er erfüllte McCoy auch mit Unbehagen. Und wenn man so lange Arzt war wie er, hatte man gelernt, dem eigenen Instinkt zu vertrauen.

II.

Spock brauchte nicht auf die Tasten der wissenschaftlichen Station zu sehen, während er dem Computer Anweisungen übermittelte. Stattdessen behielt er die Anzeigen im Auge. Die Konsole war nicht nur mit dem Computerkern der *Enterprise* verbunden, sondern auch mit ihren Sensoren. Er schob ein Datenmodul in den Abtaster und übermittelte die Ergebnisse seiner ersten Analysen dem wissenschaftlichen Laboratorium auf Deck 2, direkt unter der Brücke.

Zwei verschiedene Untersuchungen fanden statt. Spocks primäre Aufgabe bestand darin, das Sensorrelais zu kontrollieren, das die *Enterprise* zum Rand des Sektors geschickt hatte. Seine elektronische Aufmerksamkeit galt dem romulanischen Hoheitsgebiet. Während das Schiff im Ortungsschatten der Plasmastürme blieb, konnte er mit Hilfe des Sensorrelais feststellen, was im Rest des Raumsektors geschah.

Spock hatte beschlossen, die Sonde in unmittelbarer Nähe eines kleinen diffusen Nebels zu verstecken. Dadurch bekam er Gelegenheit, wissenschaftliche Daten über den Nebel zu sammeln, während er gleichzeitig nach anderen Schiffen Ausschau hielt. Der Vulkanier vermutete, dass die nahen Plasmastürme die Entstehung des korkenzieherartigen Nebels ermöglicht hatten, einer ionisierten Gaswolke, die langsam durch den Sektor trieb. Der Captain hatte ihn Kamiat-Nebel genannt, nach dem bekannten Astrophysiker an der Starfleet-Akademie.

»Bericht, Mr. Spock«, sagte Kirk.

»Die Fernbereichsensoren orten noch immer keine Raumschiffe, Sir«, erwiderte Spock.

Er wartete einige Sekunden lang, um sicher zu sein, dass der Captain keine weiteren Daten wünschte. Dann wandte er sich wieder der sekundären Mission zu und sammelte Informationen über die Plasmastürme. Die Badlands stellten ein wahrhaft erstaunliches galaktisches Phänomen dar.

Spock fand heraus, dass die Plasmastürme recht stabile Grenzen aufwiesen und sich mit der galaktischen Relativgeschwindigkeit bewegten, während sich »normale« Plasmastürme durch ein eigenes Bewegungsmoment auszeichneten. Falls die Umstände nach Beendigung der primären Mission günstig waren, wollte er vorschlagen, ein Shuttle in die Badlands zu schicken.

Ganz oben auf der wissenschaftlichen Station blinkte ein roter Indikator.

Sofort blickte Spock auf die Anzeigen der Fernbereichscanner. »Das Sensorrelais ist aktiv geworden, Captain. Ein Raumschiff nähert sich aus Richtung zwei eins zwei Komma vier eins fünf.«

»Auf den Schirm«, sagte Kirk.

Es fiel dem Sensorrelais nicht leicht, ein Bild durch den Sensorschatten zu übertragen. Inmitten der statischen Schlieren zeichneten sich die Konturen eines zylindrischen Schiffes mit stumpfem Bug ab. Es war doppelt so groß wie ein normaler Starfleet-Shuttle.

Spock vergrößerte das Bild und sorgte dafür, dass Einzelheiten erkennbar wurden. Die Warpgondeln waren in die Flanken des Schiffes integriert – ein ungewöhnliches Konstruktionsmuster.

Als der fremde Raumer das Sensorrelais passierte, zeigten sich schwarze Streifen am Heck.

»Was ist das?«, fragte Kirk und beugte sich vor.

Spock hatte bereits mit einer Analyse begonnen.

»Allem Anschein nach wurde das Schiff von einer Plasmaenergie-Waffe beschädigt. Derzeit fliegt es in Richtung der von Starfleet übermittelten Koordinaten.«

»Lassen wir es näher kommen.« Kirk kniff die Augen zusammen. »Waffen, Mr. Spock?«

»Laser«, sagte der Vulkanier. »Wirkungslos gegen unsere Schilde. Der größte Teil der zur Verfügung stehenden Energie wird fürs Triebwerk verwendet.«

»Nur Beine und keine Zähne«, brummte Kirk. »Können uns die Fremden sehen?«

»Das dürfte nicht der Fall sein, solange wir im Sensorschatten bleiben«, erwiderte Spock. »Bisher findet kein Kurswechsel statt.«

»Traktorstrahl vorbereiten.« Kirk wandte sich an den Chefingenieur Montgomery Scott, der gerade die Brücke betrat. »Ist mit unserem Triebwerk alles in Ordnung, Scotty? Wir fangen das Schiff im letzten Augenblick ab und halten es mit einem Traktorstrahl fest. Es darf sich nicht daraus befreien können.«

»Aye, wir haben volles Triebwerkspotenzial«, bestätigte Scott fast fröhlich und löste einen Assistenten an der technischen Station im Kontrollraum ab. »Der kleine Raumer wird uns nicht entwischen.«

Spock wölbte eine Braue, wies jedoch nicht darauf hin, dass das fremde Schiff zwar klein sein mochte, aber mit einem sehr leistungsstarken Antrieb ausgestattet war. Sicher wusste der Chefingenieur darüber Bescheid.

»Das Schiff nähert sich unserer Position, Sir«, meldete Sulu.

Spock blickte noch immer in den Sichtschlitz des Scanners, und die dort angezeigten Daten veränderten sich. »Captain! Ein zweites Schiff befindet sich im Anflug. Gleicher Kurs, ebenfalls aus Richtung zwei eins zwei Komma vier eins fünf.«

Kirk war sofort auf den Beinen. »Romulaner?«

Spocks sehr empfindliche Ohren registrierten subtile Geräusche, die auf wachsende Anspannung bei den menschlichen Brückenoffizieren hindeuteten. »Unbekannt, Sir. Das Schiff ist nicht getarnt.«

»Ich frage mich, warum sie auf den Einsatz der Tarnvorrichtung verzichten ...«, murmelte Kirk nachdenklich.

»Sir, über das Triebwerk des zweiten Schiffes liegen uns keine Daten vor«, sagte Spock. »Die Scanner stellen außergewöhnliche Neutrino-Signaturen fest. Doch es scheint sich um einen romulanischen Bird-of-Prey zu handeln.«

Kirk nickte und traf sofort eine Entscheidung. »Gefechtsstationen besetzen.«

»An alle Decks: Gefechtsstationen besetzen«, sagte Uhura. »Gefechtsstationen besetzen. Bitte bestätigen Sie.«

Nach einigen Sekunden fügte sie hinzu: »Bestätigung von allen Decks.«

»Volle Energie in die Waffensysteme!«, befahl Kirk.

Spock billigte die vom Captain ergriffenen Maßnahmen. Er bereitete die wissenschaftliche Station darauf vor, die Waffenstationen und den Traktorstrahl mit möglichst detaillierten Scanner-Daten zu versorgen. Bei dem bevorstehenden Manöver kam es auf Genauigkeit an.

»Scotty, ich brauche alles, was Sie mir geben können«, sagte Kirk. Er blickte zur technischen Station und sah das Nicken des Chefingenieurs. »Navigation, bringen Sie uns von den Badlands fort. Achten Sie darauf, dass wir so lange wie möglich im Sensorschatten der Plasmastürme bleiben.«

»Aye, Sir«, entgegneten Chekov und Sulu wie aus einem Mund.

Auf dem Wandschirm glitten die Badlands zur Seite, als die *Enterprise* abdrehte und auf volle Impulskraft beschleunigte. Den Warptransfer konnten sie erst in sicherer Entfernung einleiten – und sie brauchten Warpgeschwindigkeit, um den Schmuggler abzufangen.

Die von dem Sensorrelais übermittelten Daten deuteten darauf hin, dass die beiden Schiffe noch immer nicht den Kurs geändert hatten. Die Plasmastürme verbargen tatsächlich die Präsenz der *Enterprise*.

Spock bemerkte das hohe Maß der Anspannung bei den Brückenoffizieren während dieser Phase der Mission. Sie dachten ans Abfangmanöver und auch an das Problem, rechtzeitig in den Warptransit zu gehen, um dem romulanischen Bird-of-Prey zu entkommen.

»Wir verlassen den Sensorschatten der Plasmastürme«, sagte Spock.

»Abfangkurs, Mr. Sulu«, wies Kirk den Piloten an. »Maximaler Warpfaktor.«

»Aye, Sir!«

Aus den Sternen wurden Streifenmuster, als die *Enterprise* mit vielfacher Überlichtgeschwindigkeit durchs All raste. Spocks Aufmerksamkeit galt auch weiterhin dem Schmuggler.

»Das Schiff ändert den Kurs«, berichtete Sulu.

»Bestätigung, Captain«, fügte Spock hinzu.

»Kurs anpassen«, erwiderte Kirk.

»Wir haben maximale Geschwindigkeit erreicht«, sagte Sulu.

»Sechzig Sekunden bis zum Kontakt«, teilte Spock dem Captain mit. »Der romulanische Bird-of-Prey trifft unter Beibehaltung der gegenwärtigen Geschwindigkeit in acht Minuten ein.«

»Sie haben fünf Minuten, um einen Traktorstrahl auszurichten und das Schiff in unserem Shuttle-Hangar unterzubringen«, wandte sich Kirk an Scott. »Anschließend beschleunigen wir wieder auf Höchstgeschwindigkeit, um eine Konfrontation mit den Romulanern zu vermeiden.«

»Aye, Captain …«, erwiderte der Chefingenieur. Diesmal klang seine Stimme nicht ganz so fröhlich.

Es blieb nur wenig Zeit …

»Wir kommen in Reichweite des Traktorstrahls«, meldete Spock.

»Sicherheitsgruppe zum Shuttle-Hangar«, sagte Kirk, nachdem er eine Verbindung zur Sicherheitsabteilung hergestellt hatte.

Die *Enterprise* neigte sich ein wenig zur Seite, als sie sich vor das andere Schiff schob und es zwang, den Warptransfer zu unterbrechen. Im gleichen Augenblick wurde sie selbst langsamer und aktivierte den Traktorstrahl.

»Traktorstrahl ausgerichtet«, sagte Spock.

»Wir haben das Schiff fest im Griff!«, rief der Chefingenieur.

»Holen Sie es an Bord, Scotty. Und beeilen Sie sich.«

Spock beugte sich über den Scanner. Das kleine Schiff befand sich nun unter Kontrolle, was er zum Anlass nahm, seine Aufmerksamkeit den Romulanern zu widmen. Zwar hatte er nie zuvor solche Antriebsdaten gesehen, aber er glaubte, unregelmäßige Spitzen im energetischen Output zu erkennen.

Spock hob den Kopf und sah zum Captain. »Sir, das Antimaterie-Eindämmungsfeld in dem romulanischen Bird-of-Prey fluktuiert.«

Kirk richtete einen durchdringenden Blick auf Spock. »Eine Überbelastung des Triebwerks?«

»Das ist möglich, Sir.«

»Stellen Sie einen Kontakt her«, forderte Kirk Uhura auf. »Warnen Sie das Schiff.«

»Ich versuche es, Sir.« Uhura betätigte die Kontrollen der Kommunikationskonsole. »Unsere Signale werden nicht bestätigt.«

»Akustische Übertragung, Lieutenant«, sagte Kirk.

»Übertragung beginnt, Sir.«

Kirk hob die Stimme, damit die Romulaner seine Worte besser verstanden. »Verringern Sie die Geschwindigkeit, Commander. Unsere Sondierungsdaten deuten darauf hin, dass Sie Ihrem Triebwerk zu viel abverlangen.« Er wartete, aber es kam keine Antwort. »Hören Sie mich, romulanischer Bird-of-Prey? Verringern Sie die Geschwindigkeit!«

Der Erste Offizier wandte sich an den Kommandanten. »Sollen wir antworten, Zenturio?«

Der Kommandant schüttelte kurz den Kopf und bedeutete dem Subcommander, die Kom-Verbindung zu unterbrechen. Er wollte keine Zeit mit Reden vergeuden.

Der Zenturio ging am Rand der runden Brücke entlang, deren rote, schräge Wände ihm vertrauter erschienen als das eigene Zuhause. Die zentrale Konsole in der Mitte des Kontrollraums ließ er nie ganz aus den Augen. Seine Männer standen an den drei Monitoren und kontrollierten die Bordsysteme mit Hilfe von sensitiven Kontrollen.

Der Zenturio hielt sich zurück und überließ die Crew ihrer Arbeit. Die goldenen Helme der Männer glänzten, und ihre Blicke wirkten ernst. Sie wussten: Ihre Ehre hing von einem erfolgreichen Ende der Mission ab.

Der Subcommander wandte sich von den anderen ab und kam vorsichtig näher. »Zenturio, unserer Ansicht nach kann der Strukturierungsrahmen den Belastungen nicht mehr lange standhalten ...«

»Wir *werden* uns durchsetzen. Es bleibt uns keine *Wahl*.« Der Zenturio musste seine absolute Macht über die Männer wahren, wenn er vermeiden wollte, dass sie sich gegen ihn wandten und durch jemand anders ersetzten. Ihm lag nichts daran, den Rest seines Lebens mit langweiligem Patrouillendienst in der fernen Provinz zu verbringen.

Doch sein Schiff, sein kostbares Schiff, ächzte immer lauter. Für ein derart hohes energetisches Potenzial war es nicht gebaut. Einmal mehr regte sich Stolz in dem Zenturio. Bisher hatte das Schiff die großen Belastungen durch den Prototypen des neuen Triebwerks ausgehalten, obwohl alle anderen behauptet hatten, es würde auseinander brechen.

»Die gesamte Energie in den Antrieb leiten«, sagte er. Der Subcommander nickte knapp, drehte sich um und kehrte zu seiner Station zurück.

Das Licht trübte sich – ein Hinweis darauf, dass den Lebenserhaltungssystemen weniger Energie zur Verfügung stand.

Der Zenturio betastete die rote Schärpe über der aus vielen einzelnen Metallfacetten bestehenden Uniformjacke. Sie war recht schwer und schützte ihn, fühlte sich gut an. Man gewöhnte sich an den permanenten Krieg. Irgendwann hielt man es für normal, mit einem Messer in der Hand zu schlafen. Obwohl ... Er entsann sich auch daran, im Haus seines Vaters auf Romulus geschlafen zu haben, während eine leichte, kühle Brise durchs Fenster wehte. Einmal, als er ganz klein gewesen war, hatte ihn jähes weißes Licht geweckt. Damals war er zum Fenster gelaufen, um ein wundervolles silbriges Raumschiff zu beobachten, das gen Himmel stieg. Die an den Rumpf gemalten Federn sahen tatsächlich so aus wie die eines Vogels, und der Schweif endete in einem roten Glühen. Sehnsucht hatte ihn erfüllt, der Wunsch, exotische Welten zu sehen. Ah, wenn er jetzt an die vielen Jahre seines Dienstes zurückdachte ...

Das Schiff erzitterte, und er streckte die Hand aus, um sich an der Wand festzuhalten. Die ständigen Vibrationen wurden stärker.

Diesmal trat der Subcommander nicht auf ihn zu. »Sir, das Eindämmungsfeld wird instabil! Wir müssen das energetische Niveau senken ...«

»Geschwindigkeit beibehalten.« Mit einem strengen Blick warnte der Zenturio den Subcommander davor, sich ihm zu nähern. »Ich erinnere Sie an Ihre Pflicht.«

Die Stimme des stellvertretenden Kommandanten klang erstickt, als er erwiderte: »Zu Befehl.«

»Waffen vorbereiten!«, wies der Zenturio die Crew an. Für die Plasmaenergie-Waffe stand nicht genug Energie zur Verfügung, aber sie konnten Torpedos einsetzen. Er wollte den Verräter vernichten, der ihn so weit von der Heimat fortgebracht hatte. Und er wollte das Starfleet-Schiff zerstören, das sich einzumischen wagte. »Wir werden den Sieg erringen ...«

Captain Kirk betätigte erneut die Kom-Taste. »An das romulanische Schiff, verringern Sie die Geschwindigkeit!«

Die Romulaner reagierten nicht. Daraufhin blieb Kirk nichts anderes übrig, als eine ganz bestimmte Entscheidung zu treffen. »Sulu, berechnen Sie einen Kurs zurück zur Föderation.«

»Kursdaten berechnet und eingegeben, Sir.«

»Wir haben das Schiff, Captain!«, meldete Scotty. »Es befindet sich im Hangar.«

»Warpfaktor acht!«, ordnete Kirk an.

»Aye, Sir«, bestätigte Chekov.

Die Anspannung auf der Brücke ließ ein wenig nach. Als die *Enterprise* Warp 8 erreichte, schob sich der fransige Rand der Badlands zwischen sie und den romulanischen Bird-of-Prey.

»Ich habe bereits mit dem Maschinenraum gesprochen, Sir«, meinte Scott. »Wir sollten bald in der Lage sein, noch etwas schneller zu werden.«

Kirk sah zum Wandschirm und beobachtete, wie der romulanische Bird-of-Prey hinter den Plasmawolken verschwand. »Vielleicht geben die Romulaner jetzt auf.«

»Die vom Sensorrelais übermittelten Daten zeigen, dass der Bird-of-Prey die Verfolgung fortsetzt«, sagte Spock.

»Ich möchte ihn sehen«, erwiderte Kirk.

Das vom Sensorrelais gesendete Bild erschien auf dem Wandschirm. Kirk fragte sich, ob er noch einmal versuchen sollte, an die Vernunft der Romulaner zu appellieren. Vermutlich hatte es keinen Zweck. Ihre kriegerische Philosophie hinderte sie daran, irgendein Zeichen von Schwäche zu zeigen.

Das romulanische Schiff bot einen grimmigen Anblick: Nach oben geneigte Schwingen stützten die Warpgondeln und der Bug wirkte stumpf. Die stilisierte Darstellung eines Raubvogels an der Unterseite des Rumpfes sollte beim Beobachter Furcht wecken. Kirk erkannte den Typ sofort wieder und spürte, wie es ihm kalt über den Rücken lief.

Plötzlich leckte eine weiße Flamme aus dem Heck des romulanischen Bird-of-Prey, und das Feuer der Vernichtung erfasste das ganze Schiff. Der stolz geschwungene »Schnabel« des Vogels flog noch ein oder zwei Sekunden lang weiter, bevor er der nuklearen Glut ebenfalls zum Opfer fiel.

Aus einem Reflex heraus kniff Kirk die Augen zusammen, als grelles weißes Licht vom Wandschirm gleißte und noch heller zu werden schien. Die Konturen seiner Umgebung verschwanden hinter roten Flecken, und er blinzelte mehrmals, um sie zu vertreiben.

Dann sah er, wie die energetische Druckwelle durch den Rand der Badlands raste. »Alle Energie in die ...«

Der Warptransfer der *Enterprise* fand ein jähes Ende, und Kirk wurde aus dem Kommandosessel geschleudert, als die heftige Schockwelle das Schiff schlingern ließ.

Er rechnete damit, auf den Boden zu fallen, spannte die Muskeln, um sich abzurollen und sofort wieder auf die Beine zu kommen. Stattdessen flog er weiter. Mit dem Rücken stieß Kirk an den Wandschirm, und der Aufprall presste ihm die Luft aus den Lungen.

Von einem Augenblick zum anderen wurde es dunkel – das einzige Licht stammte von den blinkenden Alarm-Indikatoren.

Und Kirk fiel noch immer nicht. *Etwas* drückte ihn noch immer an den Wandschirm und hinderte ihn daran, die Orientierung wiederzufinden. Einige Sekunden später ließ der Druck abrupt nach, und er fiel aufs Deck. Im Boden und in den Wänden knackte es, als das System der künstlichen Schwerkraft die ungewöhnlichen Bedingungen zu kompensieren versuchte.

Wieder schlingerte die *Enterprise*, und dann stabilisierte sich ihre Fluglage, als die Sicherheitssysteme aktiv wurden. Kirk stand im Glühen der Notbeleuchtung auf.

Spock erstattete als erster Bericht. »Nach den Daten des Sensorrelais zu urteilen, wurde der Bird-of-Prey zerstört. Die Sensoren der *Enterprise* sind derzeit nicht einsatzbereit, Sir.«

Kirk kehrte steifbeinig zum Kommandosessel zurück. Kontrolllampen blinkten, als Statusberichte von den anderen Abteilungen des Schiffes eintrafen. Er erinnerte sich daran, was ihm der erste romulanische Kommandant gesagt hatte: »*Wir sind Geschöpfe der Pflicht.*« War das Grund genug, um zu sterben?

»Schäden, Mr. Spock?«, fragte Kirk.

»Das Warptriebwerk und der Impulsantrieb sind ausgefallen«, antwortete der Vulkanier. »Überall in den Elektroplasma-Schaltkreisen an Bord kam es zu Überladungen und Kurzschlüssen. Uns steht minimale Reserveenergie zur Verfügung. Reparaturgruppen sind bereits unterwegs.«

»Wie lange dauert es, bis wir wieder Impulsenergie haben?«

Scotty stand auf, bereit dazu, die Brücke zu verlassen. »Ich muss mir die Sache selbst ansehen, Captain. Es kommt ganz darauf an, wie viele Schaltkreise durchgebrannt sind. Es könnte eine Weile dauern.«

»Geben Sie sich alle Mühe«, sagte Kirk, als der Chefingenieur zum Turbolift eilte. »Mr. Chekov, bringen Sie uns mit den Manövrierdüsen in den Sensorschatten der Badlands zurück. Meiden Sie dort die stärksten Gravitationsfelder.« Reserveenergie bedeutete, dass sich die Waffen der *Enterprise* derzeit auf die Photonentorpedos beschränkten. Deshalb wollte sich Kirk in den Ortungsschutz der Plasmastürme zurückziehen – für den Fall, dass ein zweiter romulanischer Bird-of-Prey erschien.

»Bestätigung, Sir«, sagte Sulu.

Die glühenden Trümmer des zerstörten romulanischen Schiffes verschwanden aus dem zentralen Projektionsfeld. Kummer regte sich in Kirk. Zum zweiten Mal endete eine Begegnung mit den Romulanern in der völligen Vernichtung eines Schiffs.

Kirk drückte die Kom-Taste. »Captain an Krankenstation. Bericht.«

»Hier McCoy.« Der Arzt klang sehr ernst. »Bisher gibt es sechzehn Verletzte. In den meisten Fällen handelt es sich um Knochenbrüche und Quetschungen.«

»Ich schätze, es könnte schlimmer sein«, kommentierte Kirk.

»Es ist schlimmer, Jim. Ich stelle starke Multiflux-Strahlung an Bord des Schiffes fest. Vielleicht dauert es noch einige Stunden, bis sich die ersten Auswirkungen zeigen.«

»Spock?«, fragte Kirk. »Warum hat uns das medizinische Programm nicht gewarnt?«

»Die internen Sensoren sind offline, Captain«, erwiderte der Vulkanier.

»Mit welchen Folgen für die Crew müssen wir rechnen, Pille?«, erkundigte sich Kirk.

»Keine Ahnung, Jim. Multiflux-Strahlung ist unberechenbar. Sie könnte das Schiff einfach so durchdringen, ohne dass sich irgendwelche Konsequenzen ergeben.«

»Haltet mich auf dem Laufenden«, sagte Kirk. Diese Aufforderung galt sowohl Spock als auch dem Arzt.

Er dachte an die große Entfernung zur Föderation. Wenn irgendetwas schief ging – und darauf deutete derzeit alles hin –, so waren sie auf sich allein gestellt. Kirk hielt es auch diesmal für das Beste, sich auf seine primäre Pflicht zu besinnen und die Mission zu Ende zu bringen.

»Captain an Shuttle-Hangar«, sagte er. »Bericht.«

»Das Schiff befindet sich in unserem Gewahrsam, Sir.« Die Stimme der Sicherheitschefin klang ruhig und gelassen. »Das Kraftfeld ist stabil, und bisher hat sich die Luke nicht geöffnet.«

»Bleiben Sie dort«, wies Kirk die Offizierin an. »Ich bin gleich bei Ihnen.« Er winkte Spock herbei. »Finden wir heraus, was unsere Gäste zu sagen haben.«

III.

Das Schmugglerschiff stand mitten im Hangar, umgeben vom blauen Schimmer eines Kraftfelds. An den Wänden warteten Sicherheitswächter mit einsatzbereiten Phasergewehren.

Kirk nickte Sicherheitschefin Kelley zu. Die Frau stammte von der palazianischen Kolonie und gehörte noch nicht lange zur Besatzung der *Enterprise*. Die hohe Schwerkraft von Palazian schuf starke, muskulöse Kolonisten.

Kurz nach ihrem Eintreffen an Bord war Kirk bei einem anstrengenden neuen Spiel namens Parrises-Squares gegen sie angetreten. Er fand Gefallen daran, bezweifelte aber, dass sich diese neue Sportart beim Rest der Crew durchsetzen würde. McCoy hatte bei jener Gelegenheit darauf hingewiesen, dass ein solcher Zeitvertrieb zu einer Zunahme von leichten Verletzungen bei den Besatzungsmitgliedern führen würde.

Kelley salutierte kurz, als sich der Captain näherte. »Unsere Kom-Signale sind unbeantwortet geblieben, Sir.«

Kirk nickte erneut und betrachtete das Schiff. Es wirkte schlank und schnittig, weckte allein mit seiner Form Vorstellungen von hoher Geschwindigkeit. Der Bug erweiterte sich nach unten hin, und die Warpgondeln wölbten sich aus den Flanken. Der Zustand der Außenhülle wies auf häufige Einsätze des kleinen Schiffes hin, vermutlich auch unter schwierigen Bedingungen. Andererseits: Das innovative Konstruktionsmuster ließ den Schluss zu, dass der Raumer nicht älter war als einige wenige Jahre.

Die schwarzen Streifen am Heck vermittelten eine unmissverständliche Botschaft. Sie reichten bis zum Namen an der Steuerbordseite: *Barataria*. Ganz deutlich sah Kirk die Stelle, an der der Plasmastrahl über den Rumpf geleckt hatte, fast bis zu den Warpgondeln. Offenbar war die *Barataria* nur um Haaresbreite der Vernichtung entgangen.

»Deaktivieren Sie das Kraftfeld«, sagte Kirk. Das blaue Leuchten verschwand, und fast sofort verflüchtigte sich auch der unangenehme Ozongeruch.

Kirk befestigte seinen Handphaser am Gürtel und trat zum nächsten Kommunikator, der bereits auf die Frequenz des Schmugglerschiffes justiert war. »Hier spricht Captain James T. Kirk vom Föderationsschiff *Enterprise*. Bitte öffnen Sie die Luke und kommen Sie heraus.«

Es folgte eine Stille, in der man nur das leise Atmen von insgesamt vierundzwanzig Sicherheitswächtern hörte.

»Hier spricht Commander Teral von der *Barataria*«, ertönte es dann aus dem Kom-Lautsprecher. Das Zischen von Rückkopplungen verzerrte die Stimme. »Ich verlange, dass Sie mein Schiff freigeben.«

Kirk sah zu Spock, bevor er antwortete. »Warum kommen Sie nicht heraus, damit wir darüber reden können?«

»Gespräche haben keinen Sinn mehr«, erwiderte Teral. »Sie haben die *Barataria* mit Gewalt entführt.«

Kirk gab den Sicherheitswächtern ein Zeichen. Sie ließen ihre Gewehre sinken und entspannten sich ein wenig. Kelley hingegen blieb wachsam, behielt sowohl Captain Kirk als auch das Schiff im Auge.

»Ich versichere, dass Ihnen keine Gefahr droht«, wandte sich Kirk an den Captain der *Barataria*. »Wir mussten schnell handeln, weil Sie von einem romulanischen Bird-of-Prey verfolgt wurden.«

»Danke, aber die Situation war unter Kontrolle«, erwiderte Teral. »Erlauben Sie mir jetzt, den Flug fortzusetzen?«

»Tut mir Leid, aber dazu bin ich erst imstande, wenn Sie Ihr Schiff verlassen und einige Fragen beantwortet haben.«

Nur noch leises Zischen und Knacken kam aus dem Kom-Lautsprecher.

Kirk wandte sich an Spock. »Und nun? Sprengen wir die Luke auf?«

»Eine schwierige Entscheidung«, entgegnete der Vulkanier.

»Es widerstrebt mir, ein so hübsches Schiff zu beschädigen«, sagte Kirk nachdenklich und wusste sehr wohl, dass nach wie vor eine Kom-Verbindung bestand. »Aber wenn es keine andere Möglichkeit gibt ...«

Spock verstand sofort, wie immer. »Derzeit befinden wir uns außerhalb des stellaren Territoriums der Föderation. Zum Kodex des freien Raums gehört auch das Bergungsrecht ...«

»*Bergungsrecht*!«, heulte es aus dem Kom-Lautsprecher.

Hermetische Siegel gaben mit einem verhaltenen Fauchen nach, und die Luke schwang auf.

»Sie haben mir den Weg abgeschnitten!«, rief Commander Teral.

Sie war so wütend, dass sie die Stufen der kurzen Treppe ignorierte und aus der Schleuse sprang. Breitbeinig und mit verschränkten Armen blieb sie voller Stolz vor ihrem Schiff stehen. »Von Bergungsgut kann in diesem Zusammenhang wohl kaum die Rede sein!«

»Wir *wollten* Ihnen den Weg abschneiden ...«, sagte Kirk und staunte. Er hatte sich irgendeinen Alien vorgestellt, von einer Welt unter romulanischer Herrschaft.

Immerhin: Der Name des Schiffes – *Barataria* – kam aus einer fremden Sprache.

Doch Commander Teral erwies sich als romulanische Amazone. Das Feuer des Zorns brannte in ihren Augen, als sie zu den Sicherheitswächtern blickte. Sie trug einen aus Hunderten von einzelnen Metallfacetten bestehenden Körperpanzer, der jedoch nicht dem militärischen Stil entsprach. Die hohen Stiefel wiesen silberne Schutzbügel vor den Schienbeinen auf, und bei den langen Handschuhen zeigten sich ähnliche Verstärkungen im Bereich der Unterarme. Ein Gürtel umgab die Hüften, und an der linken Seite bemerkte Kirk einen am Oberschenkel festgebundenen Disruptor. Er nahm ihn deshalb zur Kenntnis, weil er an die Möglichkeit eines Kampfes dachte.

Es überraschte ihn nicht, dass seine Gedanken in eine solche Richtung zielten. Zwar sah sich die Romulanerin einem zahlenmäßig weit überlegenen Gegner gegenüber, aber sie schien trotzdem zu einer Konfrontation bereit zu sein.

Kirk näherte sich ihr, gefolgt von Spock und Kelley. Als die Distanz zwischen ihnen schrumpfte, stellte er fest, dass Teral ebenso groß war wie Spock. Einige Meter vor der Romulanerin blieb er stehen und beobachtete, wie ihre Hand zum Disruptor glitt. Die Sicherheitswächter hoben ihre Gewehre, und Kelley knurrte eine Warnung.

Kirk glaubte sich nahe genug. »Ich bin Captain James Kirk.«

»Commander Teral«, erwiderte die Romulanerin vorsichtig. Ihr dunkles Haar bildete einen Knoten auf dem Kopf; darunter kamen kleine, spitz zulaufende Ohren und geschwungene Brauen zum Vorschein. Erneut sah sie zu den Sicherheitswächtern an den Wänden, und Kirk bemerkte einen langen, vom Haarknoten ausgehenden Zopf mit kleinen Locken am Ende.

»Wo ist der Rest Ihrer Crew?«, fragte Kirk.

»Crew?« Erneut verschränkte Teral die Arme. »Ich arbeite allein.«

»Und woraus besteht Ihre Arbeit?«, erkundigte sich Spock höflich.

»Aus Transportdiensten.« Teral drehte sich um, ging zum Heck ihres Schiffes und untersuchte dort sowohl die schwarzen Brandspuren als auch den Rumpf. »Ihr Traktorstrahl war zu stark.«

Kirk gesellte sich ihr hinzu. »Allem Anschein nach wurde Ihr Schiff vor kurzer Zeit bei einem Kampf beschädigt. War der romulanische Bird-of-Prey deshalb hinter Ihnen her?«

»Ich schätze, sie wollten nicht einfach so aufgeben, nachdem sie ein Ziel gefunden hatten.« Teral strich über einen dunklen Streifen und überprüfte dann die Warpgondeln. Sie schien das Schiff genau zu kennen.

Kirk wartete ungeduldig, bis sich Teral wieder aufrichtete. »Die *Barataria* ähnelt den Beschreibungen eines Schiffes, das angeblich wichtige Daten über die romulanische Plasmaenergie-Waffe befördert.«

Teral riss die Augen auf. »Daten über die Plasmaenergie-Waffe? Oh, jetzt verstehe ich. *Deshalb* haben Sie mein Schiff entführt.«

»Verfügen Sie über solche Informationen?«, fragte Kirk.

»Nein, Sie haben sich den falschen Raumer ausgesucht.« Teral lächelte. »Vielleicht befanden sich die Daten an Bord des romulanischen Bird-of-Prey, den Sie zerstörten.«

»*Wir* haben ihn nicht zerstört«, sagte Kirk scharf.

»Oh, natürlich nicht«, erwiderte Teral im Plauderton. »Eine Überlastung des Triebwerks steckte hinter der Explosion ...«

Ihr ausdrucksloses Gesicht erinnerte an Spock, aber vielleicht lag es auch nur an den ähnlich beschaffenen mimischen Strukturen.

»Sie haben sicher nichts dagegen, wenn wir Ihr Schiff durchsuchen, oder?«, fragte Kirk.

»Ganz im Gegenteil«, widersprach Teral. »Ich habe sehr wohl etwas dagegen.«

Spock hatte die Hände auf den Rücken gelegt und aufmerksam zugehört. »Ihnen bleibt in dieser Hinsicht ebenso wenig eine Wahl wie uns«, sagte er.

»Sie meinen, als Geisel muss ich mich Ihren Wünschen fügen, wie?«, erwiderte die Romulanerin.

Kirk begriff, dass Spock Recht hatte – ihre Einsatzbefehle waren klar und ließen keinen Spielraum für Interpretationen. »Wenn Sie uns die Daten übergeben, können Sie den Flug fortsetzen.«

»Ich kann Ihnen nichts dergleichen geben«, stieß Teral verärgert hervor.

Kirk presste kurz die Lippen zusammen und bedauerte, dass die romulanische Amazone so wenig Kooperationsbereitschaft zeigte. »Überprüfen Sie die Datenbanken des Bordcomputers, Spock. Scannen Sie das ganze Schiff, jeden einzelnen Schaltkreis.«

»Aye, Sir«, bestätigte der Vulkanier.

Kirk wartete, bis Spock, Kelley und zwei Sicherheitswächter das Schiff betreten hatten. Commander Teral kochte innerlich und weigerte sich, seinem Blick zu begegnen. Schließlich erschien Kelley wieder in der Schleuse und meldete, dass sich keine weiteren Personen an Bord befanden.

Ein mobiler Scanner wurde in den Shuttle-Hangar gebracht.

»Dies dauert eine Weile«, teilte Kirk Teral mir. »Wir bringen Sie in einem abgesicherten Quartier unter, bis die Überprüfungen beendet sind.«

»Stehe ich unter Arrest?«, fragte Teral.

»Nicht wenn Sie sich fügen«, erwiderte Kirk. Sein Instinkt verlangte, dieser Frau mit Zuvorkommenheit zu begegnen, aber er wusste: Ein Zeichen von Schwäche würde die Romulanerin nur zum Anlass nehmen, ihn zu verachten. »Andernfalls muss ich Sie zu einer Zelle führen lassen.«

Teral zögerte kurz. »Ich brauche meinen Tricorder.«

»Wir bringen Ihnen, was Sie benötigen«, sagte Kirk glatt und nahm sich vor, die betreffenden Gegenstände noch gründlicher scannen zu lassen als alles andere.

Er streckte die Hand aus. »Bitte geben Sie mir Ihre Waffe. Sie bekommen den Disruptor zurück, wenn Sie uns verlassen.«

Kirk richtete einen durchdringenden Blick auf die Romulanerin und hoffte, dass sie sich nicht widersetzte. Wenn sie jetzt beschloss, es darauf ankommen zu lassen … Er schätzte die Entfernung ab und gelangte zu dem Schluss, dass er Teral erreichen und ihren Arm packen konnte, bevor sie Gelegenheit bekam, auf ihn zu schießen.

Etwas in ihrem Gesicht deutete darauf hin, dass sie eine solche Möglichkeit in Erwägung zog. Dann breitete sie die Arme aus, mit den Handflächen nach oben. Einige Sicherheitswächter reagierten instinktiv und hoben erneut die Phasergewehre.

Langsam löste Teral den Disruptor von ihrem Gürtel. Für den Hauch eines Augenblicks glaubte Kirk, dass sie die Waffe auf ihn richten wollte, aber dann reichte sie ihm den Strahler.

Kirk nahm ihn entgegen. Der Disruptor war schwerer als erwartet, und der Griff wies deutliche Abnutzungserscheinungen auf. Teral schien diese Waffe oft in der Hand gehalten zu haben – Kirk vermutete, dass sie gut damit umgehen konnte.

»Hier entlang«, sagte er.

Einige Sicherheitswächter schlossen sich ihnen an, doch einer von ihnen keuchte plötzlich, krümmte sich zusammen und ließ das Phasergewehr auf den Boden des Shuttle-Hangars fallen.

Kirk behielt Commander Teral im Auge, die einen interessierten Blick auf den Mann richtete, jedoch keine Anstalten machte, den Zwischenfall zu ihrem Vorteil zu nutzen.

Ein anderer Sicherheitswächter, Fähnrich Matheson, half dem Keuchenden auf, dessen Gesicht inzwischen rot glühte.

Die von den Wächtern benachrichtigte Kelley trat an Kirk heran. »Die Strahlenkrankheit«, erklärte sie. »Dies ist bereits der dritte Fall in meiner Abteilung. Bringen Sie ihn zur Krankenstation«, wies sie ihre Leute an.

Kirk bedeutete den anderen, ihm und Commander Teral zu folgen. Die Romulanerin schwieg, als sie durch die Korridore schritten, und Kirk entschied sich gegen den Versuch, sie in ein Gespräch zu verwickeln. Derzeit hatte er die Oberhand, und dabei sollte es auch bleiben.

Er brachte Teral zu einem Quartier auf Deck Sechs, im Diskussegment der *Enterprise,* weit vom Shuttle-Hangar entfernt. An der Tür forderte er die Sicherheitswächter mit einer stummen Geste zum Warten auf.

Die Romulanerin betrat das Quartier, nahm das sanfte Licht und die Blumen in der Ecke neben der Tür zur Kenntnis. »Hübsche Arrestzelle«, kommentierte sie sarkastisch.

»Ich hoffe, es gefällt Ihnen hier.« Kirk deutete zum Lebensmittelsynthetisierer. »Dort können Sie Speisen und Getränke ordern. Geben Sie mir Bescheid, wenn Sie noch etwas brauchen.«

Kirk hatte bereits die Tür erreicht, als Teral sagte: »Ich benötige eine medizinische Untersuchung.«

Sofort drehte er sich um. »Sind Sie verletzt?«

Terals Gesichtsausdruck blieb unverändert, als sie kurz nickte, den Kopf auch weiterhin hoch erhoben hielt. »Nach der Explosion des romulanischen Bird-of-Prey kam es an Bord der *Barataria* zu starker Strahlung.«

Kirk dachte kurz darüber nach. »Ich schicke Ihnen einen Medo-Techniker.«

Die Romulanerin bedankte sich nicht, aber damit hatte Kirk auch gar nicht gerechnet.

Hinter ihm schloss sich die Tür, und er sah die drei Sicherheitswächter an. »Bleiben Sie hier.« Kirk zögerte kurz und entschied dann, kein Risiko einzugehen. »Niemand darf das Quartier allein betreten.«

»Aye, Sir«, bestätigte der dienstälteste Wächter.

Vom nächsten Interkom aus setzte sich Kirk mit der Krankenstation in Verbindung.

»Kirk an McCoy.«

Es dauerte einige lange Sekunden, bis sich der Arzt meldete.

»Hier McCoy.«

»Gerade ist ein sehr ungewöhnlicher Patient eingetroffen, Pille. Eine gewisse Commander Teral.«

»Handelt es sich um einen Notfall, Jim? Derzeit habe ich hier alle Hände voll zu tun. Einundzwanzig Besatzungsmitglieder sind eingeliefert worden, und es werden immer mehr.«

Kirk war sofort besorgt und dachte an den Sicherheitswächter, der im Shuttle-Hangar zusammengebrochen war. »Wo liegt das Problem, Pille?«

»Soweit ich das feststellen kann, ist intensive Multiflux-Strahlung der Grund.« McCoy nannte einige Phänomene: Übelkeit, Schwindel, Hautausschlag, Fieber.

»Ist die Krankheit lebensgefährlich?«, fragte Kirk.

»Das glaube ich nicht, solange wir keine weitere Strahlendosis abbekommen«, erwiderte McCoy. »Aber meinen Behandlungsmöglichkeiten sind Grenzen gesetzt. Man weiß kaum etwas darüber, wie Multiflux-Strahlung auf Humanoide wirkt.«

»Na schön. Kümmere dich um Commander Teral, sobald du Zeit dazu hast.« Kirk zögerte kurz. »Nimm eine gründliche Sondierung bei ihr vor. Halte dabei nach genetischen Anomalien und kybernetischen Implantaten Ausschau.«

»Ich habe gehört, die Schmugglerin sei Romulanerin.« McCoy klang jetzt interessierter. »Glaubst du, sie ist nicht das, was sie zu sein scheint?«

»Finde du es heraus, Pille. Kirk Ende.«

In den Korridoren waren ihm weniger Besatzungsmitglieder begegnet als sonst. Er hatte zunächst angenommen, dass sich die meisten Männer und Frauen aufgrund der gegenwärtigen Alarmstufe an ihren Stationen befanden, doch auch unter solchen Umständen waren immer Leute in den Korridoren unterwegs. Einundzwanzig Mitglieder der Crew außer Gefecht gesetzt ...

Einmal mehr betätigte er die Kom-Taste. »Kirk an Spock.«

»Hier Spock.«

»Wie kommen sie mit der Suche voran?«, fragte Kirk.

»Bisher haben wir noch nichts entdeckt, Captain.«

Kirk dachte sorgfältig über seine nächste Anweisung nach. Bei ihrer Mission ging es darum, Informationen über die Plasmaenergie-Waffe zu bekommen, aber es gab auch ein Rätsel, das er nicht einfach ignorieren konnte. Wenn immer mehr Besatzungsmitglieder krank wurden, so brachten sie überhaupt nichts mehr zustande.

»Wenn Sie Gelegenheit dazu bekommen, Spock ... Wir müssen mehr über die Multiflux-Strahlung herausfinden, die sich an Bord ausgewirkt hat. Sie lässt Crewmitglieder krank werden.«

»Aye, Captain. Ein weiterer Sicherheitswächter hat einen Zusammenbruch erlitten, seit Sie fortgegangen sind.«

»Kümmern Sie sich darum, sobald Sie Zeit finden«, sagte Kirk. »Ich bin im Maschinenraum.«

Wenn Sie Gelegenheit dazu bekommen … Spock verstand diese Worte so, dass er zunächst die Durchsuchung der *Barataria* beenden sollte. Die Sondierungsgruppe war derzeit damit beschäftigt, das Innere des kleinen Schiffes Zentimeter für Zentimeter zu scannen, während die internen Sensoren der *Enterprise* den Raumer von außen untersuchten.

Spock programmierte den Computer im Shuttle-Hangar darauf, die Ergebnisse der beiden Scans miteinander zu vergleichen. Wenn sich dabei eine fehlende Masse ergab, so deutete das auf einen Hohlraum hin.

Der Vulkanier hatte bereits einen mobilen Computer mit den Bordsystemen der *Barataria* verbunden und ein Diagnoseprogramm der Stufe eins gestartet. Damit sollten sich zusätzliche oder separate Informationsbytes bei den Systemprogrammen entdecken lassen.

Gleichzeitig führte der zentrale Bordcomputer der *Enterprise* einen Download aller Daten im Computerkern der *Barataria* durch. Anschließend galt es, jede einzelne Datei nach den Zieldaten zu durchsuchen.

Mit Hilfe des automatischen Translators hatte Spock eine erste Analyse der Logbücher vorgenommen. Die *Barataria* war an eine romulanische Raumstation angedockt gewesen, die sowohl von zivilen als auch von militärischen Schiffen angeflogen wurde. Commander Teral hatte ihrem Logbuch mitgeteilt: »Unglücklicherweise musste ich die Station verlassen, ohne die Andockgebühren zu bezahlen.« Ein romulanischer Bird-of-Prey nahm die Verfolgung auf und feuerte eine Plasmaenergie-Waffe ab, als sie in den Warptransit ging. Die übrigen Logbucheinträge wiesen darauf hin, dass der Bird-of-Prey sie tagelang mit Höchstgeschwindigkeit verfolgte.

Spock stellte interessiert fest, dass Teral während der Verfolgung das Antriebssystem des romulanischen Bird-of-Prey gründlich analysiert hatte. Die Elaborationen verrieten einen gut entwickelten Intellekt, aber leider war Teral nicht imstande gewesen, detaillierte Daten über die Struktur des Triebwerks zu ermitteln. Offenbar vermutete die Romulanerin, dass es sich um einen Prototyp handelte, vom Militär entwickelt.

Die Fracht der *Barataria* bestand offenbar nur aus geschmuggeltem romulanischem Bier.

Bei der Entdeckung des Biers in einem getarnten Wandfach hatte sich Kelleys Miene erhellt. »So etwas nenne ich ordentliche Schmuggelware!«, lautete ihr Kommentar.

Spock erwähnte die Flaschen mit der blauen Flüssigkeit in seinem Bericht – auf dem Schwarzmarkt der Föderation erzielte diese Ware gute Preise. Aber warum der Einsatz eines Bird-of-Prey, um ein Schmugglerschiff aufzubringen, das im Romulanischen Reich legale Rauschmittel transportierte? So etwas ergab doch keinen Sinn.

»Externer Scan beendet«, meldete der Bordcomputer der *Enterprise*.

Spock führte einen Download der Daten durch und traf Vorbereitungen für den Vergleich mit denen des internen Scans. Unterdessen untersuchte das Diagnoseprogramm auch weiterhin die Bordsysteme der *Barataria*, während die im Computerkern des kleinen Schiffes enthaltenen Daten in die Speicher des *Enterprise*-Computers kopiert wurden.

»Computer, benachrichtige mich, wenn es zu Veränderungen im Datenstrom kommt«, sagte Spock.

»Bestätigung«, erwiderte eine Sprachprozessorstimme.

Der Vulkanier verließ den Shuttle-Hangar und suchte das wissenschaftliche Laboratorium des zweiten Decks auf. Die dort arbeitenden Besatzungsmitglieder hatten bereits eine Untersuchung der Schockwelle eingeleitet. Erste Ergebnisse warteten auf eine Analyse.

Es war nicht nur zu Störungen der künstlichen Schwerkraft an Bord gekommen. Die Sensoren der *Enterprise* hatten auch ungewöhnlich hohe Gammastrahlung festgestellt, was bedeutete, dass es bei der Schockwelle Subraum-Elemente gab. Die Schilde hatten die Multiflux-Strahlung nicht ablenken oder absorbieren können. Andererseits war das gegenwärtige Niveau von Gamma-Partikeln völlig normal.

Fehlfunktionen in den Elektroplasma-Systemen der *Enterprise* hatten zu energetischen Fluktuationen geführt, was viele Schaltkreise durchbrennen ließ. Bei Umfang und Ausmaß der Fehlfunktionen konnte Spock kein Muster erkennen. Er sah sich außerstande, eine Theorie für die Entstehung der Multiflux-Strahlung zu entwickeln. Nur in einem Punkt herrschte kein Zweifel: Zwischen ihr und der Zerstörung des romulanischen Bird-of-Prey gab es eine direkte Verbindung. Wenigstens kannte Spock jetzt die Art der Strahlung, und damit verfügte er über die vom Captain gewünschten Informationen.

Er aktivierte ein Interkom. »Spock an Captain Kirk. Ich habe einen ersten Bericht.«

Kirk kniete neben Scott und betrachtete mit ihm zusammen die Dilithiumkristalle. Der Strukturierungsrahmen war angehoben und ermöglichte einen Blick auf die glühenden Kristalle.

»Ja, Spock?«, fragte Kirk.

»Die Schockwelle bestand aus Multiflux-Gammastrahlung, Captain«, berichtete Spocks Stimme aus dem Kom-Lautsprecher. »Ursprung unbekannt.« Der Vulkanier zögerte kurz. »Es sind Trümmer von dem romulanischen Bird-of-Prey übrig geblieben. Wenn wir einige davon einsammeln, wäre eine genauere Analyse möglich.«

Kirk schüttelte stumm den Kopf. Solange nur die Manövrierdüsen der *Enterprise* funktionierten, wollte er das Schiff nicht aus dem Sensorschatten der Badlands heraussteuern. Es geschah nicht jeden Tag, dass ein romulanischer Bird-of-Prey explodierte, und die Schockwelle würde noch viele Lichtjahre entfernt bemerkt werden. Mit ziemlicher Sicherheit kam bald jemand, um nach dem Rechten zu sehen. Ein Föderationsschiff, das weit jenseits der Föderationsgrenzen entdeckt wurde, mit einem romulanischen Schmugglerschiff an Bord und unweit der Trümmer eines zerstörten Bird-of-Prey …

»Nicht jetzt, Spock. Ich gebe Ihnen Bescheid, wenn wir Reste des romulanischen Schiffs bergen können. Kirk Ende.«

Scotty schüttelte ebenfalls den Kopf, als Spock die Verbindung unterbrach. »Mir ist keine Strahlung bekannt, die dafür sorgen kann, dass sich Dilithiumkristalle ausdehnen. Nicht einmal Multiflux-Strahlung sollte dazu in der Lage sein.«

Kirk beugte sich noch etwas weiter vor. Ein hohes Maß an Präzision und Kontrolle war notwendig, um die Materie-Antimaterie-Annihilation zu steuern, die der *Enterprise* die Energie für Warpgeschwindigkeit lieferte. Und doch war keiner der Kristalle größer als Kirks Faust. »Sie sind um vier Prozent größer geworden?«

»Aye«, bestätigte Scotty. »Derzeit sollten wir besser darauf verzichten, das Warptriebwerk zu aktivieren, Sir. Erst müssen wir herausfinden, ob die strukturelle Integrität der Kristalle beeinträchtigt wurde.«

Kirk rieb sich das Kinn und überlegte, ob und wann weitere Romulaner eintreffen würden. Er musste auch damit rechnen, dass getarnte Schiffe kamen. »Wie lange dauern entsprechende Untersuchungen?«

»Mehr als einen Tag, vielleicht zwei«, erwiderte der Chefingenieur. »Es ist keine leichte Aufgabe, Captain. Wir müssen jeden Kristall einzeln untersuchen. Hinzu kommt die notwendige Reparatur der Elektroplasma-Systeme und der Austausch durchgebrannter Schaltkreise.«

»Können wir die Phaser einsetzen?«

»Nein, Sir. Wenn Sie wollen, gebe ich ihnen oberste Priorität.«

»Was ist mit Impulskraft?«, fragte Kirk.

»Sollte uns bald wieder zur Verfügung stehen«, versicherte Scott.

»Die Impulskraft ist wichtiger als alles andere, Scotty«, sagte Kirk. »Nehmen Sie sich anschließend die Phaser und dann das Warptriebwerk vor.«

»Aye, Captain.« Der Chefingenieur stand auf. »Ich mache mich sofort an die Arbeit.«

Kirk war nicht sehr zufrieden, als er den Maschinenraum durchquerte. Die Strahlenkrankheit sorgte dafür, dass zu viele Leute fehlten – dadurch kamen die Reparaturarbeiten nur langsam voran.

Er beschloss, der Krankenstation einen Besuch abzustatten.

IV.

Doktor McCoy war neugierig auf die romulanische Schmugglerin. Bei der ersten Gelegenheit nahm er einen medizinischen Tricorder und machte sich auf den Weg.

Terals Ohren erinnerten ihn zunächst an Spock. Aber nachdem sie ihn mit einem sehr unvulkanischen Lächeln begrüßt hatte, gelangte McCoy zu dem Schluss, dass sie sich nicht mit Spock vergleichen ließ. Ihre muschelförmigen Ohren wirkten zierlich, und die Spitzen gaben ihr etwas Schelmisches.

»Danke, dass Sie gekommen sind, Doktor«, sagte die Romulanerin. »Offenbar bin ich krank.«

»Es kam zu intensiver Strahlung, als der romulanische Bird-of-Prey explodierte.« McCoy aktivierte den medizinischen Tricorder.

Teral stand auf und breitete die Arme aus – sie schien zu glauben, dass der Arzt so etwas von ihr erwartete. Sie war größer als McCoy und sehr elegant. Irgendetwas in ihrer Haltung brachte zum Ausdruck, dass sie eine Art Tortur erwartete.

»Müssen Sie so Aufstellung beziehen, wenn im Romulanischen Reich eine medizinische Sondierung erfolgt?«, fragte McCoy.

»Wir werden häufig gescannt«, erwiderte Commander Teral ernst. »Wenn wir Gebäude betreten und verlassen, in Korridoren, während wir schlafen …«

»Und *wer* nimmt die Sondierungen vor?«

»Docking-Aufseher, romulanische Milizionäre, Beamte, Sicherheitswächter in Diensten der königlichen Familie.« Teral hob und senkte die Schultern. »Wer auch immer daran interessiert ist, nach Schmuggelware Ausschau zu halten.«

McCoy starrte die Frau mit offenem Mund an. »Das klingt ja schrecklich. Wo bleibt da die Privatsphäre?«

Terals Lippen formten ein spöttisches Lächeln. »Warum, glauben Sie, bin ich mit der *Barataria* unterwegs? Um all dem zu entkommen. Ich mag es nicht, dauernd gescannt zu werden.«

McCoy blickte auf die Anzeigen des medizinischen Tricorders. »Nun, diesmal erfolgt die Sondierung allein aus medizinischen Gründen.« Er richtete das Gerät auf Terals Brust. »Nur 100 Rad. Sie sind gewissermaßen mit einem blauen Auge davongekommen.«

Er programmierte den Injektor auf eine Mischung aus Zysteamin und Polymesonen, damit Terals Biosystem die Medizin gut absorbieren konnte. »Bald sind Sie wieder in Ordnung. Nehmen Sie viel Flüssigkeit zu sich und ruhen Sie aus. Setzen Sie sich.«

»Ein weiterer Scan?«, fragte die Romulanerin und blickte auf das Gerät in McCoys Hand.

»Nein. Dieser Apparat regeneriert Ihre Zellstruktur.«

Teral setzte sich und schlug die Beine übereinander. Der Arzt strich mit dem Zellregenerator behutsam über Arme und Brust, dann über die Beine. »Während der nächsten Tage ist einmal pro Tag eine solche Regenerierungsbehandlung nötig.«

»Danke, Doktor«, erwiderte Teral.

Einige Minuten lang plauderte McCoy mit ihr und fragte sie nach ihrer Arbeit. Doch Kelley wartete ungeduldig an der Tür, und in der Krankenstation gab es weitere Patienten, die seine Hilfe brauchten. Deshalb beendete er das Gespräch nach kurzer Zeit.

Als McCoy durch den Korridor zur medizinischen Abteilung eilte, begegnete er Captain Kirk.

»Du siehst fröhlich aus, Pille«, sagte Kirk. »Ich dachte, in der Krankenstation geht's drunter und drüber.«

»Oh, das ist tatsächlich der Fall. Ich bin gerade bei Commander Teral gewesen«, erklärte McCoy ein wenig verlegen. »Sie ist weit in der Galaxis herumgekommen. Die Geschichten, die sie erzählt ...«

»Ach, wirklich?«, erwiderte Kirk. »Mir erschien sie ziemlich reserviert. Hast du bei der Sondierung irgendetwas entdeckt?«

McCoy schüttelte den Kopf. »Nein, nichts Ungewöhnliches. Sie leidet an einer leichten Form der Strahlenkrankheit. Hier und dort Hautausschlag, geringe Übelkeit. Es könnte schlimmer sein.«

Als sie sich der Krankenstation näherten, wurde der Ernst der Situation klar. Mehrere Patienten warteten im Korridor, und nur einer von ihnen stand, halb zusammengekrümmt. Die anderen saßen oder lagen auf dem Boden.

McCoy bedauerte plötzlich, dass er so lange fort gewesen war. Er hatte sich mit Commander Teral unterhalten, während all diese Personen behandelt werden mussten.

Er führte Spezialist Trey in den Untersuchungsraum, wo er auf einer Matte an der Wand Platz nehmen konnte. Stöhnend ließ sich der Mann auf den Boden sinken.

Kirk stützte Lieutenant Marley aus der wissenschaftlichen Abteilung. Ihre Knie zitterten, aber sie versuchte, aus eigener Kraft zu gehen. Kirk half ihr dabei, sich auf einen Stuhl zu setzen, wandte sich dann an McCoy. »Spock meint, die *Enterprise* wurde von Multiflux-Gammastrahlung getroffen.«

»Multiflux-*Gamma*strahlung?«, wiederholte McCoy ungläubig.

Kirk richtete sich langsam auf. Das Zimmer war voller Patienten, und es kamen auch Stimmen aus dem nächsten Raum. »Kannst du diesen Leuten nicht irgendwie helfen, Pille?«

»Ich versuche es!« Verärgert nahm der Arzt einen Handcomputer von Schwester Chapel entgegen und stellte fest, wie viele Personen während seiner Abwesenheit eingeliefert worden waren. Inzwischen hatte die medizinische Abteilung alle Quartiere in unmittelbarer Nähe der Krankenstation requiriert, um die vielen Patienten unterzubringen.

»Wie viele Besatzungsmitglieder sind betroffen?«, fragte Kirk.

»Zweiundvierzig. Die Krankheit macht sich ganz plötzlich bemerkbar.«

McCoy trat ans Computerterminal, öffnete die medizinische Datenbank und suchte nach Hinweisen darauf, wie man Leute behandelte, die Multiflux-Gammastrahlung ausgesetzt gewesen waren. Doch eine derartige Strahlung fand allein als theoretisches Phänomen Erwähnung. »Ich kann den Patienten nur Zysteamin geben, um die biologischen Auswirkungen der Strahlung zu reduzieren. Die Therapie besteht aus Zellregenerierung und DNS-Resequenzierung.«

»Spock ist mit einer ersten Analyse fertig«, sagte Kirk. »Vielleicht enthält sein Bericht zusätzliche Informationen.«

McCoy rief den wissenschaftlichen Bericht ab und verglich ihn mit den bisher gesammelten Patientendaten. »Die Strahlendosis muss mindestens dreißig Kilovolt betragen, um solchen Schaden anzurichten. Die ersten Kranken kamen aus den peripheren Bereichen des Schiffes, aber es waren nicht die schlimmsten Fälle. Betroffen sind Besatzungsmitglieder aus allen Sektionen der *Enterprise;* die Brücke bildet keine Ausnahme.«

Kirk hob ruckartig den Kopf. »Wer?«

»Chekov.« McCoy nickte in Richtung Nebenzimmer. »Er liegt dort drüben.«

Kirk ging zur Tür und blickte in den halbdunklen Raum. »Chekov …«

McCoy trat an seine Seite. »Ich glaube nicht, dass wir es mit Gammastrahlung zu tun haben, Jim«, sagte er leise. »Zumindest nicht *nur* mit Gammastrahlung. Die Zeit bis zum Ausbruch der Krankheit, die ausgeprägten Symptome, das Verteilungsmuster der Patienten – nichts von dem entspricht typischen Gammapartikel-Reaktionen. Ich muss *mehr* wissen. Normalerweise ist Gamma-Zerfall das Produkt von Radioaktivität. Woher kommt die Strahlung? Und was bewirkte ihren Subraum-Flux?«

Kirk überlegte kurz und aktivierte dann ein Interkom. »Scotty, haben wir Impulskraft?«

»Aye, Sir. Das Impulstriebwerk wird gerade reaktiviert.«

»Ausgezeichnet.« Kirk entspannte sich ein wenig. Es war sehr angenehm, endlich einmal eine gute Nachricht entgegenzunehmen.

McCoy stand in der Nähe, als Kirk eine Kom-Verbindung mit Spock herstellte und ihn aufforderte, mit der Bergung von Trümmern zu beginnen. »Versuchen Sie, im Sensorschatten der Badlands zu bleiben. Und übermitteln Sie Dr. McCoy die Ergebnisse Ihrer Untersuchungen.«

»Aye, Captain«, bestätigte der Vulkanier.

»Kirk Ende.«

Nach diesem Wortwechsel war McCoy nun für die nächste Frage des Captains bereit. »Wann können die erkrankten Besatzungsmitglieder in den Dienst zurückkehren, Pille?«

»Bei Gammastrahlung verschwinden sechzig Prozent der akuten Symptome innerhalb von wenigen Stunden. Einige der Betroffenen könnten bis zur Abendschicht wieder auf den Beinen sein.« McCoy runzelte die Stirn, als er eine vom medizinischen Diagnoseprogramm stammende graphische Darstellung betrachtete. »Allerdings glaube ich, dass eine vollständige Rekonvaleszenz mindestens ein oder zwei Tage dauert. In den schlimmsten Fällen sind während der nächsten Wochen regelmäßige Regenerierungsbehandlungen erforderlich.«

»Lass nichts unversucht, Pille.«

»Darauf kannst du dich verlassen, Jim.« McCoy hatte ein flaues Gefühl in der Magengrube – auf diese Weise empfand er oft, wenn er sich einem gewaltigen Problem gegenübersah. »Ich warte nicht ab, bis Spock Trümmer eingesammelt und untersucht hat. Eine invertierte Spektralanalyse der Blutproben müsste eigentlich zusätzliche Informationen liefern …

Yeoman Harrison presste sich die Hand auf den Bauch und taumelte die letzten Meter zur Tür der Krankenstation. Die Schwäche breitete sich immer mehr in ihr aus, und mit letzter Kraft versuchte sie, nicht das Bewusstsein zu verlieren.

Die ersten Symptome hatte sie in der Kommunikationsabteilung gespürt, als sie einen Bericht für die Übermittlung zu Starfleet Command vorbereitete. Noch mehr als sonst war sie auf die Arbeit konzentriert gewesen. Kollegen erkrankten, und sie gewann den Eindruck, dass sich eine seltsame Epidemie an Bord der *Enterprise* ausbreitete. Harrison hatte versucht, der in ihr emporquellenden Übelkeit ebenso wenig Beachtung zu schenken wie der prickelnden Hitze auf der Haut ihrer Arme. Schließlich war ihr nichts anderes übrig geblieben, als sich auf den Weg zur Krankenstation zu machen. Dabei kam jeder Schritt einer Anstrengung gleich.

An einem Schreibtisch stützte sie sich ab. Der Untersuchungsraum war voller Patienten, und zuerst schien sie niemand zu bemerken. Harrison versuchte, genug Luft zu holen, um Schwester Chapel zu rufen, eine verschwommene Gestalt in blauer Uniform.

Dann sah sie Captain Kirk und Dr. McCoy in der Tür

des Nebenzimmers. Kirk wirkte sehr ernst und sagte: »Gib dir alle Mühe, Pille. Das Schiff muss repariert werden, und ein Drittel meiner Crew ist krank!«

Am liebsten wäre Harrison auf der Stelle geflohen, damit der Captain sie nicht in diesem Zustand sah. Sie wollte ihn auf keinen Fall enttäuschen. Bestimmt wurde sie irgendwie mit der Übelkeit fertig, und die geröteten Stellen an Hals und Brust konnte sie mit einer Salbe behandeln.

Harrison taumelte erneut und trachtete danach, die Krankenstation zu verlassen, bevor Kirk sie sah. Doch dann rief Schwester Chapel ihren Namen.

Plötzlicher Schwindel erfasste sie, und einige Sekunden lang konnte Harrison überhaupt nichts mehr sehen. Sie fühlte, wie Chapel sie stützte. »Keine Sorge, wir kümmern uns um Sie.«

Stärkere Hände griffen nach ihr und hielten sie aufrecht. »Sie sind krank, Yeoman«, sagte Captain Kirk.

Ein jäher Adrenalinschub sorgte dafür, dass sie Haltung annahm und ihm in die Augen sah. »Es ist nicht so schlimm, Sir. Ich brauche nur eine Injektion. Dann kann ich an die Arbeit zurückkehren.«

Irgendwo hinter Harrison erklang Dr. McCoys Stimme. »Bring sie hierher, Jim.«

Kirk führte die junge Frau zu einem Medo-Bett. Sie verabscheute sich dafür, so wacklig auf den Beinen zu sein und dem Captain ein Bild der Schwäche zu bieten. Sie hatte Monate gebraucht, um seinen Respekt zu gewinnen, und den wollte sie unter keinen Umständen verlieren.

Harrison atmete tief durch, als sie die Augen schloss, sich ausstreckte und von Dr. McCoy untersuchen ließ. Ihr Herz schlug viel zu schnell, und sie versuchte, sich wieder unter Kontrolle zu bringen.

Als sie die Augen öffnete, stand der Captain neben ihr. Sie versuchte, zuversichtlich zu lächeln, stellte dabei erstaunt fest, dass sie sich schon besser fühlte. Als sie sich aufsetzen wollte …

»Immer mit der Ruhe«, sagte McCoy und drückte Harrison mit sanftem Nachdruck aufs Bett zurück. Er lud einen Injektor, hielt das Gerät an ihren Hals und betätigte den Auslöser. Die junge Frau spürte kurze Kühle, sonst nichts.

»Sie brauchen Ruhe«, fügte McCoy hinzu. Er nahm einen Zellregenerator und strich damit über die Schultern und Arme, bis hin zu den Fingerspitzen. Der Ausschlag brannte und juckte auf schier unerträgliche Art und Weise. Harrison wusste, dass sie sich nicht kratzen durfte, aber es fiel ihr immer schwerer, der Versuchung zu widerstehen. Ihre neben dem Oberschenkel ruhenden Finger zuckten.

Kirk beobachtete, wie der Arzt mit dem Regenerator über die Beine strich, den Wölbungen von Wade und Oberschenkel bis hin zum Rand des kurzen Rockes folgte. Harrison sah den Captain an, und ihre Blicke trafen sich.

»Nun, offenbar sind Sie hier in guten Händen«, sagte Kirk. »Ich überlasse Sie der Obhut des Arztes.«

»Äh … ja …«, erwiderte McCoy. Es klang irgendwie geistesabwesend.

Der Captain sah nicht, wie der Doktor wankte, denn er schritt bereits zur Tür. McCoy hielt sich an der Seite des Bettes fest, und der Zellregenerator stieß an Harrisons Hüfte.

»Doktor?«, fragte sie.

Er kippte nach vorn, stützte sich mit beiden Armen ab. »Es ist alles in Ordnung …«

Harrison stemmte sich auf einem Ellenbogen hoch und versuchte, dem Arzt zu helfen. »Was ist los mit Ihnen?«, fragte sie. Und dann: »Captain! Mit Dr. McCoy stimmt etwas nicht.«

Kirk kehrte zum Bett zurück und war gerade rechtzeitig genug zur Stelle, um McCoy festzuhalten, als die Beine unter ihm nachgaben. »Pille!«

Harrison rutschte vom Bett herunter und half Kirk, den Arzt darauf zu legen. Schweißperlen glänzten an McCoys Stirn, und er schüttelte mehrmals den Kopf, als wollte er sich auf diese Weise von Benommenheit befreien. Sie kannte die Symptome aus eigener Erfahrung – ein intensives Schwindelgefühl, das einem die Orientierung raubte, bis man kaum mehr oben von unten unterscheiden konnte.

Schwester Chapel kam mit einem Injektor. Kirk beugte sich über McCoy, begegnete ihm mit der gleichen Sorge wie zuvor der jungen Frau.

Das Zimmer drehte sich, und Harrison schloss die Augen. *Es geht wieder los*, dachte sie. Irgendwo im Bereich ihres Magens krampfte sich etwas zusammen, und sie glaubte sich dem Tode nah.

»Sie sollten sich besser setzen«, sagte Kirk. Erneut stützte er sie und half ihr, auf dem Boden der Krankenstation Platz zu nehmen. Harrison wusste, dass ihr ohnehin schon recht kurzer Rock viel zu weit nach oben gerutscht war, aber das schien kaum eine Rolle zu spielen.

Sie zog die Beine an, beugte sich weit vor, stützte sich mit den Händen ab und kämpfte gegen die Dunkelheit der Ohnmacht an. Sie sammelte ihre ganze Kraft, um den Kopf zu heben und Captain Kirk anzusehen. »Es tut mir Leid, Sir.«

»Schon gut, Yeoman«, erwiderte er sanft.

Er konnte ihr oder McCoy sicher keinen Vorwurf machen. Beide sahen aus, als hätte man sie während eines Kühlmittellecks durch ein Leitungsrohr gezerrt. Für gewöhnlich zeichnete sich Yeoman Harrison durch ein makelloses Erscheinungsbild aus: eine perfekt sitzende Uniform, das Haar immer gut frisiert. Jetzt war es zerzaust, und die junge Frau wirkte sehr, sehr krank.

Schwester Chapel strich mit dem Regenerator über McCoys Gesicht, das eine rötliche Tönung gewonnen hatte. »Auch die Arme«, sagte Harrison und schob die Ärmel des Arztes hoch.

Kirk bemerkte, dass Chapels Hand zitterte, als sie von dem Zellregenerator Gebrauch machte. Er bedachte die Krankenschwester mit einem aufmunternden Lächeln. »Irgendwie überstehen wir die Sache.«

McCoy murmelte etwas über eine »invertierte Spektralanalyse«, die so bald wie möglich durchgeführt werden musste.

»Du bleibst hier«, sagte Kirk. Weder Dr. McCoy noch Yeoman Harrison waren in der Verfassung, ihm zu widersprechen. Der Doktor hatte zuvor darauf hingewiesen, bei der Krankheit sei das Schlimmste innerhalb von einigen Stunden überstanden. Kirk hoffte, dass die Entwicklung der Dinge McCoy Recht gab. Andernfalls hatte die *Enterprise* bald keine einsatzfähige Crew mehr.

Sie mussten die Mission erfolgreich beenden. Wenn sie einen Beweis dafür fanden, dass Commander Teral Informationen über die Plasmaenergie-Waffe der Romulaner besaß ... Dann konnten sie die Badlands verlassen, wenn auch nur mit Impulskraft.

Plötzlich heulten die Sirenen der Alarmstufe Rot und übertönten alle anderen Geräusche.

»Captain Kirk, bitte kommen Sie zur Brücke.«

Kirk eilte zum nächsten Interkom. »Hier Kirk. Bericht.«

Spocks Stimme erklang aus dem Lautsprecher. »Die Fernbereichsensoren orten ein Raumschiff, Sir.«

»Um was für ein Schiff handelt es sich, Mr. Spock?«

»Alles deutet auf einen klingonischen Schlachtkreuzer hin, Sir.«

V.

Kirk betrat die Brücke und ging sofort zum Befehlsstand. Spock gab den Kommandosessel frei und blieb daneben stehen. Der Captain stellte fest, dass Lieutenant Meghann Chekov an den Navigationskontrollen vertrat.

»Statusbericht«, sagte Kirk.

Spock sah zum Wandschirm. »Ein klingonischer Schlachtkreuzer vom Typ D7 nähert sich den Badlands mit Warp sieben, Captain.«

»Haben uns die Klingonen geortet?«, fragte Kirk.

»Negativ, Sir. Die *Enterprise* befindet sich noch immer im Sensorschatten der Badlands.«

Kirk beugte sich näher zu Spock. »Haben Sie an Bord von Commander Terals Schiff etwas entdeckt?«

»Es wurde keine verborgenen Frachträume gefunden«, antwortete Spock. »Allerdings sind die Untersuchungen noch nicht beendet.«

Kirk nickte und der Vulkanier trat zu seiner Station.

»Projizieren Sie ein Bild des klingonischen Schlachtkreuzers auf den Schirm«, befahl der Captain.

»Schalte auf visuelle Darstellung um«, bestätigte Sulu.

»Da ist er«, murmelte der neben ihm sitzende Meghann.

Auf dem Wandschirm zeigte sich der knollenförmige Bug des grünen Schlachtkreuzers. Kirk spürte ein Prickeln am Nacken. Das klingonische Schiff kam schnell näher und hielt direkt auf sie zu.

Scotty blickte ebenfalls zum Schirm und vergaß die Analyse der Dilithiumkristalle. Er konnte sich nicht länger zurückhalten und rief: »Es können unmöglich Klingonen sein, Captain! Nicht in diesem Raumbereich!«

In Gedanken stimmte Kirk ihm zu. Das stellare Territorium der Klingonen lag auf der anderen Seite der Föderation und wölbte sich von dort aus zum gegenüberliegenden Ende des Romulanischen Reiches. Aber Kirk hoffte, dass es *tatsächlich* Klingonen waren, denn die Alternative wäre weitaus schlimmer gewesen. Die Romulaner hatten Schlachtschiffe von den Klingonen gekauft und sie mit ihren Tarnvorrichtungen ausgestattet.

Wenn es sich um ein romulanisches Schiff handelte … Wie sollten sie dann die Trümmer des Bird-of-Prey und die Präsenz eines Schmugglerschiffes im Shuttle-Hangar erklären?«

»Phaser vorbereiten«, sagte Kirk.

»Aye, Captain, Phaserbänke mit Energie geladen«, erwiderte Scotty.

Die Schilde waren mit der Alarmstufe Rot automatisch aktiviert worden. Doch ohne Warpantrieb konnten sie nicht entkommen.

Sie warteten, während der Schlachtkreuzer auch weiterhin in Richtung der Plasmastürme flog. Als er sich dem Sensorschatten näherte, verringerte er die Geschwindigkeit auf Warp 3. Wie die *Enterprise* musste er den Warptransfer schließlich beenden, als die Ionen-Interferenzen durch das Plasma zu stark wurden.

»Der Schlachtkreuzer ändert den Kurs«, meldete Spock.

»Man hat uns geortet«, sagte Kirk ernst.

»Bestätigung«, erwiderte der Vulkanier. »Das Schiff erreicht jetzt den Sensorschatten.«

»Wir empfangen Kom-Signale, Captain«, sagte Uhura.

Kirk stand auf und straffte die Schultern so, als bereitete er sich auf eine physische Konfrontation vor. »Auf den Schirm.«

Die Sterne verschwanden aus dem Projektionsfeld, wichen Kopf und Schultern eines klingonischen Kommandanten. Die beiden zopfartigen Enden eines Schnurrbarts reichten rechts und links am Mund herab, vereinten sich mit dem Rest des Barts. Die Brauen des Klingonen waren ebenso eindrucksvoll geschwungen wie die von Romulanern und Vulkaniern.

»Dorak, Sohn von Ronh«, donnerte der Klingone. »Kommandant der *Tr'loth.*«

Er bot nicht gerade einen angenehmen Anblick, aber trotzdem hätte Kirk fast erleichtert geseufzt. Wenigstens bekamen sie es nicht mit Romulanern zu tun. Er wusste, wie man mit Klingonen umging.

»Captain Kirk vom Raumschiff *Enterprise*«, stellte er sich vor. »Sie sind ziemlich weit von Ihrer Heimat entfernt, Commander Dorak.«

»So wie Sie.« Dorak blinzelte nicht einmal. »Welches Schiff wurde hier zerstört?«

»Ein romulanischer Bird-of-Prey.«

»*Sie* haben einen romulanischen Bird-of-Prey zerstört?« Dorak lachte, neigte dabei den Kopf nach hinten und zeigte spitze Zähne. »Ich habe von Captain *Kirk* und dem Raumschiff *Enterprise* gehört! Eher würde ich glauben, dass ein kleines Kind gegen Kahless den Unvergesslichen kämpft!«

Kirk blieb ruhig. Es hatte keinen Sinn, sich von derartigen Beleidigungen provozieren zu lassen. »Die *Enterprise* wurde beschädigt, als der Bird-of-Prey explodierte.«

»*Wer* hat ihn vernichtet?«, fragte Dorak.

»Wir wissen nicht, was geschehen ist«, sagte Kirk mit all der Geduld, die er aufbringen konnte. »Wir waren ein ganzes Stück entfernt.«

»Warum sind Sie hier, so weit außerhalb des Raumgebiets der Föderation?«

Kirk vollführte eine Geste, die den Badlands galt. »Ein Forschungsauftrag führte uns hierher. Unsere wissenschaftlichen Laboratorien untersuchen die Plasmastürme.«

Skepsis zeigte sich in Doraks Miene.

»Was ist mit Ihnen, Commander?«, fragte Kirk. »Das stellare Territorium des Klingonischen Imperiums ist weit entfernt. Und aus irgendeinem Grund kann ich mir nicht vorstellen, dass Sie in einer wissenschaftlichen Mission unterwegs sind …«

Dorak kniff die Augen zusammen, blickte von Kirk zu den übrigen Brückenoffizieren. Dann verschwand er vom Wandschirm. Die Sterne kehrten zurück, und mit ihnen der größer werdende klingonische Schlachtkreuzer. Das unheilvolle grüne Glühen des Schiffes bereitete Kirk Unbehagen.

»Die *Tr'loth* nähert sich«, meldete Sulu.

»Sie gerät gleich in Reichweite unserer Phaser«, sagte Scotty.

Spock sah vom Scanner auf. »Sir, die klingonischen Schilde haben maximale Kapazität, und die Disruptoren sind einsatzbereit. Darüber hinaus hat die *Tr'loth* den Vorteil größerer Manövrierfähigkeit.«

»Können uns die Klingonen scannen, Spock?«, fragte Kirk schnell. »Können sie feststellen, dass wir ein romulanisches Schiff – und eine Romulanerin – an Bord haben?«

»Negativ, Sir. Entsprechende Sondierungssignale sind nicht imstande, unsere Schilde zu durchdringen.«

»Gut«, sagte Kirk und entspannte sich ein wenig.

Bestimmt war der klingonische Kommandant sehr überrascht gewesen, die *Enterprise* an diesem Ort vorzufinden. Fast so überrascht wie Kirk, bei den Badlands auf Klingonen zu stoßen.

»Hier herrscht recht reger Betrieb, finden Sie nicht, Mr. Spock?«, fragte er.

»Aye, Captain. In diesem von niemandem beanspruchten Raumgebiet gibt es erstaunlich viel Verkehr.«

Kirk kniff die Augen zusammen. »Wie ist der gegenwärtige Status der klingonisch-romulanischen Allianz?«

Spock wandte sich dem Computer zu und rief entsprechende Daten ab. »An der klingonisch-romulanischen Allianz hat sich nichts geändert. Zwischen den beiden Mächten finden auch weiterhin Handel und ein Austausch von militärischen Informationen statt.«

»Aber vielleicht sind die Klingonen der Ansicht, dass dieser Austausch zu wünschen übrig lässt«, spekulierte Kirk.

Scotty drehte sich um. »Sir, glauben Sie, die Klingonen wollten hier das Schmugglerschiff treffen?«

»Eine Plasmastrahl-Waffe könnte für das Klingonische Imperium sehr nützlich sein«, sagte Kirk. »Erst recht dann, wenn die Romulaner – ihre Verbündeten – entsprechende Informationen zurückgehalten haben.«

»Uns ist kein einziger Fall bekannt, in dem Klingonen Plasmastrahl-Waffen eingesetzt haben«, erwiderte Spock. »Wenn ihnen eine solche Technologie zur Verfügung stünde, so würde sich das Machtgleichgewicht erheblich verändern.«

Kirk lehnte sich im Kommandosessel zurück und wartete. Wenn die Klingonen gekommen waren, um das Schmugglerschiff zu treffen ... Dann wussten sie nicht, dass es bereits eingetroffen war. Sie mussten auch die Möglichkeit berücksichtigen, dass der Bird-of-Prey den Schmuggler vor der Explosion aufgenommen hatte und dass beide Schiffe bei der Explosion zerstört worden waren.

»Die *Tr'loth* wird langsamer, Sir«, meldete Sulu. »Abstand sinkt auf achtzigtausend Kilometer.«

Das klingonische Schiff verharrte über der *Enterprise* und vor ihrem Bug. Der Kommandant nahm damit ganz bewusst eine drohende Position ein.

»Die *Tr'loth* setzt sich erneut mit uns in Verbindung, Captain«, sagte Uhura.

Diesmal blieb Kirk sitzen und stützte sich lässig auf einen Ellenbogen. »Auf den Schirm.«

Dorak erhob sich, die eine Hand an der Wand, und blickte auf den Schirm hinab. Im Hintergrund bemerkte Kirk andere Klingonen, die sich über ihre Konsolen beugten. Einzelheiten waren nicht zu erkennen, und ihre Stimmen verschmolzen zu einem dumpfen Brummen.

»Wir haben Sondierungen vorgenommen. Offenbar sagen Sie die Wahrheit. Ein romulanischer Bird-of-Prey wurde zerstört.« Dorak beugte sich vor. »Die Ursache bleibt unklar.«

»Auch für uns«, erwiderte Kirk ruhig.

»Sie dürfen den Flug fortsetzen«, sagte Dorak und winkte großmütig. »Nach den klingonisch-romulanischen Vereinbarungen haben wir das Bergungsrecht in Hinsicht auf die Trümmer.«

»Ich wusste gar nicht, dass Klingonen scherzen, Commander.« Kirk blieb auch weiterhin sitzen und wirkte völlig gelassen. »Leider fehlt es Ihnen in dieser Hinsicht an Talent.«

»Andere Leute wären dankbar dafür, nicht *kämpfen* zu müssen, um diesen Ort zu verlassen«, sagte Dorak.

»Die *Enterprise* bleibt hier, Commander.« Kirk wusste: Es verriet kein Geheimnis, wenn er den Klingonen etwas mitteilte, das sie mit Hilfe ihrer Sensoren längst in Erfahrung gebracht hatten – von den Warpgondeln der *Enterprise* gingen keine Materie-Antimaterie-Emission aus. »Unser Warptriebwerk ist ausgefallen und muss repariert werden. Für einige Tage sitzen wir hier fest.«

»Welch ein Pech für Sie. Insbesondere wenn man

bedenkt, dass wir den Romulanern gerade mitgeteilt haben, dass ein Bird-of-Prey zerstört wurde.« Dorak lächelte und zeigte dabei seine Zähne. »Sie sollten in einigen Tagen hier sein.«

»Rufen Sie schon jetzt nach Verstärkung, Dorak?«, fragte Kirk.

Der Klingone schürzte die Lippen. »Halten Sie sich von den Trümmern fern, Captain Kirk! Sie gehören uns.«

»Wir setzen unsere Untersuchungen fort«, entgegnete Kirk.

»Dann zerstören wir die *Enterprise* und bergen auch ihre Trümmer!«

Um Überbleibsel des zerstörten romulanischen Bird-of-Prey an Bord zu holen, musste die *Enterprise* ihre Schilde senken, und das galt es zu vermeiden, solange sich die Klingonen in der Nähe befanden – sonst bekamen diese Gelegenheit, das romulanische Schmugglerschiff im Shuttle-Hangar zu orten. Vielleicht erfuhren sie dann sogar von Terals Präsenz.

Aber Kirk wollte sich von den Klingonen keine Bedingungen diktieren lassen. »Solche Drohungen sollten Sie nur dann aussprechen, wenn Sie auch bereit sind, sie in die Tat umzusetzen.« Er blickte Dorak in die Augen. »Kirk Ende.«

Im Anschluss an diese Worte unterbrach er die Verbindung.

Die Brückencrew wartete auf eine Reaktion der Klingonen. Kirk hatte Dorak das verbale Äquivalent einer Ohrfeige versetzt.

»Die *Tr'loth* scannt uns, Captain«, sagte Spock.

»Schilde?«, fragte Kirk.

»Unsere Schilde bleiben stabil, Sir«, versicherte Scotty. »Die Klingonen gewinnen keine Daten über uns!«

»Die *Tr'loth* entfernt sich, Captain«, meldete Sulu. »Kurs null zwei acht Komma zehn. Halbe Impulskraft.«

Kirk atmete tief durch. Dorak hatte sich also gegen den Kampf entschieden. Was bedeutete: Seine Mission war ihm wichtiger als die Konfrontation mit einem frechen Starfleet-Captain.

Kirk sah sich Scottys Bericht über die Dilithiumkristalle an. Das Scannen der komplex strukturierten Kristalle im wissenschaftlichen Laboratorium hatte gerade begonnen und würde mindestens zwei Dienstphasen dauern. Hinzu kamen zwei weitere Tage, um die beschädigten Komponenten des Elektroplasmasystems EPS zu ersetzen und das Warptriebwerk zu reaktivieren. *Wenn* es bei den Dilithiumkristallen nicht zu strukturellen Schäden gekommen war.

»Geben Sie uns so schnell wie möglich Warppotenzial, Scotty«, sagte Kirk und wusste, dass er den Chefingenieur nicht extra darauf hinweisen musste, wie wichtig dies war.

»Aye, Sir«, bestätigte Scotty mit Nachdruck. »Ich helfe beim Scannen.«

Kirk ging zu Spocks Station. »Unsere Priorität besteht jetzt darin, Informationen über die Plasmastrahl-Waffe zu finden. Ich bin sicher, dass Commander Teral über die Daten verfügt. Es gibt keine andere Erklärung dafür, warum die Klingonen hier sind.«

»Eine solche Annahme scheint tatsächlich logisch zu sein«, pflichtete Spock dem Captain bei.

»Suchen Sie den Shuttle-Hangar auf, Spock. Nehmen Sie das kleine Schiff auseinander, wenn es sein muss. Wir brauchen die Informationen.«

»Aye, Captain«, sagte Spock. Wenn entsprechende Daten wirklich existierten, so würde der Vulkanier sie finden – da war Kirk sicher. Andere Leute hielten Spocks unerschütterliche Gelassenheit für entnervend, aber Kirk empfand sie als beruhigend.

Kirk kehrte zum Kommandosessel zurück, um dort auf Spocks Bericht zu warten und zu beobachten, was die Klingonen unternahmen. Er wollte Teral erst dann gegenübertreten, wenn sie einen klaren Beweis dafür hatten, dass sie über die Daten verfügte.

Von den Klingonen ließ er sich nicht zum Narren halten. Und wenn sie noch so viele Trümmer einsammelten und untersuchten – es ging ihnen nicht um den zerstörten Bird-of-Prey, sondern um die Plasmastrahl-Waffe. Kirk durfte nicht zulassen, dass sie die Informationen darüber bekamen. Ein Drittel der Crew war krank, und viele wichtige Bordsysteme funktionierten nicht mehr, aber Kirk wusste: Irgendwie musste er den Sieg über die Klingonen erringen.

VI.

Spock verließ die Brücke und ging zuerst zum wissenschaftlichen Labor, um sich die Analysen der Sondierungen des Schmugglerschiffes anzusehen. Der interne Scan stimmte bis auf null Komma null null null drei Mikrometer mit dem externen überein. Die Daten des Downloads unterschieden sich nicht von denen im Computerkern der *Barataria*, und es gab keine Overlay-Sequenzen.

Anschließend begab sich Spock in den Shuttle-Hangar, um den Scan der Bordsysteme des kleinen Schiffes zu vervollständigen. Er nickte den beiden Sicherheitswächtern am Eingang des Hangars zu.

Im Innern der *Barataria* stellte er fest, dass die Untersuchung der Bordsysteme noch nicht beendet war. Er kehrte nach draußen zurück, nahm einen Tricorder und sondierte damit die schwarzen Streifen am Heck. Das Dispersionsmuster verglich er mit den Aufzeichnungen der *Enterprise* – vor zwei Jahren war ihr Rumpf von einer romulanischen Plasmastrahl-Waffe beschädigt worden.

Wenn man die Unterschiede in Bezug auf das Strukturmaterial in Betracht zog, so stimmte das Dispersionsmuster der *Barataria* mit dem der *Enterprise* überein. Spock gelangte zu dem Schluss, dass Commander Terals Situationsbewertungen der Wahrheit entsprachen: Als ihr Schiff getroffen worden war, hatte es sich tatsächlich am Ende der Reichweite des Plasmastrahls befunden. Andernfalls wäre es vernichtet worden.

Erneut suchte Spock das Innere der *Barataria* auf. Ein

allgemeiner Frachtbereich grenzte an die Schleuse, und ein kurzer Korridor führte zum Kommandozentrum. Die mobile Diagnoseeinheit summte leise auf dem Boden, direkt neben dem Pilotensessel.

Das Schiff war ganz offensichtlich nur für eine Person bestimmt. Die Ordnung bei den Vorräten und Computer-Logbüchern beeindruckte Spock. Selbst Commander Terals persönliche Dinge, wie zum Beispiel Kleidung und Datenmodule, waren bestens organisiert und befanden sich in einem makellosen Zustand.

Die sanften Farben von Boden und Wänden empfand der Vulkanier als ästhetisch befriedigend. Das Kommandozentrum war ein Modell für Effizienz, und die Struktur des Schiffes zeichnete sich durch angenehme Symmetrie aus.

Spock beugte sich über die Rückenlehne des Pilotensessels und warf einen Blick auf die Energie-Anzeigen. Angesichts des deaktivierten Triebwerks der *Barataria* war das energetische Niveau an Bord gering.

Mit den Fingerkuppen strich er über den Stoff des Sessels. Weich, geschmeidig und gleichzeitig fest. Er übte ein wenig mehr Druck aus und spürte, wie die Finger tiefer ins Polster sanken.

Dann sah er ihr Gesicht, jenes Gesicht, an das er nicht zu denken gewagt hatte, seit Commander Teral an Bord gekommen war. Das Gesicht jener anderen romulanischen Kommandantin …

Die Begegnung mit ihr lag erst einige Monate zurück. Er konnte nicht vergessen, wie er ihre Hand und ihr Gesicht berührt hatte, auch ihre Lippen. Spock war von Captain Kirk angewiesen worden, die Kommandantin abzulenken, damit er eine romulanische Tarnvorrichtung für die Föderation stehlen konnte. Aber letztendlich konnte Spock nicht behaupten, die mit der Romulanerin verbrachte Zeit zu bereuen. Sie war eine außergewöhnliche Frau …

Der Scanner piepte und wies damit auf das Ende der Untersuchung hin, aber Spock reagierte nicht sofort.

Nach einigen Sekunden erwachte er aus seiner Starre und machte sich an die Arbeit. Die einzige Anomalie des Scans betraf eine mit Terals Kommunikationsgitter verbundene Subroutine. In den Daten deutete nichts auf sie hin. Offenbar handelte es sich um ein separates Programm, das sich in anderen Subroutinen verbarg. Entdecken ließ sich so etwas praktisch nur mit einer Diagnoseroutine der Stufe eins – und die war gerade beendet worden.

Spock versuchte, auf die Subroutine zuzugreifen, aber sie erforderte einen Zugangscode. Als er die physikalische Struktur untersuchte, fand er eine energetische Verbindung. Vermutlich sah die Sequenz eine Selbstzerstörung vor, wenn der falsche Code eingegeben wurde.

Spock benachrichtigte Captain Kirk. »Ich habe eine codierte Subroutine gefunden, Sir. Wir brauchen den Zugangscode, um auf sie zuzugreifen, ohne dass die Daten gelöscht werden.

»Bestimmt kennt Commander Teral den Code«, antwortete Kirk sofort.

»Das glaube ich auch, Sir.«

»Besorgen Sie sich den Code von ihr, Spock. Und wenn Ihre Bemühungen erfolglos bleiben … Dann kümmere ich mich selbst darum.«

»Verstanden, Captain.« Spock unterbrach die Verbindung.

Auf dem Weg nach Deck Sechs dachte er über seine Möglichkeiten nach. Eigentlich blieb Commander Teral keine andere logische Wahl, als den Code preiszugeben. Wenn er ganz offen war, musste sie die Wahrheit erkennen und als solche akzeptieren, wie man es von vernünftigen, logischen Geschöpfen erwarten durfte.

An der Tür von Terals Quartier wandte sich Spock an

die Sicherheitswächter. »Ich möchte mit Commander Teral sprechen.«

Kelley öffnete eine kleine Schalttafel an der Wand und betätigte eine Taste. Sie bedeutete einem anderen Sicherheitswächter, ihren Platz einzunehmen, machte dann Anstalten, Spock zu folgen. »Befehl des Captains«, erklärte sie knapp.

»Natürlich«, erwiderte der Vulkanier.

Commander Teral wirkte überrascht, als sich die Tür öffnete. Sie stand neben der Couch.

»Ich bin Commander Spock«, stellte er sich vor. »Erster Offizier der *Enterprise*.«

»Ich würde Ihr Schiff gern verlassen, Commander«, sagte Teral. »Ich habe hier genug Zeit verloren.«

»Ich bedauere, aber derzeit kann ich Ihnen diesen Wunsch leider nicht erfüllen«, erwiderte Spock.

Teral schob ein wenig das Kinn vor. Die Ausdruckslosigkeit ihres Gesichts deutete auf einen starken Charakter hin. »Was wirft man mir vor?«

»Derzeit noch nichts«, sagte Spock. »Allerdings haben wir in einem geheimen Wandfach an Bord der *Barataria* fünfundfünfzig Flaschen romulanisches Bier gefunden.«

Commander Teral seufzte und sah zu einem Bildschirm, der den klingonischen Schlachtkreuzer zeigte. Ein weißer Strahl ging von der Deflektorscheibe aus und tastete nach einem im All treibenden Trümmerstück. Wenige Sekunden später verkürzte sich der Strahl – der Traktorstrahl zog das Überbleibsel des romulanischen Bird-of-Prey zur *Tr'loth*.

»Was machen die Klingonen da draußen?«, fragte Commander Teral.

»Woher wissen Sie, dass es ein klingonisches Schiff ist?«, erkundigte sich Spock höflich. »Auch die Romulaner setzen Schlachtkreuzer vom Typ D7 ein.«

»Die Markierungen am Rumpf deuten auf Klingonen

hin.« Ein Hauch von Spott erklang in Terals Stimme. »Was führt sie hierher?«

»Vielleicht sind die Klingonen gekommen, um die aus dem Romulanischen Reich geschmuggelten Informationen über die Plasmastrahl-Waffe entgegenzunehmen.«

Teral wölbte eine Braue und sah den Vulkanier so an, als hätte sie nicht an diese Möglichkeit gedacht. »Interessante Idee. Aber mit mir hat das nichts zu tun.«

»Die Klingonen würden Ihr Schiff zweifellos aufbringen, wenn Sie die *Enterprise* jetzt verließen«, sagte Spock.

»Das ist mein Problem, nicht Ihrs.«

Spock blieb unbeeindruckt. »Ich habe die Informationen gefunden«, teilte er der Romulanerin mit.

»Ach?«, erwiderte sie überrascht. »Welche Informationen?«

»Die Daten befinden sich in einer Subroutine, die innerhalb ihrer Kom-Programme versteckt ist.«

Teral entspannte sich. »Oh. Das meinen Sie. Nun, es handelt sich nicht um die von Ihnen gesuchten Informationen.«

Spock hob die Hand, als sich die Romulanerin abwenden wollte. »Darf ich fragen, was es mit der Subroutine auf sich hat?«

»Sie enthält meine … Kontaktdateien. Ich habe sie für den Fall versteckt, dass mein Schiff durchsucht wird. Wie dem auch sei: Die meisten Kontrollbeamten gehen nicht annähernd mit so viel Gründlichkeit vor wie Sie.« Teral wandte verärgert den Blick ab. »Starfleet! Haben Sie nichts Besseres zu tun?«

»Ich muss Sie um den Zugangscode bitten, damit ich die Daten überprüfen kann«, sagte Spock.

»Nein. Es sind meine Informationen.«

Der Vulkanier trat einen Schritt näher. »Trotzdem muss eine Überprüfung vorgenommen werden. Die gesuchten Daten sind von großer Bedeutung.«

»Aber nicht für mich«, erwiderte Teral trotzig. Die Schwärze am Rand der Lider ließ ihren Blick noch durchdringender wirken.

Spock fühlte sich erneut daran erinnert, wie leidenschaftlich und gleichzeitig auch beherrscht romulanische Frauen sein konnten. »Ich glaube, Ihnen bleibt keine Wahl, Commander Teral. Wenn Sie mir den Zugangscode nicht geben, werde ich versuchen, die Subroutine ohne ihn zu öffnen. Ob es mir gelingt, auf die versteckten Daten zuzugreifen oder nicht: Captain Kirk wird in jedem Fall gezwungen sein, Sie für ein Verhör zur nächsten Starbase zu bringen.«

»Herrscht in der Föderation jetzt das Prinzip, dass jemand schuldig ist, bis er seine Unschuld beweist?«

»Die Subroutine könnte als Indiz für Ihre Schuld interpretiert werden«, sagte Spock.

»Eine solche Annahme entspräche der romulanischen Denkweise, Commander Spock. Ich dachte, Vulkanier wären anders.« Teral sah zu Kelley an der Tür. Das Gesicht der kräftig gebauten Sicherheitschefin blieb leer, aber der Phaser an ihrem Gürtel ließ sich kaum übersehen, und seine Botschaft lautete: Teral war eine Gefangene.

Sie seufzte. »Die Kontaktinformationen sind ausgesprochen vertraulicher Natur. Es muss unbedingt vermieden werden, dass sie in die falschen Hände fallen.«

»Wenn die Subroutine keine Daten über die Plasma-Waffe enthält, so verspreche ich Ihnen, die Informationen intakt zu lassen und nicht zu kopieren.«

Teral neigte den Kopf ein wenig zur Seite und maß ihn mit einem abschätzenden Blick. »Die Subroutine enthält Kontaktdaten, die das Romulanische Reich betreffen und sich im Lauf eines ganzen Lebens angesammelt haben. Starfleet würde sich sehr über solche Informationen freuen. Vielleicht belügen Sie mich.«

Spock versuchte, ein Gefühl von Déjà-vu zu verdrängen. Auch die andere romulanische Kommandantin hatte ihn gefragt, ob er sie belog. Bei jener Gelegenheit hatte Spock ihr versichert, die Wahrheit zu sagen.

Diesmal sagte er: »Sie brauchen mir nicht zu glauben, Commander Teral. Ihr Handeln wird Beweis für Schuld oder Unschuld sein.«

Teral zögerte einige Sekunden, drehte sich dann um und griff nach einem elektronischen Datenblock. »Hier ist der Zugangscode. Wie Sie so logisch feststellten: Mir bleibt keine Wahl.«

Sie gab sowohl den Code als auch die richtige Sequenz für das Öffnen des Datensiegels an. Bevor die Romulanerin Spock den Handcomputer reichte, sagte sie: »Mr. Spock, jetzt sind Sie persönlich für meine Dateien verantwortlich.«

Der Vulkanier nickte kurz und trat zur Tür. Sicherheitschefin Kelley gab ihr starre Haltung auf, um den Ersten Offizier nach draußen zu begleiten.

»Und noch etwas, Mr. Spock ...«, sagte Teral. »Wenn Sie zu dem Schluss gelangen, dass ich *nicht* über die Informationen verfüge, nach denen Sie suchen ... Bitte teilen Sie dem Captain mit, dass ich ihn gern sprechen würde.«

Eine ganze Weile später deaktivierte Spock das Display, auf dem er sich die Daten der Subroutine angesehen hatte. Er saß im Pilotensessel der *Barataria* und presste die Fingerspitzen aneinander, als er über seine Entdeckungen nachdachte.

Die Informationen waren genau so beschaffen, wie Teral sie beschrieben hatte: Kontaktdaten, Namen, Orte, Computercodes, Treffpunkte, Kennworte. Es handelte sich um sehr detaillierte und bestens organisierte Angaben, die tatsächlich das Ergebnis von vielen Jahren Schmuggeltätigkeit zu sein schienen. Spock fragte sich, was diese bemerkenswerte Frau hätte erreichen können, wenn ihr Leben in anderen, legaleren Bahnen verlaufen wäre.

Teral verfügte über Kontakte zum Romulanischen Senat und selbst zur Prätoriatsverwaltung auf Romulus. Spock hielt es sogar für möglich, dass sie mit der romulanischen Elite blutsverwandt war. Das mochte ihr hoheitsvolles Auftreten erklären.

Die übrigen Kontakte in den Dateien deuteten darauf hin, dass Teral weit herumgekommen war. Spock hatte noch nie zuvor von Orten wie Ferenginar und Bajor gehört.

Die Informationen zeichneten das Bild einer Frau, die mit einem schnellen Schiff unterwegs war, um hochrangigen Personen mit besonderen Ansprüchen zu Diensten zu sein. Ein Eintrag in der Rubrik »Vorlieben« betraf eine reife Orionerin mit blaugrüner und nicht der üblichen olivgrünen Haut. Bei einem anderen ging es um die halbjährliche Lieferung eines halben Kopec delawianischer Schokolade. Ein anderer Artikel, der sich recht großer Nachfrage erfreute, war ein invertiertes Fluss-Spektrometer. Offenbar hatte sich Teral auf schwer zu beschaffene Dinge spezialisiert. Manche davon waren legal, sowohl in der Föderation als auch im Romulanischen Reich, doch mehr als die Hälfte musste als Konterbande klassifiziert werden.

Spock führte zusätzliche Untersuchungen in Bezug auf die Subroutine und auch die anderen Programmmodule durch, zwischen denen sie versteckt war, hielt dabei nach weiteren verborgenen Informationen und Subsubroutinen Ausschau. Doch er fand nichts.

Anschließend nahm er einen Download seines Berichts vor, der zum größten Teil aus negativen Ergebnissen der verschiedenen Überprüfungen in Hinsicht auf die *Barataria* bestand. Das romulanische Bier war die einzige Schmuggelware an Bord. Wie versprochen verzichtete Spock darauf, die Daten der Subroutine seinem Bericht hinzuzufügen, denn im Zusammenhang mit ihrer primären Mission blieben sie belanglos.

Spock ging zur Brücke der *Enterprise*, denn er wusste, dass Captain Kirk dort auf seinen Bericht wartete.

Er spürte die Blicke aller Brückenoffiziere, als er sich dem Kommandosessel näherte. Der Wandschirm zeigte den klingonischen Schlachtkreuzer, der seinen Traktorstrahl gerade auf ein Trümmerstück richtete, das von einem Warpmodul des romulanischen Bird-of-Prey zu stammen schien.

»Haben Sie etwas gefunden, Spock?«, fragte Kirk.

Der Vulkanier hielt es nicht für nötig, die Stimme zu senken. »Ich konnte keine Informationen über Plasmaenergie-Waffen lokalisieren, Sir.«

»Nein?« Sorgenfalten bildeten sich in Kirks Stirn. »Sind Sie sicher, Mr. Spock?«

»Ja, Sir.« Der Vulkanier legte die Hände auf den Rücken. »Commander Teral leitet ein kleines Schmuggel-Unternehmen, das sich auf seltene oder illegale Luxusobjekte spezialisiert hat. Fünfundfünfzig Flaschen romulanisches Bier wurden in einem verborgenen Wandfach gefunden. Die Fracht- und Navigationsaufzeichnungen stimmen überein. Ziel war ein irdischer Außenposten in Sektor 7449, am Rand des stellaren Territoriums der Föderation.«

»Was ist mit der Subroutine?«, fragte Kirk. »Haben Sie dort nichts entdeckt?«

»Sie enthielt nur Commander Terals Kontaktinformationen.«

»Teral *muss* Daten über die Plasma-Waffe haben …«, murmelte Kirk. »Deshalb sind die Klingonen hier.«

Spock räusperte sich kurz. »Sir, Commander Teral hat um ein Gespräch mit Ihnen gebeten.«

Kirk begriff, dass er die Informationen selbst aus der Romulanerin herausholen musste. Seiner Ansicht nach verhielt sich Spock ein wenig seltsam. Vielleicht lag es daran, dass er die gesuchten Daten nicht gefunden hatte … Als Perfektionist ärgerte er sich möglicherweise über die Ergebnislosigkeit seiner Bemühungen, obgleich er so etwas natürlich nie zugegeben hätte.

»Sie haben das Kommando«, teilte er Spock mit, stand auf und zögerte. »Übrigens ... Was halten Sie von Commander Teral?«

Spock versteifte sich ein wenig und schien fast Haltung annehmen zu wollen. »Commander Teral ist ein äußerst effizientes Individuum.«

»Ich verstehe«, erwiderte Kirk, obgleich er die Romulanerin mit anderen Worten beschrieben hätte. Er stellte fest, dass die anderen Brückenoffiziere neugierig zuhörten. »Wie Sie meinen.«

Er betrat die Transportkapsel und wies den Computer des Turbolifts an: »Deck Sechs.«

Die Kapsel setzte sich in Bewegung, und nach einigen Sekunden sagte Kirk: »Captains Logbuch, Nachtrag.« Er durfte nicht länger mit dem Logbucheintrag warten. Schon bald wurde dem Kom-Relais der nächste Bericht übermittelt, und er musste Starfleet Command auf dem Laufenden halten. »Zwar befindet sich der klingonische Schlachtkreuzer noch immer in der Nähe, aber wir haben trotzdem Trümmer des zerstörten romulanischen Bird-of-Prey geborgen. Wir scannen die einzelnen Fragmente und versuchen, primäre Komponenten zu entdecken. Bisher haben wir nur ein wichtiges Trümmerstück gefunden, etwa so groß wie ein Kommunikator – offenbar stammt es vom Plasmaflux-Integrator. Für eine Mikrosekunde mussten wir die Schilde senken, um es an Bord zu beamen. Die Klingonen zeigten keine Reaktion, und deshalb glauben wir, dass sie nichts bemerkt haben. Vielleicht sind sie aufgrund der störenden Emissionen durch die nahen Plasmastürme auch gar nicht imstande, genaue Sondierungsdaten zu gewinnen. Wir setzen sowohl die Reparaturen als auch die Suche nach Informationen über die Plasmastrahl-Waffe fort.«

Kirk beendete den Nachtrag und übermittelte ihn der

Kommunikationsabteilung, damit er zusammen mit den anderen Berichten gesendet werden konnte. Er hatte mit diesem Logbucheintrag in der Hoffnung gewartet, dass Spock Daten in Bezug auf die Plasmastrahl-Waffe entdeckte.

Während der vergangenen Stunden hatte sich ihre Situation kaum verbessert, obwohl nach dem siebenundvierzigsten keine weiteren Besatzungsmitglieder erkrankten. Den Berichten der medizinischen Abteilung zufolge hatte sich der Zustand der Patienten stabilisiert, aber noch war niemand von ihnen imstande, in den aktiven Dienst zurückzukehren. Von Schwester Chapel wusste Kirk, dass McCoy schlief, um sich zu erholen.

Auf dem sechsten Deck nickte er den drei Sicherheitswächtern zu. *Vielleicht hätten auch weniger genügt*, dachte er.

»Ich bin gekommen, um mit Commander Teral zu sprechen«, sagte Kirk zur Sicherheitschefin.

»Aye, Sir«, erwiderte Kelley.

Der Captain hob die Hand, bevor Kelley den Türöffner betätigte. »Haben Sie Commander Teral nach Waffen gescannt?«

»Aye, Sir. Und Dr. McCoy führte einen Bio-Scan durch.«

Kirk nickte. »Sie können hier draußen warten.«

»Bestätigung, Sir.«

Als sich die Tür öffnete, saß Commander Teral auf dem Sofa vor dem Bildschirm. Sie hatte das eine Bein angezogen und sich zurückgelehnt. Der eine Arm ruhte auf der Rückenlehne der Couch, und das aus Metallfacetten bestehende Hemd war am Kragen geöffnet.

Langsam stand sie auf und dadurch glitt ihr Gesicht aus den Schatten hervor. Im Shuttle-Hangar hatte Kirk Teral nicht eingehend gemustert – er war zu sehr auf ihre Waffe und die Frage konzentriert gewesen, ob sich weitere Romulaner in dem kleinen Schiff befanden.

Jetzt sah er volle Lippen und dunkle, elegant geschwungene Brauen. Sie unterschied sich von der letzten Romulanerin, der er begegnet war, von der anderen romulanischen Kommandantin. Es hatte nicht in seiner Absicht gelegen, jene Kommandantin nach dem Diebstahl der Tarnvorrichtung gefangen zu nehmen. Aber sie war in einer Arrestzelle untergebracht gewesen, bevor sie zur Starbase 12 geschickt werden konnte. Vermutlich wartete sie dort noch immer auf eine Gelegenheit, zu ihrem Volk zurückkehren zu können.

Kirk fragte sich, ob Spocks Problem *darin* bestand. Allem Anschein hatte er recht ... intime Beziehungen mit der romulanischen Kommandantin unterhalten. Aber Kirk wusste auch: Spock hatte nicht mehr mit ihr gesprochen, während sie sich in Haft an Bord der *Enterprise* befand.

»Nun, Captain?« Teral verschränkte die Arme. »Sind Sie nur gekommen, um mich anzusehen?«

Er schenkte ihrer herausfordernden Haltung keine Beachtung und lächelte. »Sie haben um ein Gespräch mit mir gebeten.«

»Ich warte auf eine Entschuldigung.« Eine gewisse Kühle in ihrer Miene deutete darauf hin, dass es eigentlich gar keine Rolle für sie spielte, ob sich Kirk entschuldigte oder nicht.

»Ich bin noch nicht davon überzeugt, dass Sie die Wahrheit sagen.« Er lächelte auch weiterhin, während Teral ernst blieb.

Ein oder zwei Sekunden lang maß sie ihn mit einem durchdringenden Blick, winkte dann ab. »Ich hätte wissen sollen, dass Sie sich weigern, einen Fehler zuzugeben.« Plötzlich schmunzelte sie, als hätte man sie bei etwas erwischt, das ihr eigentlich verboten war. »Ich habe herauszufinden versucht, was vor sich geht.«

»Auch ich würde gern über das eine oder andere Bescheid wissen«, sagte Kirk. »Zum Beispiel: Warum wurden Sie von dem romulanischen Bird-of-Prey verfolgt?«

»Setzen Sie sich, Captain.« Teral deutete aufs Sofa. Sie nahm Platz, zog geistesabwesend ein Bein an. Das Licht fiel nur auf eine Seite ihres Gesichts.

»Captain, ich glaube, die Romulaner gingen von der gleichen Annahme aus wie Sie. Vermutlich nahmen sie an, ich hätte Informationen über die Plasmastrahl-Waffe.«

»Wie meinen Sie das?«, fragte Kirk. Er beugte sich vor, um im Halbdunkel ihre Augen besser zu erkennen.

»Ich glaube, man setzte mich als Lockvogel ein.«

»Sie geben also zu, an mehr beteiligt zu sein als nur am Schmuggel von romulanischem Bier?«

»Ja, aber ich wusste nicht, dass es dabei um *dies* geht.«

Kirk lehnte sich zurück und dachte über die neue Entwicklung nach. Gab es vielleicht ein anderes Schmugglerschiff? Hatte die *Barataria* tatsächlich nur als Ablenkung gedient? »Wenn das stimmt … Wo ist dann das andere Schiff?«

»Vermutlich befand es sich hinter mir, um festzustellen, wer mich verfolgt. Inzwischen könnte es überall sein.« Teral vollführte eine hilflose Geste. »Ich weiß nur, dass ich die Anweisung erhielt, durch diesen Raumbereich zu fliegen, um das romulanische Bier zu liefern. Man hat mich gut dafür bezahlt, über einen anonymen Kontakt.«

»Aber die Klingonen dort draußen warten auf den Schmuggler«, sagte Kirk.

»Wenn Sie nicht hier gewesen wären, hätte ich den Flug ungehindert fortgesetzt, verfolgt vom Bird-of-Prey. Dann wäre das andere Schiff in der Lage gewesen, den Klingonen zu begegnen.«

»Guter Hinweis.«

»Jetzt muss ein neues Treffen vereinbart werden, was sicher Zeit kostet. Wie dem auch sei: Der schwierigste

Teil ist vorüber. Ich habe meine Aufgabe als Lockvogel erfüllt und dem anderen Schiff dabei geholfen, das stellare Territorium des Romulanischen Reiches zu verlassen. *Ich* wäre fast von einem Plasmastrahl pulverisiert worden. *Ich* geriet in Ihre Gewalt. Meine Auftraggeber können sich wohl kaum beklagen – sie haben eine ganze Menge für ihr Geld bekommen.«

Mit der Erklärung schien alles in Ordnung zu sein, aber sie klang ein wenig zu glatt. Erneut musterte Kirk die Romulanerin, sah den Glanz in ihren Augen, das berechnend wirkende Lächeln. Er spürte, dass er ihr trotz allem glauben *wollte*.

Er rief sich innerlich zur Ordnung und überlegte, warum er bereit war, Teral für unschuldig zu halten. Er hörte Aufrichtigkeit in ihrer Stimme, eine Ehrlichkeit, die auch in ihren Bewegungen Ausdruck zu finden schien. Und dann ihr Erscheinungsbild ... Das mochte der Hauptgrund sein. Ihr Aussehen erinnerte ihn an Spock, dem er vorbehaltlos vertraute. Sein Glaube an Spocks Ehre und Integrität war so tief in ihm verwurzelt, dass davon seine Einstellung dieser Frau gegenüber beeinflusst wurde. Viele ihrer Eigenheiten und mimischen Charakteristiken erinnerten ihn an Spock.

»Geben Sie mich frei«, sagte Teral und beugte sich vor. »Bestimmt verfolgen mich die Klingonen, und das gibt Ihnen Gelegenheit, die Trümmer zu bergen.«

»Wenn ich Ihnen die Möglichkeit gäbe, Ihren Flug fortzusetzen ... Die Klingonen würden Ihr Schiff ebenso aufbringen wie wir.«

»Die *Barataria* ist schnell, Captain. Sie haben mich nur erwischt, weil Sie auf der Lauer lagen.« Etwas schärfer fuhr Teral fort: »Es ist meine Entscheidung. Ich habe bereits auf meine Bereitschaft hingewiesen, die Zollgebühren für das romulanische Bier zu bezahlen. Wenn es keine weiteren Anklagen gegen mich gibt, dürfen Sie mich nicht länger festhalten.«

Auch darüber hatte Kirk nachgedacht. Er legte die Gesetze recht großzügig aus und riskierte dabei, sich selbst strafbar zu machen.

Trotzdem schüttelte er den Kopf. Teral hatte zugegeben, dass sie beim Schmuggeln der Plasmastrahl-Informationen zumindest eine gewisse Rolle spielte. Er konnte sie nicht gehen lassen. Wenn es ihr irgendwie gelungen war, die geheimen Daten zu verstecken, so bestand die Gefahr, dass die Klingonen sie bekamen. »Ich kann Sie erst dann gehen lassen, wenn ich ganz sicher bin, so oder so. Liefern Sie mir einen *Beweis*.«

»Was erwarten Sie von mir?«, erwiderte die Romulanerin, und eine stumme Bitte leuchtete in ihren Augen. »Ich kann Ihnen nur die Wahrheit anbieten.«

Bis zur Reparatur des Warptriebwerks saß die *Enterprise* am Rand der Badlands fest. Wenn Kirk der Romulanerin jetzt erlaubte, mit ihrem kleinen Schiff zu starten, so geriet sie bestimmt in klingonische Gefangenschaft. Und wenn sie wirklich nicht über die Informationen verfügte, um die es Dorak ging ... Die Klingonen begnügten sich bestimmt nicht damit, sie einfach nur scannen.

Teral bemerkte den Ernst des Captains und begriff, dass sie vorerst nicht mit Freilassung rechnen durfte. Sie blickte auf ihre im Schoß gefalteten Hände, als Kirk sich erhob. Ihr Gesichtsausdruck blieb ihm verborgen.

»Ich bedauere sehr, Ihnen solche Unannehmlichkeiten zu bereiten«, sagte er.

Sie sah auf, und es funkelte in ihren Augen. »Sie könnten die Unannehmlichkeiten ein wenig verringern, indem Sie auf eine Anklage wegen des Schmuggels von romulanischem Bier verzichten«, erwiderte sie. »Und Sie könnten mir die Flaschen zurückgeben. Dann brauche ich mich nicht mehr darüber zu beschweren.«

Kirk zögerte kurz. »Das wäre gegen die Vorschriften der Föderation.«

»Es verstößt auch gegen Ihre Gesetze, eine Person festzuhalten, ohne zu erklären, was man ihr zur Last legt«, sagte die Romulanerin.

»Ein interessanter Hinweis«, erwiderte Kirk. »Darf ich darüber nachdenken?«

»Lassen Sie sich nur Zeit.« Teral winkte. »Wenn Sie möchten, können Sie mir Ihre Antwort heute Abend geben.«

»Heute Abend?«

»Ja. Ich bin hier die ganze Zeit über allein, und beim Abendessen würde ich mich über Gesellschaft freuen.«

Erneut gewann Kirk den Eindruck, dass sich die Dinge in eine unerwartete Richtung entwickelten. »Nun, dagegen gibt es sicher nichts einzuwenden.«

Commander Teral lächelte, als Kirk das Quartier verließ. Er wusste nicht, was er in Hinsicht auf das romulanische Bier unternehmen sollte. Es eignete sich gut dafür, um Anklage wegen Schmuggels zu erheben und damit ihre Haft zu rechtfertigen – *wenn* sie nicht die Schmugglerin war, nach der sie suchten. Und hier handelte es sich um ein ziemlich großes *Wenn*.

VII.

Spock fand es faszinierend, die Reaktionen der Besatzungsmitglieder zu beobachten, während sie sich Stunde um Stunde und Tag um Tag bemühten, das volle Funktionspotenzial der *Enterprise* wiederherzustellen.

Aufgrund der enormen interstellaren Entfernungen würde es Wochen dauern, um von Starfleet Hilfe zu bekommen. Wenn die Dilithiumkristalle aufgrund des Strahlungsschubs beschädigt waren, so brauchte die *Enterprise* vielleicht Jahre, um allein mit Impulskraft zur Föderation zurückzukehren. Sie befanden sich hier mitten im Niemandsland und mussten allein zurechtkommen.

Unterdessen blieben die Klingonen in der Nähe. Sie sammelten auch weiterhin Trümmerstücke und achteten darauf, dass die Entfernung zwischen den beiden Schiffen nicht über die Reichweite ihrer Sensoren hinaus wuchs. Spock kam nicht umhin, die geschickte Einschüchterungstaktik des klingonischen Kommandanten zu bewundern. Seine Manöver schienen immer wieder auf den Beginn einer direkten Konfrontation hinauszulaufen.

Spock nutzte die Gelegenheit, um weitere Sonden in die Badlands zu schicken. Captain Kirk hatte den Klingonen gegenüber behauptet, die *Enterprise* sei hier, um die Plasmastürme zu untersuchen, und deshalb ergab es durchaus einen Sinn, die wissenschaftliche Forschung fortzusetzen.

Irgendwann am dritten Tag der Alarmstufe Gelb sagte Sulu: »Ich habe noch eins gefunden!«

Spock schaltete von einem Scan der Badlands auf die Sensoren um. Sie hatten ein Trümmerstück erfasst, bei dem sich Theta-Matrix-Partikel feststellen ließen. Mit anderen Worten: Es handelte sich um eine Komponente des Warpantriebs.

»Ortung läuft«, meldete Chekov.

Vor zwei Tagen war er zu seiner Station zurückgekehrt. Die meisten erkrankten Besatzungsmitglieder hatten sich inzwischen erholt und arbeiteten wieder, unter ihnen auch Dr. McCoy. An diesem Morgen hatte er die Brücke besucht, um sich über irgendetwas zu beklagen. Spock war zu sehr auf eine Analyse der Plasmagase konzentriert gewesen, um dem Bordarzt Beachtung zu schenken.

»Bestätigung, Captain«, sagte der Vulkanier zu Kirk und untersuchte die von Sulu ermittelten Daten. »Das Teil gehörte zum Konverter und besteht aus Tritanium. Es dürfte etwa eins Komma zwei Kilogramm wiegen.«

»Das bisher größte Stück, das wir gefunden haben«, sagte Kirk nachdenklich.

»In der Tat«, pflichtete Spock dem Captain bei.

»Wo befindet sich der klingonische Schlachtkreuzer?«, fragte Kirk.

Chekov blickte auf die Navigationskontrollen. »Zweihunderttausend Kilometer hinter uns, Sir.«

»Ziemlich nahe ...«, murmelte Kirk enttäuscht. »Zu nahe.«

»Vielleicht können wir die Klingonen ablenken«, schlug Sulu vor. »Indem wir Plasma aus den Warpgondeln entweichen lassen.«

»So etwas ergäbe durchaus einen Sinn«, warf Chekov ein. »Immerhin wissen die Klingonen, dass wir unser Warptriebwerk reparieren.«

Spock spürte, dass die Crew etwas unternehmen wollte und sich eine Ablenkung von der Monotonie erhoffte. »Das Risiko könnte zu groß sein, Captain«, gab er zu bedenken. »Keins der bisher an Bord gebeamten Trümmerstücke hat uns Informationen geliefert, die in Hinsicht auf unsere primäre Mission von Bedeutung sind.«

»Vielleicht können wir mit diesem Teil etwas in Erfahrung bringen«, beharrte Chekov und klang fast verärgert. »Erst recht dann, wenn der romulanische Bird-of-Prey tatsächlich durch eine Überladung des Triebwerks zerstört wurde.«

Alle Blicke richteten sich auf den Captain. Spock beobachtete, wie Kirk im Kommandosessel ein wenig zur Seite rutschte, was ihn vermuten ließ, dass es ihn ebenso wie die anderen Brückenoffiziere nach Aktivität drängte. Aber der Captain gab der Besonnenheit den Vorrang.

»Position halten«, sagte er. »Sorgen Sie dafür, dass wir zwischen den Klingonen und dem Trümmerstück bleiben. Wir warten, bis der Schlachtkreuzer wieder Fahrt aufnimmt.«

Hier und dort seufzte jemand. Doch die Brückencrew fügte sich natürlich und konzentrierte sich wieder auf ihre Pflichten.

»Chefingenieur Scott an Captain Kirk«, ertönte es aus den Lautsprechern der internen Kommunikation.

Kirk betätigte die Kom-Taste in der Armlehne des Kommandosessels. »Was ist los, Scotty?«

Seit mehr als einem Tag befand sich der Chefingenieur im Maschinenraum. Nur einmal hatte ihn Spock während dieser Zeit gesehen, als er bei der Kalibrierung des Dilithiumkristall-Scanners Hilfe leistete, um zu gewährleisten, dass die gesamte Kristallstruktur analysiert werden konnte. Dilithium ließ sich nur schwer untersuchen.

»Mit den Dilithiumkristallen ist alles in Ordnung, Sir«, sagte Scott fröhlich. »Ich habe sie im Strukturierungsrahmen untergebracht und mit den neuen EPS-

Komponenten verbunden – es ist alles stabil. Wir können das Warptriebwerk innerhalb der nächsten Stunde reaktivieren.«

Die Brückenoffiziere murmelten erleichtert, und Kirk erwiderte: »Gute Arbeit, Scotty. Geben Sie mir Bescheid, sobald wir wieder Warppotenzial haben.«

Spock besann sich auf die Arbeit. Ganz offensichtlich würde sich ihre Situation bald ändern, was für ihn bedeutete: Er musste innerhalb der noch verbleibenden Zeit möglichste viele Informationen über die Badlands gewinnen.

Kirk hatte das Warten satt, aber er hielt seine Ungeduld im Zaum, als das energetische Niveau im Warptriebwerk langsam stieg. Die nervlichen Anspannungen während der vergangenen Tage waren ziemlich groß gewesen. Immer wieder hatten sich die Klingonen der *Enterprise* genähert und dadurch Unruhe an Bord geschaffen. Kirk reagierte mit Ausweichmanövern, die wissenschaftliches Interesse an den Badlands zum Ausdruck bringen und nicht nach Flucht aussehen sollten.

Inzwischen zweifelte er nicht mehr daran, dass die Klingonen auf den Schmuggler warteten. Zurückhaltung gehörte nicht zu ihrem Wesen. Klingonen führten immer direkte Konfrontationen herbei. Sie zögerten nicht, griffen sofort an. Wenn sich die gegenwärtige Situation schon für die Crew der *Enterprise* als Belastung erwies ... Für die Besatzung der *Tr'loth* musste sie geradezu unerträglich sein.

Am vergangenen Tag hatte Commander Dorak einen Hinweis darauf geboten, als er einen Kom-Kontakt herstellte und verärgert fragte, ob die *Enterprise* in diesem Raumsektor anderen Schiffen begegnet war. Kirk hatte auf die Ortung mehrerer Raumschiffe hingewiesen, konnte Dorak jedoch nicht zu einer Beschreibung des Schiffes veranlassen, um das es ihm ging. Ohne einsatzfähiges Warptriebwerk wollte Kirk nicht mehr verraten. Solange sie nicht auf Überlichtgeschwindigkeit beschleunigen konnten, durften sie keinen Konflikt mit den Klingonen riskieren.

Aber jetzt ... Kirk begriff, dass er eine Lösung finden musste. Die letzten beiden Abende hatte er mit Commander Teral verbracht. Während der langen Gespräche über die verschiedensten Dinge war er bestrebt gewesen, mehr über sie herauszufinden, ein genaueres Bild von ihr zu gewinnen. Nach wie vor zweifelte er daran, dass sie die Wahrheit sagte. Sie war weit herumgekommen, in der Föderation und im Romulanischen Reich ebenso wie in anderen Raumgebieten. Kirk beneidete sie fast um ihre Freiheit. Teral räumte ein: Inzwischen hätte sie sich irgendwo auf einem hübschen Planeten zur Ruhe setzen können, aber sie fand zu großen Gefallen daran, das All zu durchstreifen.

Eins wusste Kirk genau: Dem eigenen Urteil durfte er nicht trauen, wenn es um Teral ging. Auch bei McCoy schien die Romulanerin einen nachhaltigen Eindruck hinterlassen zu haben: Der Bordarzt hatte das Krankenbett gerade erst verlassen, als er sich schon auf den Weg machte, um bei Teral »nach dem Rechten« zu sehen. Kirk hatte ihn bei der Romulanerin angetroffen, als er am vergangenen Abend ihr Quartier betrat, und es war McCoy sichtlich schwer gefallen, sich zu verabschieden. Der Captain bemerkte auch noch etwas anderes: Seit dem Gespräch in Hinsicht auf den Zugangscode verzichtete Spock auf jeden Kontakt mit Teral.

Da Kirk keine Beweise für Terals Unschuld – oder ihre Schuld – bekam, beschloss er, einen anderen Weg zu beschreiten. Wenn er die Klingonen provozierte ... Vielleicht fand er dann heraus, ob sie zu den Badlands gekommen waren, um auf die *Barataria* zu warten.

Als Scotty volles Warppotenzial bestätigte, war Kirk bereit. Er überprüfte die Position der *Enterprise* und stellte zufrieden fest, dass sie sich am Rand des Sensorschattens befand – von hier aus ließ sich ein Warptransfer einleiten.

»Sind die Waffensysteme des Schlachtkreuzers aktiv?«, wandte sich Kirk an Spock.

»Bestätigung, Sir. Das gilt allerdings nicht für die Zielerfassung.«

»Wenn wir die Schilde senken … Wie lange dauert es dann, bis die Klingonen den Zielerfassungsfokus auf uns richten und das Feuer eröffnen können?«

»Etwa dreißig Sekunden«, erwiderte Spock. »Vorausgesetzt, Commander Dorak beschließt bei der Deaktivierung unserer Schilde sofort einen Angriff.«

»Ich glaube, die Klingonen sind nicht ohne weiteres zu einem Kampf bereit.« Kirk stand auf und näherte sich den Navigationskontrollen. »Sulu, senken Sie auf meinen Befehl hin die Schilde und lassen Sie sie unten. Mr. Spock, scannen Sie den Schlachtkreuzer und geben Sie mir Bescheid, wenn die Zielerfassung ausgerichtet wird.«

Chekov wirkte verwirrt. »Sollten wir nicht ein wenig Plasma ins All entweichen lassen, um die Klingonen abzulenken, Sir?«

»Nein«, antwortete Kirk.

Sulu drehte den Kopf und sah zu ihm auf. »Angesichts der geringen Entfernung merken die Klingonen sofort, dass wir die Schilde gesenkt haben. Bestimmt nutzen sie die Gelegenheit, um uns zu scannen.«

»Genau damit rechne ich.« Kirk richtete einen nachdenklichen Blick auf den Schlachtkreuzer im zentralen Projektionsfeld. »Ich möchte, dass uns die Klingonen scannen. Sie sollen wissen, dass wir einen Romulaner an Bord haben.« Er blickte sich um, als die Brückencrew begriff, was er plante. »Alarmstufe Rot«, fügte Kirk hinzu. Er wollte auch die Waffensysteme der *Enterprise* einsatzbereit wissen.

»Alarmstufe Rot«, wiederholte Uhura, als überall an Bord die roten Indikatoren zu blinken begannen. »An alle Decks, Statusbericht. Alarmstufe Rot.« Nach zwei oder drei Sekunden fügte sie hinzu: »Alle Decks melden Bereitschaft, Sir.«

»Chekov, steuern Sie uns zur Seite, damit die Klingonen das Trümmerstück sehen, das wir bisher vor ihnen verborgen haben.«

»Bestätigung, Sir.«

»Mr. Sulu, beamen Sie das Trümmerstück nach dem Senken der Schilde an Bord und sorgen Sie dafür, dass es zum wissenschaftlichen Laboratorium gebracht wird.« Es sollte als Vorwand für die Deaktivierung der Schilde dienen.

»Wir befinden uns jetzt neben dem Trümmerstück, Sir«, sagte Chekov.

»Schilde senken«, ordnete Kirk an.

»Schilde werden gesenkt«, bestätigte Sulu. Seine Finger huschten über die Tasten der Konsole.

Kirk sah zu Spock, der in den Sichtschlitz des Scanners blickte.

Der Vulkanier hob nicht den Kopf, als er berichtete: »Die *Tr'loth* scannt uns, Captain.«

»Position halten«, sagte Kirk ruhig. »Beamen Sie das Trümmerstück an Bord.«

»Aye, Sir«, erwiderte Sulu.

Unbehagen erfasste die meisten Brückenoffiziere. Es gefiel ihnen nicht, dass die Klingonen jetzt das Schiff scannten.

»Fünfundzwanzig Sekunden«, meldete Sulu.

Kirk wusste, dass die Klingonen seit vielen Jahren mit den Romulanern zusammenarbeiteten. Sicher verfügten sie über genaue Kenntnisse in Hinsicht auf Physiologie und Biostruktur. Es sollte also nicht lange dauern, bis die Klingonen die Romulanerin an Bord der *Enterprise* bemerkten.

»Dreißig Sekunden«, sagte Sulu.

»Die Zielerfassung wird ausgerichtet, Sir«, meldete Spock kurz darauf.

»Schilde hoch!«, befahl Kirk.

»Schilde sind reaktiviert«, bestätigte Sulu. Offenbar hatte er die entsprechende Schaltsequenz bereits vorbereitet.

»Ausweichmanöver«, sagte Kirk. »Kurs vier fünf null Komma vier null.«

Der Schlachtkreuzer glitt aus dem Darstellungsbereich des Wandschirms. Kirk blickte aufs Display in der Armlehne des Kommandosessels. Die Klingonen feuerten nicht, nahmen aber die Verfolgung auf.

»Sir, Commander Dorak setzt sich mit uns in Verbindung«, sagte Uhura.

Das überrascht mich nicht, dachte Kirk. »Auf den Schirm.«

Das Gesicht des Klingonen füllte das ganze Projektionsfeld. Zorn blitzte in den Augen. »Kirk! Sie haben Romulaner an Bord Ihres Schiffes!«

Kirk lächelte unschuldig. »Nur einen, um genau zu sein. Commander Teral von der *Barataria*.«

»Lassen Sie den Commander unverzüglich frei!«, verlangte Dorak.

»Wieso interessieren Sie sich für Commander Teral?«, fragte Kirk.

Dorak kniff die Augen zusammen. »Ich möchte mit dem Commander sprechen, und zwar *sofort*.«

Ein interessantes Anliegen – und Kirk war darauf vorbereitet. Teral mochte die Gelegenheit nutzen, um Erkennungssignale oder vielleicht eine codierte Botschaft zu übermitteln. Es war ein kalkuliertes Risiko, das Kirk eingehen wollte, denn vielleicht brachte es ihn weiter. Dorak hatte seine Reaktionen nicht besonders gut unter Kontrolle und ließ sich möglicherweise dazu hinreißen, etwas zu verraten.

Kirk betätigte die Kom-Taste. »Commander Teral, der klingonische Kommandant Dorak möchte mit Ihnen reden.«

Teral zögerte nur kurz, bevor sie erwiderte: »Ich habe dem klingonischen Kommandanten nichts zu sagen, Captain Kirk.«

Nicht übel, dachte Kirk. Ein solche Antwort erwartete man von ihr, wenn sie tatsächlich nichts mit geschmuggelten Daten über die romulanische Plasmaenergie-Waffe zu tun hatte. Vielleicht war sie tatsächlich unschuldig ...

Er bedeutete Uhura, den externen Kom-Kanal wieder zu öffnen. »Commander Teral ist nicht an einem Gespräch mit Ihnen interessiert.«

»Sie lügen!«, entfuhr es Dorak. Speichel sammelte sich an der Unterlippe und ließ sie glänzen. Er zog die buschigen Brauen zusammen, als er einen wütenden Blick auf Kirk richtete.

»Sie werden es bereuen, wenn Sie sie nicht sofort freigeben!«, donnerte er.

»Woher wissen Sie, dass Commander Teral eine Frau ist?«, fragte Kirk ruhig.

Dorak war so verblüfft, dass er einige Sekunden lang nach den richtigen Worten suchte. »Sie haben gesagt ...«

»Nein, ich habe nicht darauf hingewiesen.«

Dorak sah kurz zur Seite. »Unsere Scans zeigen eine Romulanerin.«

Kirk unterdrückte ein triumphierendes Lächeln. *Sie haben Romulaner an Bord*! So hatten Doraks Worte gelautet. Wenn die Klingonen nicht einmal wussten, wie viele Romulaner sich in der *Enterprise* aufhielten, so waren sie wohl kaum imstande, das Geschlecht festzustellen.

Jetzt war Kirk ganz sicher, dass Teral log und Informationen über die Plasmastrahl-Waffe hatte.

Der klingonische Kommandant wurde so zornig,

dass sich sein Gesicht purpurn verfärbte. Vermutlich glaubte er, dass Kirk über die geschmuggelten Daten verfügte. Mit der Faust schlug er auf etwas, das sich außerhalb des Bildes befand. »Geben Sie das Schiff frei!«

»Das liegt nicht in meiner Absicht«, erwiderte Kirk gelassen.

»Dann werden Sie die Konsequenzen dafür tragen müssen«, knurrte Dorak fast zufrieden, als er die Kom-Verbindung unterbrach.

»Volle Impulskraft«, sagte Kirk. »Scotty, wir brauchen Warpenergie.«

»Aye, Captain«, bestätigte der Chefingenieur aus dem Maschinenraum.

Die wogenden Plasmawolken verschwanden vom Wandschirm, als sich die *Enterprise* von den Badlands entfernte.

»Bereitschaft«, ordnete Kirk an. »Entfernung, Mr. Chekov?«

»Hunderttausend Kilometer, Sir. Der Schlachtkreuzer kommt schnell näher.«

»Die *Tr'loth* feuert ihre Phasendisruptoren ab«, verkündete Spock.

»Volle Energie in die Heckschilde.« Kirk hielt sich fest, ebenso wie die Brückenoffiziere.

Die *Enterprise* erzitterte heftig, als sich destruktive Energie an ihren Schilden entlud. Kirk schloss die Hände fest um die Armlehnen des Kommandosessels, um nicht zu Boden geschleudert zu werden.

»Direkter Treffer«, sagte Spock. »Kapazität der Schilde auf zweiundachtzig Prozent gesunken.«

»Phaser ausrichten«, wies Kirk die Crew an. »Bringen Sie uns in Angriffsposition.«

»Kurs wird geändert«, meldete Chekov sofort.

»Phaser ausgerichtet«, fügte Sulu hinzu.

Die *Enterprise* drehte sich, und die *Tr'loth* setzte den

Anflug noch einige Sekunden lang fort, bevor sie abdrehte.

»Feuer!«, befahl Kirk.

Ein sirrendes Heulen erklang, als sich die Phaserbänke entluden. Mehrere Strahlblitze trafen die Backbordseite des Schlachtkreuzers.

»Direkter Treffer«, sagte Spock. »Die klingonischen Schilde bleiben stabil.«

Kirk brauchte nicht extra darauf hingewiesen zu werden, dass die *Tr'loth* erneut von ihren Disruptoren Gebrauch machte. Er sah die Strahlen kommen.

Die *Enterprise* neigte sich zur Seite, um dem gegnerischen Feuer auszuweichen, aber sie wurde an ihrem Diskussegment getroffen.

Kirk hörte ein dumpfes Donnern, gefolgt vom Krachen einer Explosion auf dem Deck unter der Brücke. Wieder hielten sich die Offiziere an ihren Konsolen fest.

»Kapazität der Schilde auf dreiundsechzig Prozent gesunken«, sagte Spock.

Kirk sah auf das Display in der Armlehne des Kommandosessels – die Klingonen zwangen sie in Richtung der Plasmastürme zurück. Chekov fluchte halblaut, als er mit verschiedenen Ausweichmanövern versuchte, sie wieder auf Kurs zu bringen.

Plötzlich schienen die Gravitationsgeneratoren auszufallen. Verblüfft hob Kirk die Arme, als er nach oben schwebte. Uhura gab einen erschrockenen Schrei von sich, als sie ebenfalls den Halt verlor. Kirk hing mitten in der Luft und streckte ein Bein, während er sich langsam drehte. Den übrigen Brückenoffizieren erging es ebenso wie ihm und Uhura.

Einige Sekunden später kehrte die künstliche Schwerkraft zurück.

Kirk prallte aufs Deck, und in seinen Ohren rauschte es. Er schluckte mehrmals und versuchte, seinen Gleichgewichtssinn wieder unter Kontrolle zu bringen.

»Was ist geschehen, Spock?«, fragte und stand auf.

»Die Sensoren sind ausgefallen, Sir«, antwortete der Vulkanier sofort. Seine Aufmerksamkeit galt den Daten der wissenschaftlichen Station. »Es kam zu einer Gravitationsfluktuation, die sechs Komma vier Sekunden dauerte ...«

»Scott an Captain Kirk«, ertönte es aus dem Interkom-Lautsprecher. »Der Warpkern liefert keine Energie mehr.«

Kirk griff nach der Armlehne des Kommandosessels. Nicht schon wieder! »Wir brauchen das Warptriebwerk, Scotty!«

»Derzeit lässt es sich leider nicht einsetzen, Sir«, erwiderte der Chefingenieur. »Der Grund ist mir ein Rätsel, aber die Dilithium-Synchronisierung funktioniert nicht mehr. Wir mussten den Antimaterie-Strom unterbrechen.«

»Was ist mit Impulskraft?«, fragte Kirk.

»Ich versuch's, Captain«, sagte Scott. »Allerdings müssen wir die Elektroplasma-Energie umleiten, weil die neuen Schaltkreise durchgebrannt sind.«

»Geben Sie sich alle Mühe, Scotty.« Kirk ließ die Kom-Taste los. »Spock, wir haben das gleiche Phänomen erlebt wie bei der Explosion des romulanischen Bird-of-Prey.«

»Es gibt tatsächlich deutliche Übereinstimmungen bei Art und Ausmaß der Fehlfunktionen.« Spock drehte sich um und löste einen Empfänger vom Ohr. »Sir, offenbar ist die *Tr'loth* in Schwierigkeiten. Ihre Schilde sind gesenkt, und das Schiff schlingert.«

»Sir!«, rief Chekov. »Wir werden in Richtung der Badlands gezogen. Mit den Manövrierdüsen allein können wir unsere Position nicht halten ...«

Kirk aktivierte das Interkom. »Wir brauchen unverzüglich Impulskraft, Scotty.«

Scott bestätigte aus dem Maschinenraum, und im

gleichen Augenblick versagte ein weiterer EPS-Schaltkreis. Er begann manuell damit, neue Schaltwege für die Injektionsrelais vorzubereiten, behielt dabei ein Display im Auge, das ihm die Belastungen der einzelnen Schaltkreissysteme zeigte. Derzeit standen nur die Manövrierdüsen zur Verfügung, und ihre Schubkraft genügte nicht, um den starken Gravitationsfeldern der Badlands standzuhalten. Wenn sie doch nur nicht mit voller Impulskraft in Richtung der Plasmastürme unterwegs gewesen wären, als es zu dem Phänomen kam!

»Überprüfen Sie die Flussventile«, wies Scotty den Energieexperten Lieutenant Klancee an. Das Impulstriebwerk verwendete als Treibstoff Deuterium, das genauso gefährlich sein konnte wie Antimaterie. Die Dilithiumkristalle hatte sich der Chefingenieur bisher noch nicht angesehen; er war viel zu sehr damit beschäftigt, die Impulskraft wiederherzustellen.

Scott nahm eine rasche Sondierung vor. Die dabei ermittelten Daten deuteten darauf hin, dass überall an Bord der *Enterprise* Subprozessoren ausfielen und keine Verbindungen mehr zum Hauptcomputer des Schiffes herstellen konnten. Andere Daten- und Steuerungsleitungen fielen ebenfalls aus; die Situation wurde immer kritischer.

Praktisch alle Konsolen und Terminals der *Enterprise* waren durch einen Subprozessor mit den Bordsystemen verbunden. Eine Unterbrechung des Datenstroms bedeutete, dass die Crew das Schiff nicht mehr kontrollieren konnte. In allen wichtigen Bereichen wurden Ersatz- und Notsysteme aktiv, von der Navigationskontrolle bis hin zu den Lebenserhaltungssystemen.

Überall an Bord waren Techniker damit beschäftigt, so schnell wie möglich beschädigte Schaltkreise der energetischen Transferleitungen zu ersetzen. Während der letzten Tage hatten sie zwar Gelegenheit gefunden, sich an eine solche Tätigkeit zu gewöhnen. Aber trotz aller Routine dauerte es eine gewisse Zeit, beschädigte Teile zu entfernen, die entsprechenden Stellen zu säubern und neue Schaltkreise oder EPS-Komponenten zu installieren. Die Wiederherstellung der Impulskraft nahm zu viel Zeit in Anspruch. Scott blickte zu einem nahen Monitor und stellte kummervoll fest, dass sich die *Enterprise* immer mehr den Plasmastürmen näherte.

»Kirk an Maschinenraum«, ertönte es aus den Interkom-Lautsprechern. »Was passiert bei Ihnen?«

Im Impulstriebwerk zeigte sich ein pulsierendes rotes und orangefarbenes Glühen. Das energetische Niveau stieg, aber nur langsam, denn der Energiefluss fluktuierte immer wieder. Die manuelle Justierung von Elektroplasma-Schaltkreisen verursachte Flussunterbrechungen. Scott beschloss, die anderen Techniker darauf hinzuweisen – mit einer manuellen Kontrolle der Verbindungsknoten ließ sich der Fluss vielleicht kontrollieren.

Eins stand fest: Auf diese Weise konnte es nicht lange weitergehen.

»Nur noch einige Sekunden, Captain – dann kann ich Ihnen wenigstens ein Viertel Impulskraft geben!«, rief Scott, da er das Interkom nicht erreichen konnte. Er verwendete einen langen Plastahl-Energiekonverter mit Magnetknoten, um die Flusskontrollen manuell zu konfigurieren.

Klancee kehrte zurück. »Die Flussventile halten«, sagte er, nahm die Verkleidungsplatte unter der zentralen Konsole ab und begann damit, durchgebrannte EPS-Module zu ersetzen.

»Noch dreihunderttausend Kilometer bis zu den Plasmastürmen«, erklang Sulus Stimme aus den Interkom-Lautsprechern.

Das Deck unter Scott erzitterte, als die künstliche Schwerkraft an Bord auf die Emissionen der nahen

Plasmastürme reagierte. Das ganze Schiff vibrierte wie ein Bodenfahrzeug bei der Fahrt über unebenes Gelände. Die *Enterprise* hatte sich nie zuvor auf diese Weise verhalten.

Scott brummte leise, überprüfte die Schilde und stellte fest, dass ihre Kapazität zwischen dreiundzwanzig und zweiundvierzig Prozent schwankte. Das musste bis zur Stabilisierung der Impulskraft genügen. Wenn das Impulstriebwerk ganz ausfiel, verloren sie auch die Schilde. Scott wagte sich gar nicht vorzustellen, was das hyperaktive Plasma der Badlands mit der ungeschützten Außenhülle des Schiffes anstellen würde.

»Wir brauchen sofort Impulskraft«, drängte Kirk.

»Ich arbeite so schnell ich kann, Captain!«, erwiderte der Chefingenieur. »Es grenzt an ein Wunder, dass an Bord der *Enterprise* überhaupt noch etwas funktioniert!«

Eine Erschütterung führte dazu, dass Lieutenant Klancee das Gleichgewicht verlor und mit dem Kopf an die Konsole stieß. Er fluchte leise, legte bei seiner Arbeit aber keine Pause ein und ersetzte einen weiteren EPS-Schaltkreis.

Scotts Besorgnis wuchs – die hochenergetischen Entladungen im Bereich der Plasmastürme schienen sich bereits auf das Schiff auszuwirken. Die Belastungen der Schilde bewirkten Irregularitäten im internen Energiefluss des Impulstriebwerks. Andererseits: Inzwischen waren genug schadhafte Komponenten ersetzt, um den Chefingenieur in die Lage zu versetzen, echte Fortschritte zu erzielen.

»Wir haben jetzt ein Viertel Impulskraft, Captain«, sagte Scotty. »Ich muss aber darauf hinweisen, dass die Kontrollsysteme noch immer nicht einwandfrei funktionieren.«

»Verstanden«, lautete Kirks knappe Antwort.

»Das Schiff wälzt sich herum wie ein betrunkener

Wal«, murmelte Scott und setzte seine Bemühungen fort, die instand gesetzten Systeme zu rejustieren.

Klancee lag halb unter einem Schaltpult und wies mit einem Brummen darauf hin, dass er ihrer gegenwärtigen Situation mit einem ausgeprägten Mangel an Humor begegnete. »Ich bin hier fast fertig, Sir. Nehme mir jetzt den Kommando-Koordinator vor und …«

Er unterbrach sich und riss erschrocken die Augen auf. »Sir! Hinter Ihnen!«

Scotty wirbelte herum und rechnete fast damit, zwei oder drei angreifende Klingonen zu sehen. Was sich seinem Blick darbot, war weniger furchterregend, aber ausgesprochen sonderbar.

Die Wand glühte.

Scott beugte sich vor. Das Licht kam direkt aus dem Metall. Eine gewölbte Strebe reichte vom Boden bis fast zur Augenhöhe, und bunte Lichtpunkte schimmerten an ihr.

Der Chefingenieur sondierte mit seinem Tricorder, während Klancee vorsichtig die Hand ausstreckte. »Es fühlt sich warm an.«

»Halten Sie sich davon fern«, sagte Scott. »Ich orte Gammastrahlung.«

Die *Enterprise* schüttelte sich erneut, noch heftiger als zuvor, und die beiden Männer konzentrierten sich wieder auf die Arbeit. Nach einigen Sekunden blickte Scott über die Schulter. Er übertrug die von seinem Tricorder ermittelten Daten zum wissenschaftlichen Laboratorium, doch dann musste er seine ganze Aufmerksamkeit der Stabilisierung des Impulstriebwerks widmen.

Als die Vibrationen schließlich nachließen, seufzte der Chefingenieur tief. Die *Enterprise* entfernte sich jetzt von den Plasmastürmen. Scott atmete mehrmals tief durch – er hatte es noch einmal geschafft. Wenn die Schilde jetzt versagten, drohte der *Enterprise* nicht die sofortige Vernichtung.

Er stand auf, trat zum Fenster und hielt nach dem Schlachtkreuzer Ausschau. Die Klingonen waren ganz offensichtlich in Schwierigkeiten. Mit bloßem Auge konnte er erkennen, dass die üblichen optischen Verzerrungen am Rumpf der *Tr'loth* fehlten. Das Kriegsschiff verfügte also über keine Schilde. Ohne Schutzschirme würden die Klingonen wohl kaum auf die Idee kommen, einen Kampf zu beginnen. Erneut seufzte der Chefingenieur erleichtert.

Dann blickte er zur noch immer glühenden Wand und aktivierte das nächste Interkom. »Scott an Mr. Spock. Hier unten gibt es etwas Seltsames, das Sie sich ansehen sollten.«

VIII.

Yeoman Harrison war den Reparaturgruppen zugewiesen worden, die sich überall an Bord bemühten, defekte Systeme instand zu setzen. Sie hatte die Strahlenkrankheit mit nur einer Läsion am Hals überstanden. Dr. McCoy hatte das abgestorbene Gewebe entfernt und durch ein Hauttransplantat ersetzt. Von ihm wusste Harrison, dass bei fast allen Erkrankten solche Symptome zu beobachten waren.

Nach der Behandlung konnte Yeoman Harrison in den Dienst zurückkehren, im Gegensatz zu den Besatzungsmitgliedern, die eine besonders hohe Strahlendosis abbekommen hatten. Mehr als zehn Personen mussten noch immer das Bett hüten.

Zuerst half Harrison dabei, EPS-Schaltkreise in der Krankenstation zu ersetzen. Anschließend nahm sich ihre Gruppe das Scan-Gitter auf Deck Sechs vor. Als sie am Quartier von Commander Teral vorbeikamen, dachte Harrison daran, dass sie der Romulanerin einen kurzen Besuch abstatten sollte. Captain Kirk hatte sie damit beauftragt, sich um Teral zu kümmern und dafür zu sorgen, dass sie alle benötigten Dinge bekam.

Es stand nur ein Sicherheitswächter vor der Tür. Captain Kirk hatte die Anzahl der Wachen schon nach kurzer Zeit reduziert.

Der Sicherheitswächter nickte, als sich Yeoman Harrison näherte. »Teral hat gefragt, was geschehen ist.«

Damit hatte Harrison gerechnet. Es entsprach nicht Commander Terals Wesen, einfach ruhig abzuwarten, während andere Leute mit erheblichen Problemen zu kämpfen hatten.

Der Wächter öffnete die Tür und folgte ihr ins Quartier.

»Sind Sie verletzt?«, wandte sich Harrison an Teral.

Die Romulanerin ging gar nicht auf die Frage ein. »Was ist passiert? Niemand hat auf meine Kom-Anfragen reagiert. Warum haben uns die Klingonen angegriffen?«

»Vielleicht deshalb, weil Sie nicht mit ihnen reden wollten«, erwiderte Harrison etwas schärfer als beabsichtigt. Sie hatte gerüchteweise von den Ereignissen auf der Brücke gehört und wusste auch, dass Kirk die beiden letzten Abende in Terals Gesellschaft verbracht hatte. Sie versuchte, nicht daran zu denken – immerhin ging es sie nichts an.

»Ich möchte mit Captain Kirk sprechen«, sagte Teral fast gebieterisch.

»Der Captain ist beschäftigt«, entgegnete Harrison und blieb höflich. »Aber ich kann ihm eine Mitteilung von Ihnen bringen, wenn Sie wollen.«

»Ja«, sagte Teral. »Richten Sie ihm aus, dass er hierher kommen soll.«

Harrison beobachtete, wie die Romulanerin vor dem Bildschirm auf und ab ging, dabei den Schlachtkreuzer beobachtete. Trotz der großen Entfernung war deutlich zu erkennen, dass sich das klingonische Schiff kaum – wenn überhaupt – bewegte.

Doch Harrison war mehr an Teral als an den Klingonen interessiert. Einmal mehr fragte sie sich, warum Captain Kirk und auch Dr. McCoy so sehr von ihr fasziniert waren.

Teral konnte sehr nett und freundlich sein, wenn sie etwas brauchte. Das hatte sie bewiesen, als sie Harrison um Kleidung bat – sie wollte nicht dauernd Metallfacetten tragen. Aber bei anderen Gelegenheiten, so wie jetzt, war sie eiskalt und so gemein wie ein Mugato. Harrison fragte sich, ob Kirk und McCoy diesen Aspekt ihres Charakters bisher noch nicht entdeckt hatten.

»Stehen Sie nicht einfach so da«, sagte Teral. »Ich möchte mit Kirk sprechen, und zwar sofort.«

»Er hat bestimmt zu tun«, erwiderte Harrison. »Aber ich gebe ihm Bescheid.«

Harrison ging zur Tür und hatte sie noch nicht ganz erreicht, als sie von draußen geöffnet wurde.

Captain Kirk stand im Eingang. »Was geht hier vor?« Die Strenge wich aus seinen Zügen, als er den Sicherheitswächter sah.

»Ich habe mich vergewissert, dass mit Commander Teral alles in Ordnung ist«, sagte Harrison.

»Oh, gut«, gab Kirk zurück. Er schien besorgt zu sein.

Kein Wunder, dachte Harrison. Immerhin herrschte an Bord der *Enterprise* ein ziemliches Durcheinander. Captain Kirk war ganz offensichtlich mit ihr zufrieden, was sie mit Stolz erfüllte. Aber gleichzeitig ärgerte sie sich über die Selbstzufriedenheit in Terals Gesicht. Für wen hielt sich die Romulanerin? Glaubte sie vielleicht, den Captain des Starfleet-Flaggschiffs einfach so herumkommandieren zu können?

Kirk bemerkte Yeoman Harrisons Ärger. Die Falten zwischen ihren Brauen boten einen deutlichen Hinweis.

Ihre Reaktion überraschte ihn nicht, als er Terals selbstgefälliges Lächeln sah. Die Romulanerin näherte sich ihm so, als könnte sie Anspruch auf ihn erheben, und damit weckte sie so etwas wie Eifersucht in Harrison.

Teral schob sich noch etwas näher, deutete mit ihrer Körpersprache darauf hin, dass zwischen ihr und Kirk eine Beziehung existierte.

Das schien Harrisons Ärger in Zorn zu verwandeln.

Ihre Lippen zitterten, als sie den Kopf senkte und einige EPS-Schaltkreise betastete, die sie bei sich trug.

»Sie können beide wegtreten«, sagte Kirk zu Harrison und dem Sicherheitswächter. Er überlegte, ob er jemand anders beauftragen sollte, sich um Commander Teral zu kümmern. Dann verdrängte er diesen Gedanken – es gab wichtigere Dinge.

Er wartete, bis Yeoman Harrison und der Wächter gegangen waren. Als sich die Tür hinter ihnen geschlossen hatte …

»Sie können mich nicht mehr belügen«, wandte sich Kirk an Teral. »Ich weiß, dass Dorak gekommen ist, um Sie zu treffen und Informationen über die Plasmastrahl-Waffe von Ihnen zu erhalten.«

Teral blinzelte überrascht. »Ich glaube, die Klingonen sind aus dem gleichen Grund hier wie Sie. Weil sie einen entsprechenden Einsatzbefehl bekamen.«

»Wie meinen Sie das?«, fragte Kirk.

»Vielleicht wurden die Klingonen mit ähnlichen Hinweisen wie Sie in den Einsatz geschickt. Sie erfuhren, dass jemand Informationen über die Plasmastrahl-Waffe aus dem Romulanischen Reich schmuggelt und sie hier jemand anders übergeben möchte. Unter solchen Umständen wären die Klingonen bestimmt bestrebt, die Informationen abzufangen und zu verhindern, dass sie der Föderation in die Hände fallen.«

»Wollen Sie behaupten, es sei alles nur ein Trick?«, erwiderte Kirk. »Wem würde so etwas nützen?«

»Den gleichen Leuten, die mich bezahlten, um den Bird-of-Prey abzulenken«, sagte Teral. »Spione und Informanten profitieren vom Krieg. Warum nicht eine Konfrontation der drei Supermächte in einem fernen Raumbereich herbeiführen? Sollen sie wegen Informationen übereinander herfallen, die gar nicht existieren. Dadurch kommt es zu einem hübschen kleinen Krieg, der das Geld in ihre Richtung fließen lässt.«

»Sie haben eine blühende Phantasie«, kommentierte Kirk.

»*Ich* glaube, ich weiß, wer dahinter steckt«, fuhr Teral fort. »Und wenn ich Zeit genug habe, kann ich es auch beweisen. Diese Informationen biete ich der Föderation an – wenn sie mir dafür Asyl bietet.«

»Sie möchten in der Föderation bleiben?«, fragte Kirk überrascht. Teral hatte immer wieder die Schönheit von Romulus gepriesen und darauf hingewiesen, im Romulanischen Reich sei ihre Arbeit viel aufregender als in der langweiligen Föderation. »Das hätte ich von Ihnen nicht erwartet.«

»Bleibt mir eine Wahl?«, entgegnete die Romulanerin. »Diesmal bin ich in eine zu große Sache verwickelt. Ins Romulanische Reich kann ich nicht zurückkehren, wenn das Gerücht kursiert, ich hätte Informationen über die Plasmastrahl-Waffe verkauft.«

Kirk schüttelte den Kopf und rieb sich den Nacken. Ein kurzer Schwindel erfasste ihn. »Wenn das alles stimmt ... Starfleet wäre sicher bereit, Ihnen eine Zuflucht zu bieten.«

Teral wölbte eine Braue. »Einfach so? Wie können Sie da sicher sein?«

»Weil es ... unseren Prinzipien entspricht«, erklärte Kirk. »Ich bringe Sie nach Starbase 33. Bei Ihren Verhandlungen mit Repräsentanten der Föderation ergeben sich bestimmt keine Schwierigkeiten.«

Kirk spürte, dass etwas nicht stimmte. Er hörte die eigene Stimme wie aus weiter Ferne – sie schien vom Körper getrennt zu sein. Er bewegte die Schultern, die sich wie verkrampft anfühlten. Schweiß bildete sich auf der Stirn.

Offenbar war Commander Teral über seinen Vorschlag nicht besonders glücklich. Sie kniff die Augen zusammen; das Vertrauensvolle und Bittende in ihrem Gesicht wich Ärger.

»Ich habe die Informationen nicht!«, sagte sie scharf. »Rufen Sie den Wächter und lassen Sie uns dieses Theater endlich beenden.«

Kirk streckte die Hand aus, um sich am Tisch abzustützen. Warum drehte sich der Raum um ihn herum?

Teral riss verblüfft die Augen auf, als der Captain plötzlich auf die Knie sank. Sie trat näher, um ihm zu helfen, doch dann zögerte sie. Kirk konnte ihr Gesicht kam mehr erkennen, aber er ahnte, dass sie jetzt über ihre Möglichkeiten nachdachte.

Er versuchte zu sprechen, aber seine Stimme versagte.

»Wächter!«, rief Teral und hämmerte an die Tür. »Wächter, helfen Sie mir! Dem Captain geht es schlecht!«

Die Tür glitt beiseite, und der Sicherheitswächter erschien im Eingang des Quartiers. Teral deutete wie verzweifelt auf Kirk, und der Wächter zögerte nicht, betrat den Raum und ging neben dem Captain in die Hocke.

Kirk sah zu dem Mann auf und bemerkte Teral hinter ihm. »Nein ...«, hauchte er.

Die Romulanerin riss den Phaser aus dem Gürtel des Sicherheitswächters. Er drehte sich erschrocken um, aber es war bereits zu spät. Teral betätigte den Auslöser und betäubte ihn.

Der Mann kippte nach vorn, landete auf dem Captain.

Kirk fiel zurück. Als Teral den Phaser auf ihn richtete, traf er eine rasche Entscheidung und erweckte den Anschein, das Bewusstsein zu verlieren.

Vielleicht fiel er tatsächlich in Ohnmacht, denn als er die Augen wieder öffnete, schienen einige Minuten verstrichen zu sein, an die er sich nicht erinnerte. Der betäubte Wächter lag halb auf ihm, und erneut spürte Kirk ein ausgeprägtes Schwindelgefühl. Er war versucht, die Augen wieder zu schließen, sich der Dunkelheit hinzugeben.

Doch etwas in ihm kämpfte dagegen an. Seine Mission bestand darin, den Schmuggler zu stellen und Informationen über die Plasmastrahl-Waffe von ihm zu bekommen. An dieser Absicht hielt Kirk fest – er wollte nicht versagen.

Er biss die Zähne zusammen und stemmte sich auf dem Ellenbogen hoch. Der Sicherheitswächter auf ihm schien Tonnen zu wiegen, und die Anstrengung trieb Kirk den Schweiß aus den Poren. Er sah zum Interkom neben der Tür. Wenn er es erreichte, konnte er einen Alarm auslösen und die Crew veranlassen, nach der entkommenen Teral zu suchen. Er stöhnte und zog das rechte Bein unter dem Wächter hervor.

Mit einem freien Bein fiel es ihm leichter, sich aufzusetzen und ganz von der Last des Bewusstlosen zu befreien.

Schwieriger war es, auf die Beine zu kommen, und jeder einzelne Schritt bedeutete eine übermenschliche Anstrengung. Mehrmals krümmte er sich zusammen, als heftiger Schmerz durch die Magengrube stach. Dumpfes Pochen hinter der Stirn gesellte sich dieser Pein hinzu, und Kirks Wunsch, sich neben dem betäubten Wächter auf den Boden zu legen, wurde immer größer.

Doch das kam für ihn nicht in Frage.

Mit eisernem Willen kämpfte er gegen Übelkeit und Schwindel an. Der Geist musste sich dem Körper gegenüber durchsetzen …

Schritt um Schritt kam er dem Interkom näher. Er prallte härter als erwartet an die Wand, schnaufte und stützte sich mit der einen Schulter ab. Dann hob er die Hand und aktivierte das Interkom.

»Alarm! An alle Decks, Alarm! Commander Teral ist entkommen. An alle Besatzungsmitglieder … An Bord ist eine bewaffnete Romulanerin unterwegs …«

Er sank langsam zu Boden, als Spocks besorgt klingende Stimme aus dem Interkom-Lautsprecher ertönte. »Bestätigung, Captain. Ist alles in Ordnung mit Ihnen?«

»Nein.« Kirks Knie gaben nach. »Benachrichtigen Sie Dr. McCoy. Medizinischer Notfall …«

Teral befand sich im Turbolift, als Kirk den Alarm auslöste. Von einem Augenblick zum anderen bedauerte sie, ihn nicht ebenfalls betäubt zu haben. Aber er hatte den Eindruck erweckt, an der Strahlenkrankheit zu leiden, und sie wollte nicht riskieren, ihn mit dem Phaser zu töten. Während ihrer beruflichen Laufbahn hatte sie schon früh gelernt: Man konnte mit vielen Dingen durchkommen, aber gewiss nicht mit der Ermordung eines Raumschiff-Kommandanten.

Der Turbolift wurde langsamer. Teral schloss die Hand fester um den Griff und hoffte, dass die Transportkapsel nicht anhielt. Doch genau das geschah. Nach einigen Sekunden öffnete sich die Tür, und sie stellte fest, dass sie sich auf Deck Fünfzehn befand.

Einige Techniker warteten auf den Lift. Sie trugen kleine Behälter und Taschen – vermutlich handelte es sich um eine der Gruppen, die beschädigte Bordsysteme reparierten.

Teral sauste an den Technikern vorbei, und eine halbe Sekunde später erkannte man sie.

»Stehenbleiben!«, riefen zwei Männer gleichzeitig und nahmen die Verfolgung auf. Ein dritter blieb zurück und meldete sicher Terals Aufenthaltsort.

Auch ohne funktionierende Scanner war es nur eine Frage der Zeit, bis man sie fasste. Vor der Auslösung des Alarms hatte durchaus die Chance bestanden, dass Teral den Shuttle-Hangar erreichen und dort das Kraftfeld deaktivieren konnte. Diese Möglichkeit bestand jetzt nicht mehr, und deshalb begann sie sofort mit der Ausführung des alternativen Plans.

Sie befand sich im sekundären Rumpf. Es fiel ihr

nicht weiter schwer, einen leeren Raum zu finden und sich dort zu verstecken. Die beiden Techniker liefen erst an der Tür vorbei, kehrten dann zurück und sahen ins Zimmer. Teral duckte sich tiefer hinter eine Konsole und entging der Entdeckung.

Als die beiden Männer fort waren, eilte Teral zu einer Zugangsröhre, die zum nächsten Deck führte. Dort gab es nicht nur die technische Abteilung, sondern auch einige medizinische Stationen. In den Korridoren waren recht viele Besatzungsmitglieder unterwegs, und immer wieder hörte die Romulanerin leises Stöhnen.

Sie hielt sich nicht damit auf, über die seltsame Strahlenkrankheit nachzudenken, die sich so plötzlich bei Captain Kirk ausgewirkt hatte. Zum ersten Mal befand sie sich in einer so kritischen Situation. Nun, sie hatte auch noch nie zuvor so wichtige Informationen geschmuggelt. Sie erinnerte sich daran, lange und gründlich überlegt zu haben, bevor sie entschied, dass es sich lohnte, mit dem Verkauf der Daten über die Plasmastrahl-Waffe ein erhebliches Risiko einzugehen.

Fast durch Zufall war sie in den Besitz der Informationen gelangt. Allerdings: Wenig später fiel einer ihrer Informanten wegen seiner Beteiligung an dieser Angelegenheit dem Tal Shiar zum Opfer, dem romulanischen Geheimdienst. Dieser Patzer zwang Teral, sich eine neue Identität und ein neues Schiff zuzulegen, bevor sie ihre Arbeit im Romulanischen Reich fortsetzen konnte. Falls ihr nach diesem Geschäft überhaupt noch etwas daran lag. Mit dem Geld, das die Klingonen für ihre Daten zahlen würden, hatte sie für den Rest ihres Lebens ausgesorgt.

Sie schob sich in die schmale Lücke zwischen den Reaktorspulen, deren Emissionen verhinderten, dass man ihre Biosignale registrierte. Die Reparatur der internen Sensoren nahm vermutlich einen der unteren Plätze auf der Prioritätenliste ein, aber der vulkanische Offizier

Spock war gerissen – vielleicht fand er eine andere Möglichkeit, nach romulanischen Lebenszeichen zu scannen.

Teral entwickelte nie einen Plan, sondern immer mehrere, was sie in die Lage versetzte, sofort auf Situationsveränderungen zu reagieren. Sie war daran gewöhnt, zwischen alternativen Plänen umzuschalten, ohne in einer ausweglos erscheinenden Lage in Panik zu geraten. Gerade deshalb hatte sie es in ihrem Beruf so weit gebracht. Man sagte ihr nach, dass sie sich besonders gut darauf verstand, Informationen und schwer zu beschaffende Dinge zu schmuggeln.

Die Erklärung lautete: Teral wusste, was die Leute von ihr erwarteten. Sie hatte Dr. McCoy dazu gebracht, nur einen oberflächlichen Bio-Scan vorzunehmen, und Spock war ihr entgegengekommen, indem er darauf verzichtete, die Kontaktinformationen Starfleet zu übergeben. Aber Captain Kirk ... Eigentlich hätte er ihr vertrauen sollen. Teral hatte ihm allen Grund gegeben, ihr zu glauben, aber wider Erwarten gelang es ihr nicht, die Skepsis aus ihm zu vertreiben.

Geduldig hatte sie auf eine Gelegenheit gewartet, aus ihrem Gefängnis zu entkommen. Mit ihrem speziellen Tricorder – das Geschenk eines Kontaktmanns beim Tal Shiar – war es ihr leicht gefallen, Informationen über die innere Struktur der *Enterprise* zu bekommen. Deshalb kannte sie alle Luftschleusen an Bord, die großen ebenso wie die kleinen.

Das Deck mit der technischen Abteilung, auf dem sie sich nun befand, verfügte über mehrere Schleusen für die Entsorgung gefährlicher Substanzen. Teral kroch an den Spulen vorbei und näherte sich einer.

Es handelte sich um eine schlichte Vorrichtung mit automatischer Verriegelung. Teral gab den richtigen Code ein, den sie durch gut getarnte Computer-Nachforschungen herausgefunden hatte. Die knapp einen

Meter durchmessende Innenluke schwang mit einem leisen Zischen auf.

Mit einem raschen Blick vergewisserte sich die Romulanerin, dass niemand sie beobachtete. Dann hob sie die Hände zum Haar – der Knoten enthielt eine silberne Kugel. Teral betrachtete sie nachdenklich. Es war nicht leicht gewesen, McCoy während des Bio-Scans abzulenken. Aber selbst bei einer solchen Sondierung konnte die Kugel kaum für etwas anderes gehalten werden als Haarschmuck, und sie war extra so beschaffen, dass ein Waffen-Scan nicht auf sie reagierte.

Doch in einer Strafanstalt der Föderation wäre die Kugel sofort entdeckt worden. Man hätte sie geöffnet und in ihrem Innern Informationen über die romulanische Plasmastrahl-Waffe gefunden.

Teral aktivierte die integrierte Subraumbake, die erst dann zu senden begann, wenn sie ein ganz bestimmtes Signal empfing. Dann legte sie die Kugel ins Innere der Schleuse und schloss die Luke. Pumpen saugten die Luft ab, und wenige Sekunden später öffnete sich das Außenschott, um die Kugel auszuschleusen. Sie war dazu bestimmt, wie eine Boje zu funktionieren. Falls nötig würde sie bis in alle Ewigkeit draußen schweben und darauf warten, dass Teral zurückkehrte, um sie aufzunehmen.

Jetzt musste sie sich möglichst weit von diesem Ort entfernen, bevor sie gefasst wurde. Angesichts der vielen Fehlfunktionen an Bord war die Aktivierung der kleinen Schleuse vermutlich nicht bemerkt worden.

Teral eilte zur nächsten Zugangsröhre und glitt an der Leiter vier Decks tiefer. Im Bereich von Deck Einundzwanzig wurde sie zu schnell; sie bremste ab und sprang hinaus.

Der Freizeitbereich war leer, denn alle abkömmlichen Besatzungsmitglieder wurden für die Reparaturen eingesetzt oder kümmerten sich um die Kranken. Teral lief durch große Räume mit verschiedenen Unterhaltungsmöglichkeiten. Sie fragte sich, wie so verwöhnte und verweichlichte Leute eine solche Herausforderung für ihr Geschick darstellen konnten. Dies war nicht ihre erste Begegnung mit Starfleet, und nie zuvor hatte sie es mit so vielen Problemen zu tun bekommen.

Als sie Stimmen hörte, benutzte sie eine weitere Zugangsröhre, um noch weiter nach unten zu gelangen. Offenbar befand sich der Speisesaal in der Nähe, denn hier waren recht viele Mitglieder der Crew unterwegs. Bei der ersten Gelegenheit hastete Teral durch einen Lagerraum zu einer weiteren Leiter. Kurze Zeit später, wieder auf Deck Zwanzig, betrat sie den Wartungsbereich der Shuttles.

Jetzt war sie nicht mehr weit vom Hangar entfernt. Auf der gegenüberliegenden Seite führte ein hydraulischer Lift an der Wand empor, und oben gab es vermutlich einen Zugang zum angrenzenden Hangardeck – auf dem Sicherheitswächter warteten.

Teral fragte sich, ob sie jetzt aufgeben oder versuchen sollte, die *Barataria* unter ihre Kontrolle zu bringen. Wenn es ihr wirklich gelang, mit dem kleinen Schiff zu starten ... Dann konnte sie sich am Rand der Plasmastürme verstecken, bis die *Enterprise* und die *Tr'loth* den Flug fortsetzten. Anschließend würde sie zurückkehren und die Kugel mit den Plasmastrahl-Daten bergen. Bestimmt ließen sich für den Verkauf der Informationen neue Vereinbarungen mit den Klingonen treffen.

Teral beschloss, einen entsprechenden Versuch zu unternehmen. Es war sehr unangenehm, von einem Phaser betäubt zu werden, aber wenn sie sich nicht bemühte, die *Enterprise* zu verlassen ... Dann schöpfte man vielleicht Verdacht, mit dem Ergebnis, dass man sie gründlich verhörte.

Auf der einen Seite des Wartungsbereichs sah Teral

ein Gestell mit Helmen für jene Arbeiter, die mit Plasma-Schweißbrennern umgingen. Sie griff nach dem ersten und setzte ihn auf. Er war zwar recht klein, aber das Schutzvisier ließ sich herunterklappen – jetzt konnte sie niemand mehr auf den ersten Blick als Romulanerin erkennen.

Nur wenige Besatzungsmitglieder hielten sich in dieser Abteilung auf. Teral ging an einem halb demontierten Shuttle vorbei und bemerkte, dass der Impulsantrieb eine Einheit bildete. Dadurch wurde der Transport eines solchen Triebwerks wesentlich einfacher, stellte die Schmugglerin in ihr fest. Sie kannte einen Ferengi, der bereit war, ziemlich viel Latinum für einen Impulsantrieb zu bezahlen.

Schließlich näherte sie sich dem hydraulischen Lift und dort erfüllten sich ihre Erwartungen: Neben dem Lift führte eine Wartungsleiter nach oben.

Vorsichtig kletterte Teral empor und hoffte, dass niemand den hydraulischen Mechanismus ausgerechnet jetzt in Betrieb nahm. Sie beeilte sich, sah immer wieder nach oben und versuchte, Einzelheiten zu erkennen. Doch Dunkelheit verwehrte ihr den Blick auf das, was sich über dem Lift befand.

Am Ende der Leiter musste Teral die bittere Erkenntnis hinnehmen, dass zwar eine Zugangsluke existierte, diese sich jedoch nicht öffnen ließ, weil der hydraulische Lift an seinem höchsten Punkt arretiert war. Ein dünner Lichtstreifen wies auf den nahen Shuttle-Hangar hin, und eine Stimme erklang, erteilte Anweisungen. Es folgte das Geräusch eiliger Schritten.

Teral setzte sich wieder in Bewegung, um nach unten zurückzukehren. Sie wusste jetzt, dass die Kletterpartie nach oben ein Fehler gewesen war.

Plötzlich glänzte Licht von unten empor. »Da ist sie!«, rief jemand.

Teral kletterte noch schneller nach unten und hoffte,

dass ihre Verfolger nicht so dumm waren, den hydraulischen Lift zu aktivieren.

Ein Sicherheitswächter griff nach ihrem Bein, und dadurch wäre sie fast von der Leiter gefallen.

»Lassen Sie mich los!«, fauchte die Romulanerin. »Ich komme nach unten.«

Die Hand drückte noch fester zu. »Lassen Sie den Phaser fallen!«

Teral sah nur einen Arm und die Hand an ihrem Fußknöchel. Sie fühlte sich versucht, den Wächter zu betäuben, nur um des Prinzips willen, aber dann hätte man bestimmt auch auf sie geschossen.

»Hier ist er«, sagte sie, beugte sich hinab und warf die Waffe fort. Verärgerte Rufe erklangen, als andere Sicherheitswächter durchs Halbdunkel eilten und nach dem Strahler suchten.

Die Hand ließ Teral los, und sie kletterte ganz hinab, trat wenige Sekunden später von der letzten Sprosse herunter. Anschließend schaltete sie einfach ab. Sie verabscheute Leute, die Autorität durchsetzten, ob es nun Sicherheitswächter der Föderation waren oder romulanische Friedenshüter. Teral beantwortete keine Fragen und reagierte auch sonst nicht, als man ihr den Helm abnahm. Besonders freundlich ging man nicht mit ihr ihm, vermutlich deshalb, weil sie den Wächter in ihrem Quartier betäubt hatte.

Man führte sie durch den Wartungsbereich, und dabei ignorierte sie mehrere kleine Demütigungen, wie zum Beispiel den Umstand, dass man ihr die Hände mit Stasisschellen fesselte. Sie lenkte sich ab, indem sie darüber nachdachte, was sie nach dem Verkauf der Informationen über die Plasmastrahl-Waffe an die Klingonen mit dem vielen Geld anfangen würde. An der Peripherie des Hyperia-Sektors gab es einen wundervollen Planeten, den sie durch Zufall entdeckt hatte und zu dem sie schon seit einer ganzen Weile zurückkehren wollte.

Ihre angenehmen Tagträume wurden unterbrochen, als Captain Kirk aus dem Turbolift trat. Er sah ziemlich krank aus, atmete schwer und schwitzte.

»Sie sollten sich hinlegen, Captain«, sagte Teral. »Ganz offensichtlich geht es Ihnen nicht gut.«

Kirk starrte sie an und befeuchtete sich die trockenen Lippen. »Ich wusste, dass man Ihnen nicht trauen kann.«

Teral kniff die Augen zusammen. »An meiner Stelle hätten Sie ebenfalls versucht zu fliehen, Captain. Eine Konfrontation zwischen Klingonen und Starfleet, und ich in der Mitte – alles andere als eine angenehme Situation. Außerdem sollten Sie mir dafür danken, dass ich Sie nicht betäubt habe. In Ihrem gegenwärtigen Zustand hätte das den Tod für Sie bedeuten können.«

»Ich möchte, dass sie gründlich gescannt wird«, sagte Kirk und wandte sich ab. »Bringen Sie Commander Teral in einer Arrestzelle unter.«

IX.

Die Sicherheitswächter brachten Captain Kirk rasch zur Krankenstation. Zuvor hatte der Captain auf einer Injektion bestanden, die ihn vorübergehend von Übelkeit und Schwindel befreite – er wollte selbst an der Suche nach Commander Teral teilnehmen.

McCoy hatte sich gesträubt und Einwände erhoben – bis Kirk ihm schließlich die Injektion *befahl*. Der Arzt begriff, dass er keine Ruhe geben würde, bis Commander Teral gefasst war, und daraufhin machte er widerstrebend vom Injektor Gebrauch.

Als Sicherheitschefin Kelley den Captain nun in die Krankenstation brachte, bedauerte McCoy seine Entscheidung.

»Jim!«, entfuhr es ihm. »Du siehst schrecklich aus. Bringen Sie ihn hierher.«

Kelley versuchte, den Captain nicht zu sehr zu stützen. Kirk winkte sie fort, nahm dann auf der Kante des Medo-Bettes Platz. McCoy schenkte seinem Protest keine Beachtung und sorgte dafür, dass er sich ganz auf der Liege ausstreckte.

Die Bio-Indikatoren am Kopfende des Bettes zeigten sofort einen zu schnellen Puls an. Darüber hinaus litt Kirk an Fieber, und sein gastrointestinaler Bereich war entzündet. Ein großer Teil der Haut des Oberkörpers war gereizt, und bei vielen kleinen Blutgefäßen zeigten sich Gewebeschäden.

McCoy brummte leise vor sich hin, als er die Untersuchung mit einem medizinischen Tricorder fortsetzte und aufs Display sah. So wirkte sich Strahlung aus: Wenn ihr Knochen und Gewebe ausgesetzt gewesen waren, ließ sich der Zerfall nicht mehr aufhalten. Die Moleküle waren bereits ionisiert, und die Möglichkeiten des Arztes beschränkten sich darauf, die Symptome zu behandeln, sobald sie sich bemerkbar machten.

Kirk stöhnte und presste die Hände an den Bauch. Während McCoy versuchte, seinen Zustand zu stabilisieren, sah der Captain sich in der Krankenstation um.

»Was ist passiert, Pille?«

»Das Gleiche wie vorher«, erwiderte McCoy scharf. »Gammastrahlung aus dem Nichts, wie ich von Spock weiß.«

»Spock ...«, hauchte Kirk.

»Er ist auf der Brücke und behält die Klingonen im Auge. Ich frage mich, wie es an Bord des Schlachtkreuzers aussieht. Gerüchten zufolge lassen die Klingonen ihre Kranken einfach sterben.«

Kirk rang sich ein Lächeln ab. »Zum Glück nehmen wir uns kein Beispiel an ihnen.«

Dem konnte McCoy nur beipflichten. Er kannte die Schmerzen der Strahlenkrankheit aus eigener Erfahrung. Die Vorstellung, so etwas ohne Medikamente und Zellregenerierung ertragen zu müssen, war einfach grässlich. Ohne angemessene Behandlung wären die meisten Betroffenen an Bord der *Enterprise* innerhalb der nächsten Wochen gestorben.

Die Bio-Indikatoren wiesen auch auf die von Kirk absorbierte Strahlendosis hin. Er hatte mindestens vierhundert Rad abbekommen, das Äquivalent von vierzigtausend Energieeinheiten pro Gewebegramm. Eine sehr gefährliche Dosis, insbesondere für Knochenmark und lymphatisches Gewebe. Ohne sofortige Behandlung konnte sogar der Tod drohen.

»Doktor?« Schwester Chapel sprach leise, um die

vielen Patienten nicht zu stören. »Gerade ist Lieutenant Uhura eingeliefert worden.«

»Damit sind zwei Angehörige der Brückencrew hier«, sagte McCoy. »Wir müssen erneut Quartiere requirieren, Schwester. An Bord hat sich die gleiche Strahlung ausgewirkt wie zuvor.«

Chapel zögerte, als ein Labortechniker Uhura zu einem Bett auf der anderen Seite der Krankenstation führte. »Was ist die Ursache, Doktor?«

»Fragen Sie Spock«, erwiderte McCoy scharf. »Er ist für die Sensorsondierungen zuständig.«

Chapel wandte sich stumm ab, und sofort bereute der Arzt seine Antwort. Er wusste, wie Chapel in Hinsicht auf Spock empfand. Warum hatte er sich dazu hinreißen lassen, sie zu verletzen? Sie war eine gute Krankenschwester und verdiente es gewiss nicht, dass er seine schlechte Laune an ihr ausließ.

McCoy seufzte, drehte sich um und begann mit der Untersuchung einer jungen Frau. Dies war die zweite Strahlendosis, die sie abbekommen hatte, zum Glück weniger stark als die erste. McCoy schauderte bei dem Gedanken, erneut an der Strahlenkrankheit zu leiden. Es war schon beim ersten Mal schlimm genug gewesen, als er zunächst über seine volle Gesundheit verfügt hatte. Aber jetzt, mit einem angegriffenen Immun- und lymphatischen System ... Unter solchen Umständen würde er mindestens eine Woche ans Bett gefesselt bleiben. Nun, es hatte kaum einen Sinn, darüber nachzudenken – er würde bald Bescheid wissen, so oder so.

Eine erneute Strahlenbelastung stellte zweifellos eine ganz besondere Gefahr dar, und deshalb beauftragte McCoy Schwester Chapel, nach den Patienten zu sehen, die noch immer an den Folgen des ersten Strahlungsschubs litten. Sie mussten alle gescannt werden, um festzustellen, ob sie eine zweite Strahlendosis abbekommen hatten.

Als Kirks Medo-Bett die Beendigung der Knochenmarkinfusion meldete, kehrte McCoy zum Captain zurück. Seine Augen waren geöffnet, und er versuchte zu sprechen.

»Meine Crew …«, brachte Kirk hervor. »Wie schlimm ist es, Pille?«

»Bisher sind sechsundzwanzig Besatzungsmitglieder erkrankt«, antwortete McCoy. »Wenn sich die Dinge so entwickeln wie beim letzten Mal, sollten während der nächsten Stunden weitere Patienten eintreffen. Ich glaube, diesmal ist die Lage noch ernster, Jim.«

Kirk versuchte vergeblich, nach dem Arm des Arztes zu greifen. »Sag Spock … er soll Starfleet Command benachrichtigen …«

»Ich bin sicher, Spock wird mit der Situation fertig«, erwiderte McCoy. »Du brauchst jetzt Ruhe.«

»Nein …«, murmelte Kirk. »Ich muss die … Mission zu Ende führen.«

»Derzeit dürftest du dazu wohl kaum in der Lage sein«, erwiderte McCoy offen. Er griff nach einem Injektor, der Valurian enthielt, ein maltesisches Medikament, das die Sinneswahrnehmung dämpfte und die Muskeln entspannte. Er hielt das Gerät an den Hals des Captains und betätigte den Auslöser.

Zwar herrschte in der Krankenstation ein ziemliches Durcheinander, aber McCoy nahm sich einige Sekunden Zeit, um auf Kirk hinabzusehen. Er hatte alles getan, was in seiner Macht stand: Zellregeneration, Gewebeverstärkung, Knochenmarkinfusion, Antibiotika. Jetzt lag es allein bei Kirks Immunsystem, den von der ionisierenden Strahlung angerichteten Schaden in Ordnung zu bringen.

Chapel überließ die Krankenstation der Obhut der dienstältesten Schwester und griff nach ihrer Medo-Tasche. Sie hatte in regelmäßigen Abständen bei den zehn

Patienten, die noch immer an den Folgen des ersten Strahlungsschubs litten, nach dem Rechten gesehen, und deshalb wusste sie, welche Quartiere es aufzusuchen galt. Kurz nach dem zweiten Auftreten der Gammastrahlung hatte sie den Zustand jener Personen per Kom-Monitor überprüft, und dabei klagte niemand von ihnen über neue Symptome.

Unterwegs sah Chapel überall Anzeichen von Chaos. Verkleidungstafeln waren entfernt worden, und Techniker bemühten sich, defekte Schaltkreise zu ersetzen. Praktisch in jedem Korridor schien eine Reparaturgruppe tätig zu sein. Inzwischen konnte wieder auf die Informationen der medizinischen Datenbank zugegriffen werden, aber Chapel erinnerte sich daran, wie erschrocken sie angesichts der Feststellung gewesen war, dass zwischen den Diagnosebetten und den Medo-Computern eine Verbindung fehlte. Sie hatten Tricorder verwenden müssen, um Puls und Temperatur zu messen.

Chapel machte ihre Runde und bemerkte die zunehmende Nervosität der Besatzungsmitglieder. Ganz offensichtlich hatte sich schnell herumgesprochen, dass der Captain an der Strahlenkrankheit litt, sich deshalb nicht mehr um Schiff und Crew kümmern konnte. Dadurch schien bei vielen Leuten der Eindruck zu entstehen, dass die Situation außer Kontrolle geriet. Niemand wusste, woher die Strahlung kam und wer als nächster erkranken würde.

Schwester Chapel brachte Spock unbegrenztes Vertrauen entgegen, aber auch sie reagierte mit Besorgnis auf die Erkrankung des Captains. Sie fragte sich, was die Klingonen derzeit unternahmen. Vielleicht zielten sie genau in diesem Augenblick mit ihren Disruptoren auf die geschwächten Schilde der *Enterprise*.

Doch sie durfte sich ihre Unruhe den Patienten gegenüber nicht anmerken lassen. Immer dann, wenn sie vor der Tür eines Quartiers stehen blieb, zauberte sie ein zuversichtliches Lächeln auf ihre Lippen. Sie durfte die Kranken nicht mit ihren Sorgen belasten. Geistige Gesundheit war eine wichtige Komponente bei der Genesung.

Sie untersuchte jeden einzelnen Patienten mit einem Handscanner und sprach dabei beruhigende Worte. Vier Besatzungsmitglieder baten, in den Dienst zurückkehren zu können, und Chapel gewährte ihnen diesen Wunsch. Zwar hatten sie sich noch nicht ganz erholt, aber das galt auch für die meisten anderen, die nach dem ersten Strahlungsschub erkrankt waren. Unglücklicherweise wirkte sich Strahlung über Wochen hinweg aus. Mit der modernen medizinische Technik konnte der angerichtete Schaden in Grenzen gehalten werden, wenn die Behandlung innerhalb weniger Stunden erfolgte. Aber eine vollständige Rekonvaleszenz dauerte bis zu einem Monat.

Ein Patient war von sich aus zum Dienst zurückgekehrt, und Chapel gab in Hinsicht auf Fähnrich Leesan einen medizinischen Tadel zu Protokoll. Es stand Patienten nicht zu, selbst über das Ende ihrer Behandlung zu entscheiden. Andererseits: Leesan war eine erstklassige Technikerin, und vermutlich hatte sie es einfach nicht ausgehalten, untätig zu bleiben, während man überall Bordsysteme reparierte.

Von den restlichen fünf Patienten hatten zwei eine neue Strahlendosis abbekommen. Chapel stabilisierte ihren Zustand mit Zysteamin-Injektionen, gab dann der Krankenstation Bescheid und beauftragte Medo-Techniker, die Betreffenden abzuholen.

Als sie Lieutenant Matheson aus seinem Quartier trugen, schloss sich Schwester Chapel ihnen an und kaute nervös auf der Unterlippe. Beim ersten Mal hatte Mathesons Körper eine Dosis von zweihundert Rad aufgenommen, und jetzt kamen noch einmal vierhundert hinzu. Er würde mindestens eine weitere Woche lang das Bett hüten müssen. Aber ihm ging es nicht annähernd so schlecht wie Spezialist Calloway, der bei beiden Gelegenheiten jeweils sechshundert Rad absorbiert hatte. Chapel machte sich große Sorgen um den Bewusstlosen, während man ihn zur Krankenstation brachte.

Als sie sich um keine Patienten mehr kümmern musste, kehrte die Unruhe sofort zurück. Jene Erkrankten, denen es nicht zu schlecht ging, mussten in ihren Quartieren untergebracht werden, damit die Diagnosebetten den schwereren Fällen zur Verfügung standen. Das wiederum bedeutete: Es mussten weitere Besatzungsmitglieder für den Dienst in der medizinischen Abteilung herangezogen werden, und dadurch standen weniger Leute für die Reparaturen zur Verfügung.

Chapel eilte zur Krankenstation und wusste: Dort wartete so viel Arbeit auf sie, dass sie bald keine Zeit mehr haben würde, an irgendetwas anderes zu denken.

Spock stand an der wissenschaftlichen Station, obgleich er derzeit das Kommando über die *Enterprise* hatte. Reparaturen und Strahlenkrankheit sorgten dafür, dass es nicht genug Crewmitglieder gab, um alle Stationen zu besetzen.

Er überwachte auch weiterhin die Bewegungen des klingonischen Schlachtkreuzers. Die *Tr'loth* war noch immer nicht voll einsatzfähig, obgleich jetzt nicht mehr die Gefahr bestand, dass sie von den Gravitationsfeldern der Badlands in Richtung der Plasmastürme gezogen wurde. Spock war bereit, den Klingonen Hilfe anzubieten, falls ihr Schiff ohne Schilde in den Einflussbereich eines Plasmasturms zu geraten drohte.

»Spock!«, rief McCoy, als er den Turbolift verließ.

Der Vulkanier drehte sich um und beobachtete gelassen, wie der Arzt zu ihm eilte. Dabei winkte er mit etwas, das nach den Resten einer blauen Starfleet-Uniform aussah.

McCoy blieb stehen und sah sich um. »Wo sind die anderen?«

»Mr. Sulu dürfte inzwischen die Krankenstation erreicht haben – es ist bedauerlich, dass Sie nicht einige Minuten früher eingetroffen sind«, erwiderte Spock. Der Arzt stellte fest, dass die Brücke wie verlassen wirkte. Ein Fähnrich und ein Lieutenant nahmen die Plätze von Chekov und Sulu ein. Von der technischen Station aus kontrollierte Lieutenant DeGroodt die Reparaturen der Bordsysteme. Chefingenieur Scott befand sich im Maschinenraum und versuchte dort, die um weitere drei Prozent gewachsenen Dilithiumkristalle zu synchronisieren. Spock räumte der Wiederherstellung des Warppotenzials oberste Priorität ein.

»Neunundvierzig Besatzungsmitglieder sind erkrankt«, sagte McCoy. »Wenn es so weitergeht, ist bald die ganze Crew außer Gefecht gesetzt.«

»Darüber bin ich mir klar, Doktor.«

»Und was wollen Sie dagegen unternehmen, Mr. Spock?«, fragte McCoy. »Woher kommt die Strahlung? Wie können wir verhindern, dass sie noch einmal zuschlägt?«

»Darauf habe ich derzeit leider keine Antwort«, erwiderte der Vulkanier. »In diesem Raumbereich deutet nichts auf ungewöhnlich hohe Gammastrahlung hin, und es finden auch keine Gravitationsfluktuationen statt.«

»Aber es *kam* zu einem Strahlungsschub«, beharrte McCoy. »*Und* die Schwerkraft an Bord spielte verrückt.«

»In der Tat, Doktor. Allerdings lassen sich diese Vorkommnisse nicht mit einem bekannten Phänomen in Verbindung bringen.«

McCoy hob die blauen Stoffreste. »Sehen Sie sich das an, Spock. Dies ist die Uniform von Spezialist Calloway.« Seine Finger übten ein wenig mehr Druck aus, und daraufhin zerfiel der Stoff zu kleinen Flocken.

Spock nahm etwas von dem Material entgegen und stellte fest, dass es sich wie Silikat anfühlte. Er legte es auf eine Untersuchungsscheibe, aktivierte seinen Tricorder und sondierte den veränderten Uniformstoff.

»Zweifellos sehr ungewöhnlich«, sagte Spock. »Die molekulare Struktur wurde modifiziert. Der Vorgang ähnelt den Anomalien, die auch bei den Dilithiumkristallen und EPS-Schaltkreisen aufgetreten sind. Zuerst schien es, als hätten energetische Schwankungen das Durchbrennen von Leitungen bewirkt. Aber solche Schäden traten auch bei energetisch inaktiven Verbindungssträngen auf.«

»Die Strahlung muss dafür verantwortlich sein.«

»Ja. Es gibt auch Berichte über Lumineszenz bei bestimmten Metallarten an Bord.« Spock deutete auf die Stoffreste. »Polymere scheinen von der Strahlung ebenfalls betroffen zu sein.«

»Wir alle sind davon betroffen!«, entgegnete McCoy und hob wieder die Stimme. »Woher kommt sie, Spock?«

»Der erste Strahlungsschub ging mit der Explosion des romulanischen Bird-of-Prey einher«, erklärte der Vulkanier ruhig. »Ich vermute, dass die Romulaner ihre Raumschiffe für den Fall der Zerstörung mit Subraum-Annäherungszündern ausgestattet haben.«

»Versteckte Bomben!«, platzte es aus McCoy heraus. »Natürlich ... Selbst wenn ihr Schiff vernichtet wird – sie haben trotzdem die Möglichkeit, den Gegner ins Jenseits zu schicken. Gemein und hinterhältig.«

»So etwas wäre typisch für das Verhalten von Romulanern. Allerdings ist es zum gegenwärtigen Zeitpunkt nur eine Theorie.«

»Nun, wenigstens ergibt sich dadurch ein Anhaltspunkt für uns«, sagte McCoy. »Glauben Sie, die Annäherungszünder sind mit Tarnfeldern ausgestattet? Warum haben wir bisher keine gefunden?«

Spock schwankte kurz, fand aber sofort das Gleichgewicht wieder. »Ich bin entschlossen, das herauszufinden, Doktor.«

»Sie sehen krank aus, Spock.« McCoy musterte ihn aufmerksam. »Ihr Gesicht ist grün. Könnte es sein, dass Ihre prächtige vulkanische Konstitution ebenso empfindlich ist wie die menschliche?«

»Ganz im Gegenteil, Doktor. Ich gebe Ihnen Bescheid, wenn ich Ihre Hilfe brauche.«

McCoy holte einen Handscanner hervor und richtete ihn auf Spock. »Sie haben mindestens dreihundert Rad absorbiert!«

»Dreihundertzwölf, um ganz genau zu sein.«

»Sind Sie übergeschnappt, Spock? Sie müssen sofort die Krankenstation aufsuchen und sich dort behandeln lassen!«

Der Vulkanier wölbte eine Braue. »Darf ich Sie daran erinnern, dass ich derzeit das Kommando über die *Enterprise* habe?«

»Darf ich *Sie* daran erinnern, dass Sie zur Hälfte Mensch sind?« McCoy bereitete einen Injektor vor. »Das hier sollte für den Anfang genügen, bis ich Ihr Gewebe gründlich untersucht und mit der Zellregenerierung begonnen habe.«

»Das muss warten, Doktor.«

McCoy brummte etwas Unverständliches, aber Spock setzte die begonnene Sondierung fort. Er hielt nach Subraum-Störungen Ausschau, erhöhte die Reichweite der Sondierungssignale auf zwei Parsec und analysierte die ermittelten Daten. Es fiel ihm nicht weiter schwer, die physischen Auswirkungen der Strahlenkrankheit aus der bewussten Wahrnehmung zu verbannen.

»Sie bleiben von allen Störungen unbetroffen, nicht

wahr, Spock?«, fragte McCoy. »Sie arbeiten einfach weiter, obgleich die Strahlung Ihr Körpergewebe zersetzt und überall an Bord wichtige Systeme ausfallen. Meine Güte, Sie sind kalt wie ein Fisch!«

Spock richtete einen kurzen Blick auf den Arzt. »Danke, Doktor. Ich glaube, das war ein Kompliment.«

McCoy hob verärgert die Hände und ließ sie dann wieder sinken. Spock hatte diese Geste schon so oft gesehen, dass er sie ignorierte.

»Als Bordarzt dieses Schiffes verordne ich Ihnen Ruhe«, sagte McCoy.

»Zur Kenntnis genommen.« Spock sah wieder in den Sichtschlitz des Scanners. »Sie können gehen, Doktor.«

X.

Zuerst wusste Kirk nicht, wo er sich befand, und dann fiel es ihm ein. Die Krankenstation. Man hatte ihn zur Krankenstation gebracht, nachdem er im Wartungsbereich des Shuttle-Hangars vor Commander Teral fast in Ohnmacht gefallen war. Er blickte aufs Chronometer und stellte fest, dass sein Zusammenbruch inzwischen einige Stunden zurücklag. Sein Körper schmerzte so sehr, als sei er tagelang gelaufen.

»Ich verliere ihn!«, rief McCoy und beugte sich über die Diagnoseliege neben der Kirks.

Der Captain stemmte sich hoch. Dr. McCoy und Schwester Chapel behandelten Spezialist Calloway. Die Bio-Indikatoren wiesen darauf hin, dass das Herz viel zu schnell schlug, und auch die anderen Anzeigen befanden sich weit außerhalb des normalen Bereichs.

»Geben Sie mir fünfzehn Kubikzentimeter Tricortizin«, sagte McCoy.

Chapel eilte mit einem geladenen Injektor herbei. »Fünfzehn Kubikzentimeter, Doktor.«

»Er verkrampft sich erneut!«, entfuhr es McCoy und versuchte, Calloway auf der Liege zu halten.

Kirk schwang die Beine über den Rand des Bettes. Mit zwei Schritten erreichte er die andere Liege und stützte sich an ihr ab, um nicht das Gleichgewicht zu verlieren.

McCoy achtete kaum auf ihn und setzte seine Bemühungen fort, Calloway am Leben zu erhalten. Doch wenige Sekunden später wurde aus dem schnellen Piepen des Herzschlags ein gleichmäßiges Summen.

McCoy hob die Hände und sah auf Calloway hinab. »Er ist tot, Jim.«

Auch Kirks Blick galt der erschlafften Gestalt. Seit mehr als drei Jahren gehörte Calloway zur Crew. Kirk hatte ihn selbst zum Spezialisten befördert. Er war ein hervorragender Physiker gewesen.

Schwester Chapel deaktivierte den Diagnose-Monitor, und das Summen verklang.

McCoy schüttelte langsam den Kopf. »Er hat zwei Strahlendosen absorbiert, Jim. Ich konnte ihm nicht helfen. Sein Blutkreislauf war irreparabel geschädigt.«

»Ich weiß, dass du dir alle Mühe gegeben hast, Pille«, erwiderte Kirk leise. »Wie viele sind krank?«

»Vierundsechzig, Jim. Niemand hat es so schlimm erwischt wie Calloway, aber wenn die Strahlung noch einmal zuschlägt ... Dann droht vielen Besatzungsmitgliedern der Tod.«

Ein solches Ende ist ohne Würde, dachte Kirk, als zwei Medo-Techniker Calloways Leiche auf eine Antigrav-Bahre legten, um ihn zur Leichenkammer zu bringen. Der Captain stellte sich vor, wie er in ein oder zwei Tagen eine kurze Ansprache hielt, bevor der Tote dem All übergeben wurde. Calloways Freunde würden bei der Zeremonie zugegen sein, um ihm die letzte Ehre zu erweisen – wenn sie bis dahin nicht erkrankt waren.

»Du solltest dich hinlegen«, sagte McCoy. »Inzwischen hat sich dein Zustand stabilisiert, und deshalb können wir dich in deinem Quartier unterbringen. Die Diagnoseliegen brauchen wir für jene Patienten, die noch keine Knochenmarkinfusion erhalten haben.«

»Ich sollte zur Brücke«, entgegnete Kirk und stützte sich noch immer an der Liege ab.

»Spock hat alles unter Kontrolle«, sagte McCoy scharf. »Die Klingonen verfügen wieder über Impulskraft, aber ihre Schilde sind noch immer unten. Und was dich betrifft, Jim: Du könntest nicht einmal zehn Minuten lang gerade stehen.«

Kirk beobachtete, wie die beiden Medo-Techniker die Antigrav-Bahre mit Calloway fortschoben. Er wusste, dass er nicht im Bett liegen konnte, während seine Crew an der Strahlenkrankheit starb.

»Ah, da ist Yeoman Harrison«, sagte McCoy erleichtert. »Bringen Sie den Captain zu seinem Quartier, Yeoman. Sorgen Sie dafür, dass er genug zu trinken hat und nicht aufstehen und zum Synthetisierer gehen muss.«

»Aye, Sir«, bestätigte Harrison ernst.

Behutsam griff sie nach Kirks Arm, um ihn zu stützen. Der Captain lächelte schief. »Diesmal geht es Ihnen nicht schlecht?«

»Nein, Sir.«

Er glaubte zu sehen, wie sich ihre Wangen ein wenig röteten. »Ich schätze, jetzt bin ich an der Reihe«, sagte er.

Kirk ließ sich aus der überfüllten Krankenstation führen. Bei allen an die medizinische Abteilung grenzenden Unterkünften standen die Türen offen – in jenen Quartieren waren ebenfalls Patienten untergebracht.

»Ich muss zum Arrestbereich«, wandte sich Kirk an Yeoman Harrison, als sie den Turbolift betraten.

»Aber Dr. McCoy hat gesagt …«

»Es spielt keine Rolle, was er gesagt hat.« Kirk hob eine zitternde Hand zu den Kontrollen der Transportkapsel und hielt sich mit der anderen am Geländer fest. »Deck Neunzehn.«

»Sind Sie sicher, dass mit Ihnen alles in Ordnung ist, Sir?«, fragte Harrison besorgt. Sie wusste nicht, ob sie den Captain stützen sollte.

»Das bin ich, wenn ich mit Commander Teral gesprochen habe.«

Auf dem Weg zum Arrestbereich empfing Kirk einen Bericht von Spock. Die Situation entsprach im Großen und Ganzen McCoys Schilderungen: Die Klingonen stellten allmählich das Funktionspotenzial ihres Schiffes wieder her. Auch an Bord der *Enterprise* machten die Reparaturen Fortschritte, und inzwischen war Scotty fast damit fertig, die Dilithiumkristalle neu zu synchronisieren. Den zeitaufwändigen Scan hatte der Chefingenieur diesmal nicht durchgeführt; er verließ sich auf die Integrität der Kristalle.

Kirk wies Yeoman Harrison an, im Sicherheitstrakt zu warten, betrat dann den Arrestbereich.

»Commander Teral hat darauf hingewiesen, dass sie sich schlecht fühlt«, sagte Sicherheitschefin Kelley. »Schwester Chapel kam hierher und verabreichte ihr eine Injektion. Sie erwähnte eine Strahlendosis von vierhundert Rad und die Notwendigkeit einer Zellregenerierung. Aber ohne Ihren ausdrücklichen Befehl wollte ich Teral nicht zur Krankenstation bringen lassen.«

»Gute Arbeit«, sagte Kirk. Er schwitzte erneut, und ihm war schwindelig.

Kelley nahm wieder hinter dem kleinen Tisch Platz, als Kirk die Zelle betrat. Die Romulanerin saß mit angezogenen Beinen auf der Liege, neigte sich langsam vor und zurück.

»Wie ich hörte, geht es Ihnen nicht gut«, sagte Kirk.

»Was ist passiert?«, stöhnte Teral. »Ich fühle mich dem Tode näher als dem Leben.«

Das Haar bildete keinen Knoten mehr und reichte weit den Rücken hinunter. Die Augen waren gerötet und glänzten feucht. Teral wirkte hohlwangig, und Kirk begriff plötzlich, dass sie älter war als er. Angesichts ihrer beeindruckenden Präsenz hatte er bisher überhaupt nicht auf ihr Alter geachtet.

»Spock glaubt, dass die Strahlung von getarnten romulanischen Bomben stammen könnte. Wissen Sie etwas von Annäherungszündern, die man beim Militär verwendet?«

»Nein … Nein, davon weiß ich nichts, aber … Spock könnte durchaus Recht haben.« Teral blinzelte und atmete mit offenem Mund. Offenbar kämpfte sie gegen die Ohnmacht an.

Kirk wusste genau, wie sie sich fühlte. Langsam ließ er sich auf einen Stuhl sinken. Ein Kranker, der eine Kranke verhörte. Nun, ihm ging es besser – bei Teral war weder eine Zellregenerierung noch eine Knochenmarkinfusion durchgeführt worden. Dadurch befand er sich in der besseren Position.

»Die Klingonen dürften bald imstande sein, ihre Schilde zu reaktivieren«, sagte er. »Und dann greifen sie uns an, weil sie wissen, das wir Sie an Bord haben.«

»Aber ich verfüge nicht über Informationen, die eine Plasmastrahl-Waffe betreffen …«, wandte Teral ein.

»Wir haben jetzt keine Zeit mehr für Lügen!«, sagte Kirk scharf. »Die Klingonen wollen entsprechende Daten und wissen, dass *Sie* an Bord sind. Deshalb werden sie nicht zögern, uns anzugreifen, sobald sie dazu imstande sind. Und selbst wenn ein Angriff ausbleibt – ein neuerlicher Strahlungsschub könnte uns alle umbringen!« Er schluckte. »Ich habe vor wenigen Minuten gesehen, wie Spezialist Calloway starb. Beim ersten Mal bekam er vierhundert Rad ab, genau wie Sie. Eine weitere Strahlendosis reichte aus, um ihn zu töten.«

Teral presste sich den Arm an den Bauch. »Dann müssen wir diesen Raumbereich so schnell wie möglich verlassen!«

»Wir brechen auf, sobald ich die Informationen von Ihnen bekommen habe.«

Die Romulanerin verzog das Gesicht. »Sind Ihnen Waffendaten wichtiger als Ihre Crew?«

»Wir sind bereit zu sterben, um unsere Mission zu einem erfolgreichen Ende zu bringen.« Kirk wischte sich Schweiß von der Stirn und befürchtete, dass er nicht mehr lange gerade sitzen konnte. »Wenn Sie mir die Informationen jetzt geben, garantiere ich dafür, dass Ihnen die Föderation Asyl gewährt. Man wird keine Anklage gegen Sie erheben.«

Teral atmete schwer und sah ihn groß an. »Sie garantieren dafür? Sie geben mir Ihr Wort als Starfleet-Captain?«

Kirk wagte zu hoffen. »Ich bin befugt, Ihnen Amnestie und volle Immunität zu gewähren.«

Teral sank auf die Matratze und hob den Arm vors Gesicht. »Mein Kopf scheint zu platzen … Ich kann nicht klar denken.«

»Es gibt nichts mehr zu überlegen.« Kirk stand auf, trat an die Liege heran und beugte sich über Teral. »Geben Sie mir die Informationen – dann sind Sie in Sicherheit.«

Der Arm rutschte beiseite, und sie sah aus dunklen Augen zu ihm auf. »Na schön. Ich erkläre Ihnen, wie Sie die Daten bekommen können.«

Yeoman Harrison wusste sofort, dass Captain Kirk einen Erfolg erzielt hatte, als er die Zelle verließ. Neue Kraft schien ihn zu erfüllen, und er schüttelte den Kopf, als sie Anstalten machte, ihn zu stützen.

»Sie können Commander Teral zur Behandlung in die Krankenstation bringen«, wies er Kelley an. »Ich gehe zur Brücke.«

Kirk verließ den Sicherheitstrakt, schritt durch den Korridor und schwankte kaum.

Harrison wollte erst dann von seiner Seite weichen, wenn sie McCoys Befehl ausgeführt hatte. Kirks Gesicht war gerötet, und als er einmal an der Wand verharrte, befürchtete sie, er könnte das Bewusstsein verlieren. Doch er brachte sich sofort wieder unter Kontrolle und ging weiter.

Im Turbolift auf dem Weg zur Brücke setzte sich der Captain mit Spock in Verbindung. »Senden Sie ein Subraum-Signal auf der Frequenz Omega Neun. Sie sollten von einer Bake Antwort bekommen und eine in der Nähe schwebende Stasiskugel finden können.«

»Faszinierend«, erwiderte Spock.

»Commander Teral hat die Waffeninformationen in der Stasiskugel untergebracht.«

»Ich werde sofort versuchen, sie zu lokalisieren«, sagte der Vulkanier.

Kirk unterbrach den Kom-Kontakt und presste die Lippen zusammen – offenbar fiel es ihm schwer, sich auf den Beinen zu halten.

»Wenn ich fragen darf, Sir ...«, begann Harrison. »Wie haben Sie Commander Teral dazu gebracht, Ihnen die Informationen zu geben?«

Kirk lächelte. »Ich habe sie darauf hingewiesen, dass ihr praktisch keine andere Wahl blieb.«

Es freute Harrison, dass Kirk lächelte, obgleich es ihm schlecht ging. Vermutlich würde sie nie erfahren, was sich zwischen ihm und Teral abgespielt hatte, aber das Ergebnis bestätigte ihr Vertrauen in seine Kommando-Autorität.

Kirk stellte erleichtert fest, dass Yeoman Harrison zurückblieb, als er die Brücke betrat. Zum Glück bestand sie nicht darauf, ihn zum Kommandosessel zu begleiten.

Abgesehen von Spock befanden sich nur drei Offiziere auf der Brücke: DeGroodt an der technischen Station und zwei junge Männer, die Chekov und Sulu vertraten. Yeoman Harrison zögerte, doch als Kirk winkte, nahm sie Uhuras Platz an der Kommunikationsstation ein.

»Ich habe die Stasiskugel gefunden und beame sie direkt zur Brücke«, sagte Spock.

Kirk drehte sich um, als die Kugel in der Nähe des Vulkaniers erschien. Sie schwebte kurz, fiel dann mit einem dumpfen Pochen auf den Boden.

Spock hob sie auf. »Interessant. Eine autarke Stasiskugel, die bei einem normalen Waffen-Scan nicht entdeckt wird.«

Kirks Gaumen war trocken, als er die entscheidende Frage stellte. »Enthält sie die Daten, Spock?«

Der Vulkanier sondierte die Kugel mit seinem Tricorder. »Sie enthält Informationen, die in einem elektromagnetischen Streifen gespeichert sind. Es dürfte eine Weile dauern, die Daten zu extrahieren.«

Kirk schluckte und fragte sich, wie lange er noch auf diese Weise weitermachen konnte. Der Schwindel schien sich in Wellen über seinen ganzen Körper auszubreiten.

»Status?«, fragte er.

»Wir haben den Sensorschatten der Plasmastürme verlassen«, sagte der Pilot. »Der klingonische Schlachtkreuzer ist dreihunderttausend Kilometer entfernt und näherte sich mit Abfangkurs.«

»Schilde und Waffensysteme der *Tr'loth* funktionieren wieder«, betonte Spock.

Kirk öffnete einen internen Kom-Kanal zum Maschinenraum. »Haben wir Warppotenzial, Scotty?«

»Aye, Sir«, ertönte eine müde Stimme. »Die Reaktivierungssequenz ist bereits weit fortgeschritten. Derzeit beträgt der Druck zweiundsiebzigtausend Kilopascal. Wir sind gerade dabei, die Timing-Diskrepanzen auszugleichen.«

»Entfernung zur *Tr'loth* noch zweihundertfünfzigtausend Kilometer.«

Kirk wünschte sich mehr Zeit. »Haben Sie die Ursache der Strahlungsschübe herausgefunden, Spock?«

»Negativ, Captain.«

Kirk sah zum Wandschirm, der den näher kommenden klingonischen Schlachtkreuzer zeigte.

Er wollte bleiben, um ganz sicher zu sein, dass es sich bei der Stasiskugel nicht um einen weiteren Trick von

Teral handelte – und um festzustellen, was es mit der rätselhaften Strahlung auf sich hatte. Aber die Crew war nur beschränkt einsatzfähig, und unter solchen Umständen konnte er sich wohl kaum auf einen Kampf gegen Klingonen einlassen. Außerdem gingen ihm McCoys mahnende Worte nicht aus dem Kopf: »Wenn die Strahlung noch einmal zuschlägt … Dann droht vielen Besatzungsmitgliedern der Tod.«

»Manchmal muss man sich damit zufrieden geben, Schiff und Crew heil nach Hause zu bringen«, murmelte Kirk.

»Sir?«, fragte Harrison und drehte sich zu ihm um.

»Berechnen Sie einen Kurs nach Starbase 33«, sagte er. »Pilot, bringen Sie uns fort von hier. Warp vier.«

Kirk lehnte sich im Kommandosessel zurück und beobachtete, wie die Badlands vom Wandschirm verschwanden. Die roten Plasmastürme hatte ihre Geheimnisse nicht preisgegeben, und es blieb auch unklar, woher die Strahlung kam. Aber er war sicher, dass Teral diesmal nicht log. Die Stasiskugel enthielt die gesuchten Informationen, und außerdem kehrte die *Enterprise* mit Trümmerstücken eines romulanischen Bird-of-Prey heim. Im Starfleet-Hauptquartier würde man sich freuen.

»Wir haben unsere Mission beendet«, teilte Kirk der Brückencrew mit. »Jetzt fliegen wir nach Hause.«

2. TEIL

STAR TREK
THE NEXT GENERATION

Sternzeit 45091.4
Jahr 2368

Unmittelbar nach den Ereignissen
von »Fähnrich Ro«

I.

Captain Picard lehnte sich im Kommandosessel zurück. Während der letzten Stunden war die *Enterprise* durch den Badlands-Sektor geflogen, auf die Plasmastürme zu. Die Besatzung hatte den Shuttle *Hawking* für einen Vorstoß in den Bereich der energetischen Turbulenzen vorbereitet.

Die Aufregung im Kontrollraum wuchs, als der Zeitpunkt des Starts näher rückte. Viele andere wissenschaftliche Schiffe hatten die berüchtigten und gefährlichen Badlands untersucht, aber die ungewöhnliche Anhäufung von Plasmastürmen wurde nun zum ersten Mal von der *Enterprise* erforscht.

Counselor Troi betrat die Brücke und ging die Rampe zum Kommandobereich hinunter. Sie sah Captain Picard an und lächelte. Vermutlich spürte sie seine gespannte Erwartung, die Freude auf bevorstehende Entdeckungen. Bisher war es kaum einem Starfleet-Schiff gelungen, die geheimnisvollen inneren Regionen der Badlands zu erkunden.

Deanna Troi nahm neben Picard Platz. »Bin ich noch rechtzeitig eingetroffen?«

»Es werden gerade die Startvorbereitungen getroffen.« Der Captain fand, dass sie hinreißend aussah in ihrem marineblauen Kleid und einem dazu passenden Stirnband, das ihr schwarzes, lockiges Haar zurückhielt. Es geschah recht oft, dass Deanna auf die Uniform verzichtete und Kleidung aus ihrer eigenen Garderobe trug. Bei einem anderen Offizier hätte Picard Anstoß an einem solchen Verhalten genommen, aber Troi bildete eine Ausnahme. Es fiel den Besatzungsmitgliedern leichter, ganz offen mit der Counselor zu sprechen, wenn sie nicht ständig daran erinnert wurden, dass sie ein vorgesetzter Offizier war.

Die visuelle Darstellung der Badlands schwoll immer mehr an, bis die Stürme den ganzen Wandschirm füllten. Das Plasma bildete wabernde rote Wolken, die sich über viele Lichtjahre hinweg erstreckten und groß genug waren, um mehrere Sonnensysteme zu enthalten.

Picard fand großen Gefallen an wissenschaftlichen Missionen. Die *Enterprise* war mit einer gründlichen Erforschung des Raumsektors 21305 beauftragt worden, auch Badlands-Sektor genannt. Der Captain erhoffte sich Antwort auf die Frage, wie dieses einzigartige Phänomen im All entstanden sein mochte und woher die Energie stammte, die dafür sorgte, dass die Plasmastürme von Bestand blieben. Es erforderte ungeheure Energiemengen, um so viel Materie zu ionisieren.

»Befinden sich andere Raumschiffe in der Nähe?«, wandte sich Picard an Worf.

»Nein, Sir«, erwiderte der klingonische Sicherheitsoffizier.

»Sehr gut.« Picard nickte. »Bringen Sie uns in den Sensorschatten der Badlands.«

»Kurs drei eins vier Komma zwei«, bestätigte Fähnrich Ro.

Sie hatten bereits Sonden in die Plasmastürme geschickt, doch die Resultate ließen zu wünschen übrig. Die vom Plasma bewirkten Verzerrungen und Interferenzen bei der Telemetrie erschwerten die Übertragung von Daten. Die *Enterprise* selbst konnte nicht in die Badlands fliegen, denn dort drohte eine Verstopfung ihrer Plasmagitter. Wenn es dazu kam, fielen die Konversionsmodule des Warptriebwerks aus und dann konnte das große Schiff nicht mehr in den Warptransit gehen.

Frühere Untersuchungen hatten ergeben, dass kleine Schiffe wie zum Beispiel Shuttles mit Impulskraft in die Badlands vorstoßen konnten. Jetzt schickten sich der Erste Offizier Riker und Commander Data an, mit der *Hawking* aufzubrechen.

»Picard an Shuttle *Hawking*. Sind Sie startbereit?«

»Aye, Sir«, ertönte die Stimme von Commander Riker aus dem Kom-Lautsprechern. »Shuttle *Hawking* meldet Startbereitschaft.«

»Wir sind zum Ausschleusungspunkt unterwegs, Sir«, meldete Fähnrich Ro.

Picard bestätigte und stützte das Kinn auf die Hand. Fähnrich Ro gehörte erst seit kurzer Zeit zur Crew der *Enterprise*. Die Bajoranerin hatte an der letzten Mission teilgenommen, bei der es darum ging, bajoranische Terroristen – beziehungsweise Freiheitskämpfer – zu finden, die cardassianische Kolonien entlang der Grenze angriffen.

Der Einsatz war durch eine Verschwörung in den obersten Starfleet-Rängen weitaus komplexer geworden als zunächst angenommen. Admiral Kennelly befand sich jetzt in Untersuchungshaft, und ihm stand ein Prozess bevor, weil er heimlich die Cardassianer unterstützt hatte. Offenbar war es ihm darum gegangen, eine mächtige Gruppe bajoranischer Rebellen auszulöschen.

Captain Picard hatte seine Aussage in Hinsicht auf den Zwischenfall bei Starfleet Command zu Protokoll gegeben. Ro Laren hingegen musste ihren Bericht erst noch übermitteln, und am Ende dieser Dienstphase wollte er sie daran erinnern. Sie war eine wichtige Zeugin, denn Admiral Kennelly hatte sie angewiesen, den bajoranischen Rebellen Waffen anzubieten – um sie aus ihrem Versteck zu locken, damit die Cardassianer sie angreifen konnten.

Den Cardassianern gefiel es bestimmt nicht, dass Starfleet Captain Picards Entscheidung befürwortet hatte, die betreffenden Bajoraner zu schützen. Außerdem würden sie sich wohl kaum über die schlechte Publicity durch ein Verfahren gegen Kennelly freuen. Der unsichere Frieden mit dem Cardassianischen Reich war erst zwei Jahre alt, und der geringste Anlass konnte zu neuer Feindschaft führen. Der erste Krieg zwischen der Föderation und den Cardassianern war lang und blutig gewesen. Die meisten Starfleet-Offiziere hatten es in jüngster Zeit auf die eine oder andere Weise mit Cardassianern zu tun bekommen.

Picard hielt es für besser, bei der gegenwärtigen Forschungsmission Kontakte mit den Cardassianern zu vermeiden. Allerdings: Die Grenze des Cardassianischen Reiches erstreckte sich im benachbarten Raumsektor. Alles konnte passieren, und genau aus diesem Grund war kein kleines wissenschaftliches Schiff geschickt worden, sondern die *Enterprise*.

Zuerst hatten Picard und seine Crew eine erste Untersuchung des Badlands-Sektors durchgeführt. Im Verlauf von mehreren Tagen hatten sie den entsprechenden Raumbereich umkreist, dabei die vorhandenen Sonnensysteme und den korkenzieherartigen Kamiat-Nebel sondiert.

Mehrere fremde Schiffe waren von den Fernbereichsensoren erfasst worden, aber die Entfernung schrumpfte nie auf Kom-Reichweite. Fähnrich Ro vermutete, dass es sich vielleicht um bajoranische Rebellen handelte, die gelegentlich in den Badlands Zuflucht suchten, um sich dort vor cardassianischen Kriegsschiffen zu verstecken. Die kleinen Schiffe vermieden einen Kontakt mit der *Enterprise* und verschwanden schon nach kurzer Zeit von den Ortungsschirmen.

»Wir nähern uns dem Ausschleusungspunkt«, sagte Fähnrich Ro.

»Gut«, erwiderte Picard. »Geschwindigkeit auf ein Viertel Impulskraft verringern.«

»Aye, Captain.«

Picard stand auf. Die komplexen Gefilde der galaktischen Politik konnten manchmal recht interessant sein, aber eine Forschungsmission war ihm in jedem Fall lieber.

Die Lippen des Captains deuteten ein Lächeln an. »Shuttle *Hawking*, hier spricht Captain Picard. Sie haben Starterlaubnis.«

Commander Riker wartete die Bestätigung des Flugdeck-Offiziers ab, bevor er antwortete: »Startsequenz eingeleitet.«

»Impulstriebwerk bereit«, sagte Data.

»Aktiviere Manövrierdüsen.« Riker warf dem Androiden einen kurzen Blick zu und lächelte. Es gefiel ihm, einen Shuttle zu fliegen. Im Gegensatz zu den Navigationssystemen der *Enterprise* kam es dabei vor allem auf die manuellen Kontrollen an.

Die *Hawking* stieg auf und drehte sich. Zwei weitere kleine Schiffe standen auf beiden Seiten des geradezu riesigen Hangars. Riker richtete den Bug des Shuttles auf das große Außenschott.

»Wir werden vom Traktorstrahl erfasst«, sagte Data.

Für gewöhnlich teilte Riker dem Flugdeck-Offizier mit, dass er den Shuttle ohne die Hilfe des Traktorstrahls aus dem Hangar steuerte. Seine Piloten-Klassifizierung erlaubte es ihm, einen manuellen Start durchzuführen.

Aber Lieutenant Aston hielt sich immer streng an die Vorschriften. Seit seiner Beförderung zum Flugdeck-Offizier hatte er Rikers Bitten um einen manuellen Start ausnahmslos abgelehnt. Mehr als einmal war der Erste Offizier versucht gewesen, sich auf seinen höheren Rang zu berufen, aber das ließ sein Stolz nicht zu.

Diesmal hatte Riker ziemlich dicht vor Aston gestanden, als er seine Bitte wiederholte. Bewusst zur Kenntnis nahm er das eigene Verhalten erst, als sich der Flugdeck-Offizier räusperte und nervös zu ihm aufsah, als er das Anliegen des Ersten Offiziers erneut zurückwies.

Während der Traktorstrahl den Shuttle ins All brachte, dachte Riker noch einmal über die Begegnung nach. Deanna würde bestimmt darauf hinweisen, dass er – wenn auch unbewusst – seine Größe benutzt hatte, um Aston einzuschüchtern. Er beschloss, ihr nichts davon zu erzählen und beim nächsten Mal vorsichtiger zu sein.

Riker beugte sich vor und wartete auf die Deaktivierung des Traktorstrahls. »Ich übernehme die Navigationskontrollen«, teilte er Data mit. Der Shuttle ließ sich von beiden Stationen aus steuern, aber Data bereitete die Sondierungen der Plasmastürme vor.

Der Erste Offizier öffnete einen Kom-Kanal zur *Enterprise*. »Shuttle *Hawking* an *Enterprise*. Wir fliegen mit voller Impulskraft zu den Badlands.«

»Bestätigung«, antwortete Captain Picard.

Je mehr sie sich dem vorher bestimmten Eintrittspunkt näherten, desto unruhiger wurde der Flug. Lichtjahreweit erstreckten sich die Badlands. Vor dem Shuttle glühte es rot und orangefarben; rankenartige Ausläufer der Plasmastürme tasteten immer wieder durchs All. Entladungen wirkten wie Blitze in Gewitterwolken und schimmerten goldgelb durch das ionisierte Plasma. Andere Teile der Badlands waren dunkler und schienen dichter zu sein.

»Wir sind gleich da«, sagte Riker.

»Ich erhöhe das energetische Niveau der Strukturintegritätsfelder«, informierte Data den Ersten Offizier.

Als die Entfernung geringer wurde, konnte man das kontinuierliche Wogen der Plasmawolken erkennen. Riker gewann den Eindruck, dass sie sich anschickten, in kochendes Wasser zu springen. Heftigere Erschütterungen erfassten den Shuttle, als die Entladungen in den Plasmastürmen die Subraum-Stabilität beeinträchtigten.

»Ich transferiere die Reserveenergie in die Bugschilde«, sagte Data.

»Geschwindigkeit wird auf ein Viertel Impulskraft verringert«, berichtete Riker. Seine Worte galten nicht nur dem Androiden, sondern auch Captain Picard an Bord der *Enterprise*. »Fünf Sekunden bis zum Eintritt in die Plasmawolken.« Die Vibrationen des Shuttles ließen seine Stimme zittern.

Er wusste, dass der Captain und die Brückencrew die *Hawking* auf dem Wandschirm beobachteten, obgleich der Sensorschatten der Plasmastürme sicher für starke Interferenzen sorgte. Riker zog den Anblick durch die Bugkanzel des Shuttles dem im Kontrollraum der *Enterprise* vor.

Die *Hawking* schüttelte sich, und der Erste Offizier versuchte, ihre Fluglage zu stabilisieren.

»Wir erreichen die Badlands«, verkündete Data.

Schwaden aus ionisiertem Plasmagas verwehrten den Blick auf die Schwärze des Alls.

Die weißgrauen Bänder zerfaserten, als der Shuttle den Flug fortsetze, wichen schließlich dem roten und orangefarbenen Glühen der Plasmastürme. Zwischen ihnen gab es trichterförmige energetische Verbindungen, die sich wie Spiegelbilder von Tornados bewegten: In der Mitte waren sie schmal, um nach beiden Enden hin immer breiter zu werden.

»Die Sensorreichweite ist begrenzt«, sagte Data. »Das Plasma beeinflusst unsere Bilderfassungssysteme. Ich erweitere die Bandbreite, um die Interferenzen zu kompensieren.«

Eine weitere, besonders heftige Erschütterung erfasste den Shuttle, und es folgten kleinere Stöße. Riker teilte seinem Begleiter mit, dass er mit den Manövrierdüsen einen Ausgleich zu schaffen versuchte.

»Die magnetischen Turbulenzen nehmen immer mehr zu«, sagte Data. Die Vibrationen des Shuttles bewirkten auch bei ihm eine geringfügige Veränderung der Stimme. »Der Außenhüllendruck erreicht ein gefährliches Ausmaß.«

Ein hin und her schwingender Plasma-Arm strich gefährlich nahe an dem kleinen Raumschiff vorbei. *Woher kam er*?, fragte sich Riker. Der umhertastende energetische Tentakel war urplötzlich, wie aus dem Nichts entstanden.

»Erhöhe Geschwindigkeit auf halbe Impulskraft«, sagte Riker ernst. Unter diesen Bedingungen brauchte er mehr Energie.

Der Shuttle wurde schneller, und gleichzeitig nahmen die Erschütterungen an Intensität zu. Riker steuerte die *Hawking* an dem unsteten Plasmastrom vorbei in Richtung der oberen Wolkenbereiche. Auf der Backbordseite schien das Plasma dichter zu sein, und dort kam es immer wieder zu Entladungen. Erneut änderte Riker den Kurs, um ihnen auszuweichen. Der Shuttle reagierte so schwerfällig, als käme es zu Verzögerungen bei der Impuls-Weitergabe im optischen Datennetzwerk.

»Kapazität der Schilde auf achtundsiebzig Prozent gesunken«, sagte Data. »Shuttle *Hawking* an *Enterprise*. Bitte melden Sie sich, *Enterprise*.«

Riker war viel zu sehr darauf konzentriert, sich dem Rhythmus der Plasmastürme anzupassen, um Data Beachtung zu schenken. Der Androide ging die einzelnen Punkte der üblichen Kommunikationsroutine durch, die für den Fall bestimmt war, dass eine Einsatzgruppe den Kontakt mit ihrem Schiff verlor. Eigentlich hatte niemand damit gerechnet, dass eine Kom-Verbindung hergestellt werden konnte, wenn sich die *Hawking* in den Badlands befand.

»Keine Objekte in einem Umkreis von hunderttausend Kilometern«, berichtete Data.

»Wir brauchen eine größere Sensorreichweite«, brummte Riker. »Wenn uns hier irgendwelche Objekte entgegenfliegen, könnten wir getroffen werden, bevor wir etwas sehen.«

»Verstanden«, erwiderte Data. »Ich versuche, die Emitter-Impulse zu modulieren, um die Reichweite der Sensoren zu erhöhen.«

Sie setzten den Flug fort, beide auf ihre Arbeit konzentriert. Helles Licht fiel durch die Bugkanzel des Shuttles, und gelegentliche Entladungen sorgten für automatische Aktivierungen der Strahlungsfilter.

»Die Sensorreichweite beträgt jetzt zweihundertfünfzigtausend Kilometer«, meldete Data. Fast kummervoll fügte er hinzu: »Allerdings beschränkt sich der Ortungswinkel auf einen zwölf Grad breiten Bogen direkt vor uns.«

»Großartig«, kommentierte Riker. »Genauso gut könnten wir mit einem Scheinwerfer nach vorn leuchten, um nach Hindernissen Ausschau zu halten.«

Data blinzelte und richtete den Blick seiner gelben Augen auf Riker. »Commander, ich kann mir kaum vorstellen, dass sich unser Situation durch die Verwendung eines Scheinwerfers verbessern ließe.«

»Ich habe mir einen Scherz erlaubt, Data.«

Der Androide schüttelte den Kopf und sah wieder auf die Anzeigen der Konsole. »Ich verstehe. Erneut habe ich eine Situation und ihre Angemessenheit für einen Scherz falsch beurteilt.«

»Eigentlich ist unsere Situation für Scherze nicht besonders angemessen.« Riker lächelte kurz.

Er fand Gefallen daran, Data gelegentlich zu verblüffen. In Hinsicht auf Fakten und Zahlen war so etwas unmöglich, aber selbst bei den einfachsten Dingen wirkte Data manchmal wie ein Kind – obwohl Riker kein intelligenteres Geschöpf kannte.

Data hatte wie üblich ausgezeichnete Arbeit geleistet. Die veränderten Sensoren funktionierten besser, auch wenn sich dadurch der Ortungsbereich einengte. Riker kompensierte, indem er mit einem Zickzack-Kurs begann.

Sie befanden sich bereits ziemlich tief im Innern der Plasmazone, als die *Hawking* auf einen ausgedehnten Eruptionsbereich stieß. Riker manövrierte den Shuttle an zwei großen Entladungstrichtern vorbei. Inzwischen hatte er so etwas wie ein Gefühl für ihr Bewegungsmuster entwickelt.

Plasmatentakel strichen hin und her, verwehrten teilweise den Blick auf die Bereiche dahinter.

»Data?«, fragte Riker.

»Offenbar nähern wir uns einer Region mit relativ dünnem Plasma«, berichtete der Androide.

Die dichten Wolken blieben hinter ihnen zurück, und einmal mehr zerfaserten die Streifen. Im Erfassungsbereich der Sensoren gab es keine Entladungstrichter mehr.

»Sensorreichweite nimmt zu«, sagte Data und vergrößerte die Darstellung auf einigen Bildschirmen.

»Was haben wir denn hier?«, fragte Riker und dehnte den Suchbereich aus. Nach einigen Sekunden fügte er hinzu: »Könnte es das sein, was ich glaube?«

»Es handelt sich um einen Gasriesen mit sechs Monden, die über einen Eisenkern verfügen«, sagte Data.

»Ein Gasriese ...«, wiederholte Riker, betrachtete dabei die aquamarinblauen und grünen Streifen des Planeten. Er steuerte den Shuttle in einem weiten Bogen vorbei, um gravitationelle Fluktuationen zu vermeiden, die vielleicht vom Plasma verstärkt wurden.

»Ich orte auch noch einen Planeten der Klasse O«, sagte Data. »Und einen der Klasse M. Sie umkreisen einen orangefarbenen Zwergstern.«

»Ein ganzes Sonnensystem«, murmelte Riker erstaunt.

»Von den Plasmastürmen verschluckt. Könnte es weitere geben?«

»Das ist durchaus möglich, wenn man die Größe der Badlands bedenkt«, ließ sich Data vernehmen.

Riker schüttelte den Kopf, als sie durch das System flogen und Daten über die verschiedenen Planeten sammelten. Ein seltsamer Anblick bot sich ihm und Data dar. Die Welten erweckten den Eindruck, im Plasma zu schwimmen. Aber subtile Veränderungen in Farbe und Licht deuteten auf die orbitalen Bewegungen der Planeten hin. Riker fühlte sich in eine uralte, im Meer versunkene Stadt versetzt: Dunkle Strömungen zogen an Ruinen vorbei, isolierten sie voneinander.

Der Erste Offizier pfiff leise durch die Zähne und überprüfte die korrekte Funktion der Bilderfassungssysteme. Er war nicht sicher, ob er in seinem späteren Bericht alles genau genug beschreiben konnte. In diesem Fall genügte ein Blick auf den vorbeitreibenden Planeten, um den Betrachter erschauern zu lassen. Er versuchte, sich die Bedingungen auf der Oberfläche des Planeten der Klasse M vorzustellen. Selbst wenn es dort eine Atmosphäre gab: Eine so starke Ionisierung musste sich schädlich auf Lebensformen auswirken.

Der Shuttle schüttelte sich wieder, als das Plasma dichter wurde. Riker dachte erleichtert an die zusätzliche Warpenergie, über die sie verfügten. Sie konnte als Reserveenergie verwendet werden, um strukturelle Integrität und Schilde zu verstärken. Die sich ständig verändernden Plasmafelder stellten eine große Belastung für alle Bordsysteme dar.

Hinter ihnen verschwand das Sonnensystem im roten Wabern. Riker lenkte den Shuttle noch eine Zeitlang durch die wogenden Schwaden, aber abgesehen von gelegentlichen Entladungen gab es nichts Interessantes mehr zu beobachten.

»Es wird Zeit für die Rückkehr«, sagte er. Picard und

die anderen konnten es sicher gar nicht abwarten, einen Bericht zu empfangen.

Kurze Zeit später sah sich Riker außerstande, den Punkt zu lokalisieren, an dem sie in die Badlands hineingeflogen waren. Mit den Navigationskontrollen schien soweit alles in Ordnung zu sein, aber als er die vorherigen Kurssequenzen mit der gespeicherten Karte verglich, kam es zu Diskrepanzen aufgrund fluktuierender Gravitationsfelder.

»Wir haben die Orientierung verloren«, teilte Riker Data mit.

Der Androide verstand sofort und versuchte zu kompensieren. »Wir haben die primären Navigationssysteme verloren.«

»Wo sind wir?«, fragte Riker ruhig.

»Ich versuche, unsere Koordinaten auf Grundlage der von Ihnen vorgenommenen Kursmodifikationen zu berechnen«, sagte Data und rief die von Riker verwendete Sequenz ab.

Der Erste Offizier aktivierte die Manövrierdüsen und steuerte den Shuttle ins dichtere Plasma, um den Entladungstrichtern auszuweichen. Data konzentrierte sich unterdessen auf die Berechnungen. Riker kannte niemanden, der für eine Navigation ohne die Orientierungshilfe der Sterne bessere Voraussetzungen mitbrachte als der Androide.

Data versuchte es mit dem Gegenteil der Navigationskommandos, die Commander Riker eingegeben hatte, um zum Sonnensystem mit dem Gasriesen zu fliegen. Als das nicht zu dem gewünschten Ergebnis führte, folgerte der Androide, dass sich die Plasmafelder im Innern der Stürme durch kontinuierliche interne Bewegungen auszeichneten. Offenbar veränderten sie ihre Position nicht nur in Bezug auf den Rest des Felds, sondern auch in Hinsicht auf die Galaxis.

Ohne genaue Messungen der Plasmafelder und ihrer interagierenden Strömungen ließ sich unmöglich die Position des Shuttles in Bezug auf den Eintrittspunkt feststellen. Unmittelbar im Anschluss an diese Erkenntnis trachtete Data danach, die Position der *Hawking* bezüglich des nächsten Randes der Badlands zu bestimmen, indem er die Sensoren auf die Resonanzfrequenz der Galaxis kalibrierte.

Der Androide sah sich mit einem einzigartigen und sehr interessanten Problem konfrontiert. Commander Riker hielt nichts von Datas Enthusiasmus in diesem Zusammenhang, und deshalb beschränkte er sich auf knappe Statusberichte in Abständen von jeweils zehn Minuten. Nach einer Weile nahm er zur Kenntnis, dass Riker die Fäuste ballte – offenbar wurde er nur schwer damit fertig, dass ihn die Umstände zu Tatenlosigkeit verurteilten. Der Erste Offizier nahm Sondierungen vor, während sie im dichten Plasma unterwegs waren. Data befasste sich mit komplexen Berechnungen, verwendete dabei sowohl sein positronisches Gehirn als auch den Bordcomputer des Shuttles.

Er verharrte in fast absoluter Reglosigkeit, während er auf diese Weise beschäftigt war. Schließlich rejustierte er die Sensoren und fand heraus, in welcher Richtung die Resonanzfrequenz die höchste Intensität hatte.

»Fliegen Sie mit Kurs acht eins fünf Komma vier fünf weiter«, sagte er.

Commander Riker entspannte sich ein wenig. »Ich dachte schon, dass wir nie mehr hier herauskommen.«

»Nun, ich musste den Sensor-Input auf eine Frequenz reduzieren und bei der Berechnung mehrere wichtige Faktoren berücksichtigen, unter anderem die Verzerrung der …«

»Bitte entschuldigen Sie, dass ich an Ihren Fähigkeiten gezweifelt habe.« Riker gab die von Data genannten Kursdaten ein. »Auf geht's.«

Data übernahm die Sondierungen und erweiterte den Ortungsstrahl bis zum Maximum. Mit einem speziellen Impulssystem verschob er den Sondierungsstrahl in einem Zufallsmuster, wodurch er zusätzliche Daten gewann. Besondere Aufmerksamkeit schenkte er dabei Richtung und Ausmaß der unterschiedlichen, sich gegenseitig beeinflussenden Plasmaströmungen. Sie mussten mehr über die Bewegungen im Innern der Plasmastürme wissen, wenn bei einer zweiten Forschungsmission Navigationsprobleme ausbleiben sollten. Ein Sensormodul maß auch weiterhin die galaktische Frequenz, um zu vermeiden, dass die *Hawking* vom Kurs abkam.

Riker schwieg die meiste Zeit über, als sie an Entladungsbereichen vorbeiflogen, sowohl Turbulenzzonen als auch Regionen mit besonders dichtem Plasma auswichen, wo ein Vorankommen nur noch mit den Manövrierdüsen möglich war. Data bemerkte, dass der Erste Offizier erleichtert seufzte, als das Plasma wieder Streifen bildete, zwischen denen erste Sterne erschienen.

»Wir verlassen die Badlands«, sagte Riker.

Data wartete, bis durch die Bugkanzel wieder das schwarze All mit Myriaden Sternen zu sehen war, bevor er einen externen Kom-Kanal öffnete. »Data an *Enterprise*. Hier ist der Shuttle *Hawking*.«

Er vernahm das niederfrequente Brummen von Statik, während Riker vermutlich gar nichts hörte. »Die Interferenzen im Sensorschatten sind zu groß.«

»Stellen wir fest, wo wir sind.« Riker behielt die Anzeigen im Auge, als der Navigationscomputer Sternmuster miteinander verglich. Eine Karte erschien in einem Display.

»Sehen Sie, Data. Wir haben den schmalen Bereich der Badlands durchflogen und sie am ›oberen‹ Rand verlassen. Das dürfte der Grund sein, warum die *Enterprise* unsere Kom-Signale nicht empfängt.«

Die *Hawking* konnte einen Warptransfer erst in sicherer Entfernung von den Badlands einleiten. Angesichts der gravitationellen Auswirkungen der Plasmastürme ließ sich eine Warpblase nicht stabil halten.

Data rekalibrierte die Sensoren, um bei einer Fernbereichsondierung zusätzliche Daten zu erhalten. Da sich der Shuttle immer mehr von den Badlands entfernte, verringerten sich die Interferenzen, obgleich sie noch immer im Sensorschatten waren.

Am Rand des Schattens erzielte Datas Programm für Ausgleich und Filterung der Interferenzen einen Erfolg. »Die Fernbereichsensoren registrieren ein Raumschiff mit Kurs zwei sechs acht Komma fünf null«, sagte der Androide.

»Die *Enterprise*?«, fragte Riker.

Data überprüfte die Position des fremden Schiffes. Selbst mit Warp 8 – und eine so hohe Geschwindigkeit war in unmittelbarer Nähe der Badlands unmöglich – hätte die *Enterprise* jene Koordinaten nicht erreichen können. »Negativ. Identität unbekannt. Aufgrund der Plasma-Interferenzen lässt sich der Sensor-Fokus nicht stabil genug ausrichten.«

Riker beugte sich vor und berührte ein Schaltelement. Der Shuttle beschleunigte auf volle Impulskraft.

Als sie sich dem Rand des Sensorschattens näherten, bemerkte Data etwas Ungewöhnliches. Die von den Sensoren ermittelten Daten deuteten auf eine lokale Subraum-Störung hin. Bevor er Commander Riker warnen konnte, geriet die *Hawking* außer Kontrolle.

Data schaltete die Funktionsweise seines positronischen Gehirns auf ein Mikrosekunden-Niveau um – er wollte alle Einzelheiten des gegenwärtigen Geschehens wahrnehmen. Für genau zwei Komma drei vier Sekunden erfolgte im Innern des Shuttles eine Subraum-Verbindung. Es kam zu Überladungen bei den Sensoren und in Elektroplasma-Modulen, wodurch mehrere wichtige Bordsysteme ausfielen. Ein Notfall-Programm sorgte dafür, dass die in Vorbereitung auf einen Warptransfer aktivierten Antimaterie-Injektoren innerhalb von Sekundenbruchteilen deaktiviert wurden. Von einem Augenblick zum anderen stand nur noch die Reserveenergie zur Verfügung.

Die Indikatoren der Alarmstufe Rot glühten, und eine Sprachprozessorstimme verkündete: »Hauptenergie ausgefallen. Reserve-Generatoren aktiv.«

Während Dutzende von Anzeigeflächen blinkend nach Aufmerksamkeit verlangten, wandte sich Riker an Data. »Lieber Himmel, was war das?«, brachte er hervor.

II.

Ro Laren zog an ihrem Uniformkragen. Er kratzte. Sie war nicht daran gewöhnt, etwas so Enges am Hals zu tragen. Die grauen, hässlichen Gefängnis-Overalls, die sie bis vor wenigen Wochen getragen hatte, wiesen einen V-Ausschnitt auf.

Ro wusste noch immer nicht, ob sie die richtige Entscheidung getroffen hatte. Vier Jahre Ausbildung an der Starfleet-Akademie und Dienst an Bord eines Raumschiffs sollten ihr eigentlich beigebracht haben, was Disziplin bedeutete.

Aber sie landete im Gefängnis, weil sie Befehle missachtet und acht Personen getötet hatte. Sie vertraute sich selbst nicht, und trotz einer erfolgreichen Mission mit der *Enterprise* fragte sie sich, warum Captain Picard ihr vertraute.

»Bringen Sie uns aus dem Sensorschatten«, sagte der Captain.

»Aye, Sir«, erwiderte Ro und erinnerte sich rechtzeitig genug daran, das »Sir« hinzuzufügen. Sie gab Koordinaten ein, die einen Bereich unmittelbar außerhalb des Sensorschattens betrafen, und ging dann auf volle Impulskraft. Inzwischen hätte die *Hawking* längst zurück sein müssen, aber es fehlte noch immer jede Spur von dem Shuttle.

»Halten Sie nach anderen Raumschiffen Ausschau«, sagte Picard.

»Plasma-Interferenzen reduzieren die Reichweite unserer Sensoren«, erwiderte Worf. »Die derzeitigen Sondierungen weisen nicht auf die Präsenz anderer Schiffe in diesem Sektor hin.«

Picard senkte die Stimme, aber Ro Laren hörte trotzdem die Frage, die er an Counselor Deanna Troi richtete. »Spüren Sie etwas?«

Ro lehnte sich etwas weiter zurück und spitzte die Ohren. Die betazoidische Empathin erfüllte sie mit Unbehagen. Immer wieder fragte sie sich, wie viel Troi wusste.

»Nichts, Sir«, antwortete die Counselor. »Seit der Shuttle in den Badlands verschwunden ist, empfange ich nichts mehr. Vielleicht ist angesichts der Ionisierung durch die Plasmastürme keine Übertragung von empathischen Emanationen möglich.«

Ro schauderte innerlich und überlegte, ob Troi ihre aktuellen Empfindungen kannte. Es gefiel ihr gar nicht, gewissermaßen transparent zu sein, aber genau so fühlte sie sich bei den Gesprächen mit Troi. Die Fragen, die sie stellte! Ro hätte sie am liebsten aufgefordert, sich nicht weiter zu bemühen. Sie glaubte, dass es keine Möglichkeit gab, die Wunden in ihrem Innern zu heilen. Ein bajoranischer Flüchtling konnte nicht »normal« sein, so wie andere Leute.

Ro vermutete, dass Counselor Troi ausführliche Berichte verfasste, und deshalb betonte sie immer wieder, dass sie Captain Picard sehr dankbar dafür war, ihr eine zweite Chance zu gewähren. Einmal hatte die Counselor gefragt, ob sie sich wirklich eine Rückkehr zu Starfleet wünschte. Ro hatte sofort mit »ja« geantwortet, ohne hinzuzufügen, dass es abgesehen von dem Gefängnis auf Jaros II keinen Ort gab, zu dem sie zurückkehren konnte. Sie wollte lieber sterben, als sich in einem bajoranischen Umsiedlungslager unterbringen zu lassen und dort ihre Zeit damit zu verbringen, defekte Ausrüstung zu reparieren oder Gemüse anzubauen.

»Wir verlassen den Sensorschatten, Sir«, sagte Ro und reduzierte die Geschwindigkeit der *Enterprise* auf Relativ-Null.

»Setzen Sie Fernbereichsonden ein, Worf«, wies Picard den Klingonen an. »Vielleicht hat der Shuttle die Badlands an einer anderen Stelle verlassen.«

Riker schluckte mehrmals und versuchte, wieder zu sich selbst zu finden. Einige Sekunden lang hatte er sich wie umgestülpt gefühlt.

»Wir sind einem Subraum-Feld begegnet«, sagte Data so, als sei überhaupt nichts geschehen.

»Von welcher Art?«

»Unbekannt, Sir«, erwiderte der Androide.

Es fiel Riker schwer, die *Hawking* unter Kontrolle zu bringen. Von intensiven Subraum-Feldern wusste man, dass sie den Plasma-Fluss unterbrechen konnten. Er hielt es für besser, das Triebwerk abzuschalten. Andere Systeme reagierten auf das abrupt reduzierte energetische Niveau, indem sie sich selbst deaktivierten. Da nur noch die Reserveenergie zur Verfügung stand, sank die Kapazität der Schilde auf dreißig Prozent.

»Handelte es sich vielleicht um eine Waffe?« Riker brachte die *Hawking* auf Relativgeschwindigkeit null – er wollte am Rand des Sensorschattens bleiben, bis sie mehr wussten. Wenigstens waren sie weit genug von den Plasmastürmen entfernt, um nicht zu riskieren, von ihren starken Gravitationsfeldern angezogen zu werden. »Wo ist das andere Schiff?«

»Die Sensoren sind noch immer ausgefallen, Commander«, sagte Data.

»Na schön«, brummte Riker. »Machen wir uns an die Arbeit.«

Zum Glück dauerte es nicht lange, die beschädigten Schaltkreise zu ersetzen. Sie gaben den Sensoren Priorität und leiteten den Energiefluss vom Elektroplasma-System zu den Fusionsgeneratoren der Reserveenergie um.

Als Data schließlich zu einer Sondierung imstande war, meldete er sofort: »Das fremde Schiff nähert sich mit Abfangkurs. Es ist ein cardassianisches Kriegsschiff der Galor-Klasse.«

Großartig, dachte Riker und bedauerte plötzlich, dass sie sich dem Rand des Sensorschattens so weit genähert hatten. »Schicken Sie der *Enterprise* eine codierte Nachricht. Leiten Sie die Botschaft über den Außenposten Gamma 7 weiter, wenn es notwendig sein sollte. Teilen Sie Captain Picard unseren Status und unsere gegenwärtigen Koordinaten mit.«

»Aye, Sir«, bestätigte Data. »Das cardassianische Kriegsschiff unterbricht den Warptransfer.«

Riker begriff, dass zwei Möglichkeiten zur Wahl standen. Sie konnten in die Badlands zurückkehren, wo sie mit schwachen Schilden und ohne Impulskraft der Gnade der Plasmastürme ausgeliefert waren. Die Alternative bestand aus einer Begegnung mit den Cardassianern.

Die absurde Vorstellung, auf einem der Planeten in den Badlands notzulanden, genügte Riker, um eine Entscheidung zu treffen.

»Stellen Sie einen Kom-Kontakt mit dem Kriegsschiff her«, sagte der Erste Offizier.

Data nickte. »Kom-Kanal geöffnet.«

»Hier spricht William Riker, Kommandant des Shuttles *Hawking*. Identifizieren Sie sich.«

Riker wollte Stärke demonstrieren, obgleich sie bei einem Kampf nicht die geringste Chance hatten.

»Ich empfange ein visuelles Signal«, sagte der Androide.

»Auf den Schirm.«

Das schnell größer werdende cardassianische Schiff wich der Darstellung einer Cardassianerin. Sie saß in einem Kommandosessel, der wie ein Thron wirkte. An ihrem Kopf bemerkte Riker eine Display-Einheit, mit der sie die Funktion der Bordsysteme überwachen konnte.

»Ich bin Gul Ocett, Kommandantin der Patrouille in diesem Sektor. Erklären Sie Ihre Präsenz.«

Die Knochenwülste an Augen und Nasenrücken waren bei der Frau weniger stark ausgeprägt als bei dem Cardassianer, der hinter dem Kommandosessel stand. Darüber hinaus stellte Riker eine blaue Tönung in der Vertiefung von Gul Ocetts Stirn und blaue Punkte an ihren Augen fest.

»Erklären Sie Ihre Präsenz«, wiederholte die cardassianische Kommandantin. Ärger blitzte in ihren Pupillen.

»Die *Enterprise* führt eine Forschungsmission in diesem Sektor durch«, erwiderte Riker. »Zu dieser Mission gehörte unser Flug in den Einflussbereich der Plasmastürme. Unglücklicherweise kamen wir vom Kurs ab.«

Gul Ocett drehte kurz den Kopf und blickte auf die von ihrem Headset herabreichende Display-Einheit. Der Cardassianer hinter ihr starrte auch weiterhin Riker an, und seine Lippen wölbten sich ein wenig nach oben.

»Wir orten die *Enterprise* nicht in diesem Sektor«, sagte Gul Ocett.

»Sie befindet sich auf der anderen Seite der Badlands«, entgegnete Riker im Tonfall der Vernunft. »Wenn Sie nicht in der Lage sind, die Plasmastürme mit Ihren Sondierungssignalen zu durchdringen ...«

Das war natürlich unmöglich, und deshalb überhörte die Cardassianerin Rikers letzte Worte. »Ein Transporter mit bajoranischen Terroristen wurde in diesem Raumbereich gesichtet. Sind Sie anderen Schiffen begegnet?«

»Nein, Ihrs ist das erste«, sagte Riker.

Wieder glitt Gul Ocetts Blick zu dem Display an ihrem Kopf. »Was beschädigte Ihren Shuttle?«

»Ein Subraum-Feld.« Riker sah Verwunderung im Gesicht der Kommandantin und fügte hinzu: »Haben Sie es nicht geortet?«

»Nein.« Gul Ocett zögerte und wandte sich ein wenig zur Seite, als ihr der hinter dem Kommandosessel stehende Cardassianer etwas ins Ohr flüsterte. Ihr Gesichtsausdruck veränderte sich und zeigte Abscheu.

Riker wechselte einen raschen Blick mit Data und wölbte fragend eine Braue. Der Androide saß außerhalb des Kom-Übertragungsbereichs und sagte leise: »Das Kriegsschiff befand sich am Rand der Sensorreichweite, als wir es mit dem Subraum-Phänomen zu tun bekamen. Es ist durchaus möglich, dass die Cardassianer keine Gelegenheit erhielten, die Anomalie zu orten.«

Gul Ocett nickte kurz und richtete ihre Aufmerksamkeit wieder auf Riker. »Wir nehmen Ihren Shuttle an Bord und bringen Sie zur *Enterprise*.«

Ein flaues Gefühl regte sich in Rikers Magengrube. Der kühle Ernst in Gul Ocetts Miene und die blutunterlaufenen Augen verliehen ihren Worten etwas Drohendes.

»Wir verfügen bald wieder über Impulskraft.« Riker lächelte und hoffte, dass es unbesorgt wirkte. »Und wir haben der *Enterprise* bereits eine Nachricht geschickt. Wir sollten bald in der Lage sein, ein Rendezvousmanöver mit ihr durchzuführen.«

»Seien Sie nicht dumm«, sagte Gul Ocett und diesmal ließ sie sich ihren Ärger deutlich anmerken. »Mit Impulskraft würden Sie Tage brauchen, um auf die andere Seite der Plasmastürme zu gelangen. Treffen Sie Vorbereitungen dafür, von einem Traktorstrahl erfasst zu werden.«

Die Kom-Verbindung wurde unterbrochen, und der

Bildschirm zeigte wieder das cardassianische Kriegsschiff. Data wartete Rikers Nicken ab, bevor er die *Hawking* darauf vorbereitete, von einem Traktorstrahl abgeschleppt zu werden. Sie wussten beide, dass der Einsatz von Waffen nicht in Frage kam. Ein Schiff der Galor-Klasse stellte selbst für die *Enterprise* eine Herausforderung dar. Im gegenwärtigen Zustand der *Hawking* genügte ein gut gezielter Schuss, um den Shuttle zu vernichten.

Es blieb Riker keine Wahl: Er musste zulassen, dass die *Hawking* vom Traktorstrahl erfasst wurde. Aber er traute den Cardassianern nicht. Der Grund mochten seine an der Starfleet-Akademie verbrachten Jahre sein, während draußen im All der Krieg wütete. Bei den meisten Kampfsimulationen war es um die cardassianische Taktik gegangen. Die Gesellschaft des Cardassianischen Reiches basierte auf einer militärischen Struktur, doch im Gegensatz zu den Klingonen genossen Cardassianer nicht den Ruf, besonders ehrenhaft zu sein. Sie zogen es vor, die Dinge hinter den Kulissen und auf möglichst brutale Weise zu erledigen. Es fiel Riker noch immer schwer zu glauben, dass die Cardassianer einem Frieden mit der Föderation zugestimmt hatten. Einige der besten taktischen Simulationen Starfleets deuteten darauf hin, dass die Cardassianer ein verborgenes Motiv für die Friedensvereinbarungen mit dem interstellaren Völkerbund hatten.

»Das Kriegsschiff ist nur noch hundert Kilometer entfernt und nähert sich weiter«, sagte Data.

Riker kniff die Augen zusammen, als er beobachtete, wie das cardassianische Schiff auf dem Bildschirm noch größer wurde. Ein goldener Glanz ging von der Außenhülle aus. Alles in ihm drängte danach, auf keinen Fall zuzulassen, dass die *Hawking* in die Gewalt der Cardassianer geriet. Aber auch der Frieden hatte seinen Preis. Data und er repräsentierten Starfleet, was bedeutete, dass sie auch unter den gegenwärtigen Umständen keine Feindseligkeit zeigen durften.

»Der Traktorstrahl erfasst den Shuttle«, sagte Data. »Wir werden zum Kriegsschiff gezogen.«

Riker schob seine Zweifel beiseite. Jetzt gab es kein Zurück mehr. Sie mussten versuchen, so gut wie möglich mit der neuen Situation fertig zu werden.

III.

Data stellte fest, dass Commander Riker beunruhigt wirkte. Zuerst war der Androide damit beschäftigt, die Bordsysteme zu deaktivieren und alle in den Badlands gewonnenen Informationen zu speichern. Aber es handelte sich um eine begrenzte Datenmenge, und der Bordcomputer hatte bereits die wichtigsten Systeme stillgelegt, was bedeutete: Schon nach kurzer Zeit gab es für den Androiden nichts mehr zu tun.

Als sie in den Hangar des cardassianischen Kriegsschiffes gezogen wurden, kamen sie an zahlreichen energetischen Ventilmodulen und Waffenkuppeln vorbei, die den Zielerfassungsfokus auf den Shuttle richteten. Nur bei wenigen Decks gab es Panoramafenster. Der größte Teil der Außenhülle bestand aus goldenen Iridium-Platten. Nach den letzten Erkenntnissen des Starfleet-Geheimdienstes erreichten die Cardassianer mit ihrem neuen Konstruktionsmuster eine um vierundfünfzig Prozent erhöhte Strukturintegrität und bessere Abschirmung. Diese Tatsache führte im Starfleet-Hauptquartier zu Diskussionen über die Konfiguration zukünftiger Raumschiffe.

Data fragte sich, ob er ein gesellschaftlich begründetes Vorurteil hegte, weil er die *Enterprise* diesem Schiff der Galor-Klasse vorzog. Oder vielleicht lag es an seinem Kreativitätsprogramm, das ihn mit gewissen ästhetischen Vorlieben ausstattete. Die *Enterprise* verfügte über anmutige Wölbungen und funkelte hell wie ein Stern. Der cardassianische Raumer hingegen war kantig und wirkte düster, trotz des goldenen Glanzes, der vom Iridium ausging.

Das grüne Kraftfeld vor dem Hangarzugang verschwand, als nur noch wenige Zentimeter den Bug der *Hawking* davon trennten. Riker ließ den angehaltenen Atem entweichen und verriet damit seine Anspannung. Data vermutete, dass es sich um eine typische cardassianische Prozedur handelte. Die allgemeine militärische Einstellung der Cardassianer verlangte, dass die Schilde nur für eine möglichst kurze Zeit deaktiviert wurden.

»Folgen Sie mir«, forderte Riker den Androiden auf und ging zur Luke. Data zögerte nicht und schloss sich dem Ersten Offizier an. Auf dem Weg zur Schleuse blickte Riker kurz zum Sicherheitsfach, das einsatzbereite Handphaser enthielt, aber er verzichtete darauf, sich zu bewaffnen.

Kurze Zeit später öffnete sich das Außenschott der Luftschleuse, und die beiden Starfleet-Offiziere traten nach draußen. Im Hangar des cardassianischen Raumers war es nicht so hell wie im Innern des Shuttles, und die automatischen Adaptionssysteme des Androiden passten sofort die Iriden der Augen den geänderten Lichtverhältnissen an.

Mehrere cardassianische Wächter in grauen Uniformen standen vor der *Hawking*. Einer ging an Data vorbei, kaum dass er den Shuttle verlassen hatte, betrat das kleine Raumschiff und begann sofort mit einer Sondierung.

»Ist das notwendig?«, fragte Riker.

»Diese Leute befolgen meine Befehle.« Gul Ocett löste sich aus den Schatten und kam näher. Ihre Uniform bestand aus schwarzen Panzerfacetten, deren Kanten dunkle, reflektierende Streifen aufweisen, die ein dramatisch wirkendes V von den Schultern bis zur Taille formten. In einem Abstand von einigen Metern blieb sie stehen und wartete, während der größte Wächter Riker mit einem ziemlich großen Handscanner untersuchte.

»Keine Waffen, Commander. Keine Implantate. Dies hier …« Er deutete auf den Insignienkommunikator. »… ist ein Kommunikationsgerät.«

»Ich hätte entsprechende Fragen bereitwillig beantwortet«, wandte sich Riker an Gul Ocett. Dem scannenden Wächter schenkte er keine Beachtung. »Wir sind unbewaffnet.«

Gul Ocett verschränkte die Arme und wartete, während der Mann Data scannte.

»Commander! Dies ist keine biologische Lebensform. Vierundzwanzig Kilogramm Tripolymer-Verbindungen. Zwölf Komma acht Kilogramm Molybdän-Kobalt-Legierungen. Und eins Komma drei Kilogramm Bioplast-Verkleidung.«

»In meinem Körper befinden sich vierundzwanzig Komma sechs Kilogramm Tripolymer-Verbindungen, um ganz genau zu sein«, korrigierte Data.

»Eine Art Maschine?« Gul Ocett trat näher.

»Ich bin ein Androide«, erklärte Data.

Er war an die Reaktionen von Humanoiden gewöhnt, die erfuhren, dass er eine künstliche Lebensform war. Aber Gul Ocett zeigte erstaunlich wenig Takt. Sie fand nichts dabei, ihn wie ein Objekt zu betrachten. Neugierig ging sie um ihn herum, blickte ihm tief in die Augen. Sie war etwas größer als Data, fast so groß wie Commander Riker. Data fragte sich, was er jetzt gefühlt hätte – wenn ihm Gefühle möglich gewesen wären.

»Worin besteht seine Funktion?«, wandte sich die Cardassianerin an Riker.

Riker wölbte eine Braue, nickte Data zu und überließ ihm die Antwort.

»Ich bin Commander Data, derzeit Zweiter Offizier und Einsatzleiter der *Enterprise*.«

»Ein Führungsoffizier ...«, sagte Gul Ocett skeptisch und wich ein wenig zurück.

»Commander!« Der Wächter, der das Innere des Shuttles gescannt hatte, kam wieder zum Vorschein. »Ich habe vier Handphaser konfisziert und die Waffensysteme des Schiffes neutralisiert.«

»Möchten Sie sonst noch etwas konfiszieren, während Sie uns helfen?«, fragte Riker sarkastisch.

Gul Ocett blinzelte nicht einmal. Dicht vor Riker blieb sie stehen und beugte sich zu ihm vor, als sie sagte: »Gestern griffen bajoranische Terroristen einen cardassianischen Außenposten an.« Riker reagierte instinktiv und wich ein wenig zurück. »Sie zerstörten zwei Scoutschiffe, die gerade repariert wurden, und anschließend flohen sie in die Plasmastürme. Jetzt finden wir Sie hier. Das scheint mir ein ... bemerkenswerter Zufall zu sein.«

»Ich habe Sie bereits darauf hingewiesen, dass wir mit einer wissenschaftlichen Mission beschäftigt sind«, erwiderte Riker vorwurfsvoll.

»Ja, ich erinnere mich.«

»Wenn Sie uns nicht glauben ... Finden Sie die *Enterprise* und fragen Sie Captain Picard.«

»Das habe ich vor«, sagte Gul Ocett scharf. »Darüber hinaus werde ich Ihre Logbücher prüfen. Geben Sie mir die Zugangscodes.«

Einige Sekunden lang wusste Data nicht, wie Commander Riker reagieren würde.

Dann lächelte der Erste Offizier. »Wie Sie wünschen.« Er trat zur Seite und vollführte eine einladende Geste, die dem Shuttle galt. »Data ...«

Der Androide nannte die Codes, während Riker Gul Ocett ansah und auch weiterhin lächelte. Die Cardassianerin wirkte nicht sehr amüsiert.

»Vielleicht sind Sie bereit, Daten mit uns zu tauschen«, sagte Riker. »Teilen Sie uns mit, was Sie über die Badlands wissen. Sie konnten sicher viele Erfahrungen sammeln, während Sie durch den Bereich der Plasmastürme flogen und bajoranische Terroristen verfolgten.«

Mit Nuancen kannte sich Data nicht besonders gut aus, aber Rikers Betonung der Worte »viele Erfahrungen« schien die Fähigkeit der Cardassianer in Frage zu stellen, mit den bajoranischen Nationalisten fertig zu werden.

Data hielt es nicht für klug, Gul Ocett zu provozieren.

Aber die Cardassianerin sagte nur: »Hier entlang.«

Erneut folgte Data dem Ersten Offizier und bemerkte, dass zwei cardassianische Wächter die Nachhut bildeten.

Die schmalen Korridore waren ebenso beleuchtet wie der Hangar – hier Licht, dort Dunkelheit, getrennt von einem scharfen Kontrast. Der Androide beobachtete Anzeichen von Unruhe beim Ersten Offizier. Commander Riker zuckte leicht zusammen, wenn sich in abzweigenden Korridoren etwas bewegte, sah dann genauer hin. Offenbar fiel es dem Menschen schwer, im matten Licht Einzelheiten zu erkennen.

Der Boden war hart, und jeder Schritt verursachte ein metallisches Klacken. Data verstärkte sein Hörvermögen, nahm daraufhin die Geräusche hydraulischer Anlagen in den Lebenserhaltungssystemen sowie das Zischen und Summen anderer mechanischer Apparaturen wahr. Er hörte nur wenige Stimmen, obgleich Starfleet schätzte, dass die Besatzung von cardassianischen Schiffen der Galor-Klasse aus etwa zweihundert Personen bestand.

Gul Ocett führte sie in einen großen Raum. In einer Nische befanden sich Schalttafeln, zum Teil hinter blauen Gittern mit runden Öffnungen verborgen. Auf der gegenüberliegenden Seite stand ein langer, gewölbter Schreibtisch. Data erkannte den Cardassianer, der beim visuellen Kom-Kontakt hinter Gul Ocett gestanden hatte. Er saß hinter dem Schreibtisch, auf einem

Stuhl mit der von Cardassianern bevorzugten hohen Rückenlehne.

»Treten Sie näher«, sagte er und winkte. Der Cardassianer blieb sitzen, lehnte sich zurück und schlug die Beine übereinander. »Ich bin Jos Mengred.«

Data stellte fest, dass er keine cardassianische Flottenuniform trug. Seine Kleidung schien von besserer Qualität zu sein als die der Kommandantin. Sie bestand aus einem Platin-Geflecht, das an ein Kettenhemd erinnerte. Die Insignien an der Brust unterschieden sich von denen Gul Ocetts. Der erweiterte obere Bereich war ebenso beschaffen, aber die rechte untere Linie wies eine Unterbrechung und eine nach unten zeigende Spitze auf. Die Farben waren matt, reichten von purpur bis grün.

Data nahm einen raschen Vergleich vor und fand heraus: Es handelte sich um die Insignien des Obsidian-Kommandos, des ebenso tüchtigen wie erbarmungslosen cardassianischen Sicherheitsdienstes. Er überwachte praktisch alle Bürger des Reiches.

Mengred lächelte so, als hätte er auf diese Gelegenheit gewartet. Die Knochenwülste an seinen Augen wirkten knotig, und tiefe Falten durchzogen die Haut zu beiden Seiten des Mundes, Anzeichen eines hohen Alters.

»Willkommen an Bord, Starfleet-Offiziere«, sagte er.

Riker trat vor den Schreibtisch. »Ich bin Commander Riker, und das ist Commander Data.«

Gul Ocett wich in Richtung Tür zurück. »Der zweite Mann ist eine Maschine, Mengred.«

Der Cardassianer richtete den Blick seiner tief in den Höhlen liegenden Augen auf Data. »Der Androide?«

Mengred musterte ihn von Kopf bis Fuß und nickte. »Ich habe davon gehört ... Data, geschaffen von Dr. Noonien Soong.«

Data hörte, wie Gul Ocett leise nach Luft schnappte

und zwei weitere Schritte zurückwich. Offenbar hatte sie nicht damit gerechnet, dass Mengred Bescheid wusste. Dieser Umstand wies auf Diskrepanzen bei der Informationsverteilung unter den Cardassianern hin.

Mengred freute sich ganz offensichtlich über die Begegnung mit dem Androiden.

»Wir würden uns gern mit der *Enterprise* in Verbindung setzen«, sagte Riker.

»Oh, natürlich«, erwiderte Mengred in einem besänftigenden Tonfall. »Allerdings sind wir derzeit mit der Suche nach bajoranischen Terroristen beschäftigt.«

»Gul Ocett erzählte uns von einem Angriff auf einen cardassianischen Außenposten.«

»Oh, tatsächlich? Nun, sie geht sehr *großzügig* mit ihren Informationen um«, kommentierte Mengred nachdenklich und sah kurz zur Kommandantin. Sie stand stocksteif, und ihre Miene wirkte wie erstarrt. »Ich fürchte, Sie müssen warten, während wir unsere primäre Mission beenden.«

»Ich habe einen anderen Vorschlag«, sagte Riker. »Wir brechen mit der *Hawking* auf und suchen nach einem Kommunikationsfenster mit der *Enterprise*.«

»Ihr Shuttle wurde durch die Emissionen der Plasmastürme beschädigt«, entgegnete Mengred. »Es wäre verantwortungslos von uns, Sie ohne die notwendigen Reparaturen starten zu lassen.«

Data blickte zu Gul Ocett. Der Kommandantin schien kaum etwas an ihrem Wohlergehen zu liegen. »Ich versichere Ihnen, dass die *Hawking* raumtüchtig ist.«

»Ohne eine gründliche Überprüfung Ihrer Bordsysteme können wir da nicht sicher sein. Und eine solche Kontrolle nimmt einige Stunden in Anspruch.« Mengred lächelte.

»Sie halten uns gegen unseren Willen fest«, sagte Riker. »Das wird ernste Konsequenzen nach sich ziehen.«

»Oh, sie dürften weniger ernst sein als die Möglichkeit, dass Ihr Shuttle überhaupt nicht zurückkehrt«, meinte Mengred. »Starfleet wird sich bestimmt nicht über eine kleine Verzögerung beklagen, wenn Sie schließlich wieder an Bord der *Enterprise* eintreffen.«

Data glaubte, dass Mengred Recht hatte. Derzeit waren die Beziehungen zwischen der Föderation und dem Cardassianischen Reich so schwierig, dass man über gewisse Ungehörigkeiten hinwegsehen würde. Dazu zählte sicher auch die Untersuchung der im Bordcomputer des Shuttles gespeicherten Daten sowie die vorübergehende Festnahme von zwei Starfleet-Offizieren.

»Wir fliegen so bald wie möglich zum nächsten Kommunikationspunkt«, sagte Mengred.

Riker wandte sich ganz bewusst an Gul Ocett. »Gehen Sie auf Kurs sieben eins fünf Komma neun null. Das sollte uns in Kom-Reichweite der *Enterprise* bringen.«

»Natürlich«, kam Mengred einer Antwort der Kommandantin zuvor. »Unterdessen beauftrage ich meinen Adjutanten Pakat, Ihnen Ihr Quartier zu zeigen.«

Mengreds Adjutant erwies sich als ein recht kleiner Cardassianer mit breiten Schultern und dicken Beinen. Pakat wirkte kräftig genug, um ein ganzes Raumschiff zu ziehen, und vermutlich würde er auch einen entsprechenden Versuch unternehmen, wenn Mengred ihn dazu aufforderte.

Pakat sprach kein Wort, als er Data und Riker zu einem kleinen Quartier mit schmalen Betten an der einen Wand führte. Als der Adjutant ging, sagte Riker: »Wenigstens ist es keine Arrestzelle.«

Die Tür schloss sich mit einem leisen Zischen. Riker näherte sich ihr, aber sie blieb geschlossen. »Nun, vielleicht ist es doch eine Arrestzelle.«

Der Erste Offizier sah sich um, hob wie beiläufig die Hand und klopfte mit dem Zeigefinger ans Ohr, um Data darauf hinzuweisen, dass die Cardassianer den Raum mit ziemlicher Sicherheit überwachten.

Data nickte andeutungsweise – er würde keine taktischen Informationen preisgeben. »Sir, Mengred und sein Adjutant tragen die Insignien des Obsidian-Kommandos, des cardassianischen Sicherheitsdienstes.«

»Ich wusste, dass er etwas Besonderes darstellt«, erwiderte Riker und schritt durch das kleine Quartier. »Er stand nicht auf, als Gul Ocett hereinkam. Captain Picard hielte bestimmt nichts davon, sich ständig von einem Agenten des Sicherheitsdienstes über die Schulter schauen zu lassen.«

»Es ist eine interessante Machtverteilung«, pflichtete Data dem Ersten Offizier bei.

Riker entdeckte keine optischen und akustischen Sensoren, aber er machte sich nichts vor. Zweifellos beobachtete man sie. Die einzelnen Wandtafeln waren fest miteinander verbunden. Nichts konnte gelöst und als Waffe verwendet werden. Selbst der Trinkbecher war mit einem Kabel an der Wand befestigt. Riker füllte ihn am Wasserhahn und trank.

»Schmeckt nach Metall«, sagte er, schnitt eine Grimasse und schüttete den Rest ins Waschbecken.

»Ihre Befehle, Sir?«, fragte Data.

Riker prüfte die Matratze eines Bettes und streckte sich dann darauf aus. »Wir warten«, sagte er und faltete die Hände hinterm Kopf. »Während Mengred mit seinen Vorgesetzten Kontakt aufnimmt und Anweisungen von ihnen bekommt. Ohne eine solche Rückfrage unternimmt er bestimmt nichts.«

Mengred beugte sich zur dreidimensionalen Darstellung der Zelle vor, die dicht über der schwarzen Oberfläche seines Schreibtischs schwebte. Riker war nicht größer als seine Hand, und Datas ein wenig steif wirkende Bewegungen ließen ihn wie ein zum Leben erwachtes Spielzeug aussehen.

Der Androide bezog neben der Tür Aufstellung, mit

dem Rücken zur Wand, legte die Hände übereinander und rührte sich dann nicht mehr. Er hielt Wache, während Commander Riker mit geschlossenen Augen auf der Koje lag.

Mengred musste zugeben, dass die Szene ein beeindruckendes Maß an Gleichmut zum Ausdruck brachte. Andererseits: Unter ähnlichen Umständen wäre es ihm ebenfalls gelungen, Ruhe zu finden. Mit einer Maschine wie Data als Helfer und Wächter ...

Riker hatte mit einigen Tricks versucht, sich psychologische Vorteile zu verschaffen, aber von solchen Dingen fühlte sich Mengred völlig unberührt. Im Shuttle-Hangar war es dem Starfleet-Offizier für kurze Zeit gelungen, Gul Ocett Unbehagen zu bereiten, doch sie ließ sich ohnehin leicht einschüchtern. Angesichts ihrer Schwerfälligkeit hielt Mengred sie für einen typischen Vertreter des cardassianischen Militärs. Und dann Rikers Hinweis darauf, Captain Picard würde es nicht dulden, dass ihm ein Agent des Sicherheitsdienstes über die Schulter sah – ein weiterer eher ungeschickter Versuch, Zweifel und Zwietracht zu säen.

Mengred gelangte zu dem Schluss, dass es nicht lohnte, bei Riker Zeit mit einer sorgfältigen Analyse zu vergeuden.

Bei Data lag der Fall ganz anders. Mengred hatte die Berichte über den Starfleet-Androiden mit der gleichen Neugier gelesen wie viele andere Mitglieder des Obsidian-Kommandos. Aber er hätte nie zu träumen gewagt, ihm einmal persönlich zu begegnen. In dieser Hinsicht gab es einen allgemeinen Befehl, der für alle Einsatzagenten galt: Es sollten möglichst viele Daten über das positronische Gehirn des Androiden gewonnen werden, für eine zukünftige Reproduktion.

Mengred ließ das Holo-Bild aktiviert, als er eine Kom-Verbindung mit Enabran Tain herstellte, dem Leiter des Obsidian-Kommandos. Tain wirkte hohlwangig, und die nach unten geneigten Mundwinkel brachten Missbilligung zum Ausdruck. Mengred wusste, dass sich für Tain in letzter Zeit viele Probleme ergeben hatten.

»Ich hoffe für Sie, dass es um eine wichtige Angelegenheit geht«, sagte Tain scharf.

»Sir, ich habe den Androiden Data und Commander Riker von dem Starfleet-Schiff *Enterprise* an Bord«, teilte Mengred dem Oberhaupt des Obsidian-Kommandos mit. »Ihr beschädigter Shuttle befindet sich in unserem Hangar. Die Ergebnisse der Sondierungen und Kopien der im Bordcomputer gespeicherten Daten werden Ihnen übermittelt. Die beiden Starfleet-Offiziere behaupten, die *Enterprise* sei mit einer Forschungsmission beauftragt. Sie verlangen, zu ihrem Schiff zurückzukehren zu können.«

Tains Züge glätteten sich ein wenig. »Das sind gute Nachrichten, Mengred. Sie haben ausgezeichnete Arbeit geleistet.«

Mengred nahm das seltene Lob erfreut entgegen und befeuchtete sich die Lippen. »Sir, wenn ich mir erlauben darf, einen Plan vorzuschlagen, um die gegenwärtige Situation auszunutzen …«

Mengred erklärte seine Absichten. Die ganze Zeit über sah er den kleinen Data reglos neben der Tür. Wenn er einen solchen Adjutanten gehabt hätte, jemanden, der über enormes Wissen verfügte und jeden Angriff abwehren konnte, der nie schlief, nie müde wurde … Es gab keinen besseren Wächter und Helfer.

Die *Hawking* war sechs Stunden überfällig, als LaForge vorschlug, die Warpspulen der *Enterprise* zu versiegeln und mit Impulskraft in die Badlands vorzustoßen. Es widerstrebte Picard, eine solche Maßnahme zu ergreifen, aber er wusste auch, dass ihm eigentlich gar keine Wahl mehr blieb. Immerhin bestand die Möglichkeit, dass Riker und Data Hilfe brauchten.

»Sondierungen des Suchmusters beendet«, meldete Fähnrich Ro. Das Suchmuster hatte die Struktur einer Spirale, die am Eintrittspunkt des Shuttles begann, sich ausbreitete und schließlich zurückwölbte. »Die Sensoren haben nichts entdeckt, Sir.«

»Na schön«, sagte Picard. Er spürte die Blicke der Brückenoffiziere auf sich ruhen – die Crew erwartete neue Order von ihm. Sie alle wollten in die Badlands fliegen, um dort nach den beiden Vermissten zu suchen. Doch der Instinkt teilte Picard mit, dass eine solche Entscheidung falsch gewesen wäre …

»Sir«, ertönte hinter ihm die Stimme von Lieutenant Worf, »wir empfangen Kom-Signale auf einem abgeschirmten Kanal. Admiral Henry vom Außenposten Gamma 7 setzt sich mit Ihnen in Verbindung. Priorität zwei.«

Auf dem Außenposten Gamma 7 fanden nach wie vor Verhandlungen zwischen dem Cardassianischen Reich und der Föderation statt. »Auf den Schirm«, sagte Picard und erhob sich.

Admiral Thomas Henry erschien im zentralen Projektionsfeld. »Captain Picard, ich habe gerade eine Nachricht von den Cardassianern bekommen. Sie haben zwei Ihrer Besatzungsmitglieder, Commander Riker und Commander Data.«

»Wo sind sie?«, fragte Picard und schenkte dem verblüfften Murmeln um ihn herum keine Beachtung.

»Sie befinden sich an Bord eines Kriegsschiffes der Galor-Klasse unweit der Badlands. Ich schicke Ihnen die Koordinaten.« Admiral Henry senkte kurz den Kopf und betätigte Schaltelemente. »Zusammen mit einer offiziellen Anfrage, die die Cardassianer dem Starfleet-Hauptquartier übermittelten.«

»Informationen empfangen und gespeichert«, meldete Worf.

»Eine Anfrage der Cardassianer?«, wiederholte Picard.

»Ja, Captain. Starfleet Command weist Sie an, ein Rendezvousmanöver mit dem Kriegsschiff durchzuführen und zwei Cardassianer an Bord zu nehmen. Der Detapa-Rat von Cardassia hat darum gebeten, dass zwei Angehörige des Obsidian-Kommandos, Jos Mengred und sein Adjutant, an Ihrer Forschungsmission im Sektor 21305 teilnehmen dürfen.«

»Cardassianer?«, entfuhr es Fähnrich Ro.

Admiral Henry richtete den Blick auf Ro Laren. »Ja, Fähnrich. Cardassianer. Haben Sie vielleicht vergessen, dass die Föderation mit dem Cardassianischen Reich Frieden geschlossen hat?«

»Bei allem Respekt«, wandte sich Picard an den Admiral und legte Ro eine beruhigende Hand auf die Schulter. »Ich weiß, dass wir schon des öfteren cardassianische Beobachter aufgenommen haben, aber hält es Starfleet Command wirklich für klug, zwei Angehörigen des Obsidian-Kommandos den Aufenthalt an Bord eines Schiffes der Galaxy-Klasse zu gestatten?«

»Die Vorstellung, dass sich Repräsentanten des cardassianischen Sicherheitsdienstes an Bord eines unserer Schiff befinden, gefällt mir ebenso wenig wie Ihnen, Jean-Luc. Aber mir sind in dieser Hinsicht die Hände gebunden.« Henry kniff die Augen zusammen und schüttelte den Kopf. »Wenn wir auf den Wunsch eingehen, sind die Cardassianer bereit, die Badlands als neutrales Raumgebiet zu akzeptieren. Ich muss Sie sicher nicht extra darauf hinweisen, welche strategische Bedeutung das hat und wie wichtig eine Zusammenarbeit mit den Cardassianern für uns ist.«

»Natürlich nicht«, sagte Picard und erinnerte sich an den von Admiral Kennelly angerichteten Schaden. »Ich verstehe die Notwendigkeit, Beziehungen zu den Cardassianern zu unterhalten.«

»Sie haben Ihre Offiziere, Jean-Luc.« Admiral Henrys Gesicht brachte zum Ausdruck, dass damit eigentlich schon alles gesagt war. »Riegeln Sie den Maschinenraum ab, bevor Sie die Cardassianer an Bord nehmen. Und gewähren Sie ihnen keinen Zugang zum Bordcomputer. Bestimmt sind sie darauf aus, möglichst viel über uns herauszufinden. Seien Sie höflich, aber gehen Sie nicht zu großzügig mit technischen Daten um.«

»Verstanden, Sir«, sagte Picard.

»Gut. Die beiden Cardassianer bleiben eine Woche lang bei Ihnen. Seien Sie auf der Hut. Henry Ende.«

Die Badlands erschienen wieder auf dem Wandschirm, eine gewaltige Masse aus roten und orangefarbenen Wolken. Picard wünschte sich fast, mit der *Enterprise* in den Bereich der Plasmastürme geflogen zu sein, um nach der *Hawking* zu suchen – dann hätte er die neue Einsatzorder von Starfleet Command nicht empfangen können. Nun, um ein Problem zu lösen, musste man sich ihm stellen.

»Worf, übermitteln Sie die Koordinaten der Navigation. Wie lange dauert der Flug zum cardassianischen Schiff?«

»Die direkte Route führt durch den Sensorschatten«, erwiderte der Klingone. »Mit voller Impulskraft erreichen wir den cardassianischen Raumer in knapp zwei Stunden.

»Das sollte uns genug Zeit geben, die Luken dichtzumachen«, sagte Picard nachdenklich. »Treffen Sie alle erforderlichen Sicherheitsmaßnahmen, Worf.«

»Aye, Sir.«

»Aber Sir!«, entfuhr es Ro. Sie drehte sich halb in ihrem Sessel um. »Erst vor einer Woche brachten die Cardassianer einen Starfleet-Admiral zum Rücktritt und versuchten, ein Schiff mit bajoranischen Flüchtlingen zu zerstören. Und jetzt wollen Sie mit ihnen zusammenarbeiten?«

»Sie haben Ihre Befehle, Fähnrich«, entgegnete Picard

vielleicht ein wenig zu scharf. »Ich bin in meinem Bereitschaftsraum.«

Picard verließ die Brücke und betrat das Nebenzimmer. Als sich die Tür hinter ihm schloss, spürte er sofort, wie ein Teil der Anspannung von ihm wich. Einmal mehr war er dankbar für den Bereitschaftsraum – von dort aus konnte er die Brückenoperationen überwachen, ohne dass die Crew seine Besorgnis sah. Derzeit durfte er sich nicht anmerken lassen, dass er ebenso empfand wie Ro Laren. Wie konnte die Föderation ehrenhaft mit Leuten umgehen, die es ablehnten, selbst ehrenhaft zu sein?

IV.

Riker stöhnte und weckte damit sofort Datas Aufmerksamkeit. Während er die Situation in der Zelle überwacht hatte, war ein großer Teil seines positronischen Gehirns damit beschäftigt gewesen, neue Formeln für die Impuls-Reaktionskammer an Bord der *Enterprise* zu berechnen.

Der Androide unterbrach seine Kalkulationen und richtete den Blick auf Riker. »Commander?«

Der Erste Offizier rollte sich auf die Seite und zeigte dadurch sein schweißfeuchtes Gesicht. »In mir krampft sich alles zusammen.«

Data trat sofort an seine Seite. Er war kein Arzt, aber seine internen Datenbanken enthielten viele medizinische Informationen.

»Seit wann haben Sie Schmerzen?«, fragte er.

»Seit etwa einer Stunde, schätze ich. Es wird immer schlimmer.«

Rikers Puls betrug 91,7 pro Minute und er hatte fast neununddreißig Grad Fieber. Sein Mund wirkte trocken.

»Gesicht und Hals jucken«, brachte der Mensch hervor. »Ich würde mir am liebsten die Haut wegkratzen.«

»Das wäre nicht sehr klug«, erwiderte Data.

»Danke für Ihren fachmännischen medizinischen Rat!«, schnappte Riker.

»Ich bin kein Medo-Diagnostiker«, sagte Data. »Aber es scheint klar zu sein, dass Sie an irgendeiner Krankheit leiden.«

Riker rollte mit den Augen – eine vertraute Reaktion,

die darauf hindeutete, dass Data etwas Offensichtliches festgestellt hatte. »Wie lange sind wir schon hier?«

»Seit zwei Stunden, siebenundzwanzig Minuten und vierzehn Sekunden.«

Riker krümmte sich zusammen, als sich seine Muskeln erneut verkrampften. Dem schmerzerfüllten Stöhnen folgte ein Keuchen. Data gelangte zu dem Schluss, dass Riker dienstunfähig war, was bedeutete: Er musste das Kommando übernehmen.

Der Androide klopfte auf seinen Insignienkommunikator, doch ein dumpfes Brummen wies daraus hin, dass die Funktion ihrer Kom-Geräte mit Störsignalen blockiert wurde.

»Data an Gul Ocett. Dies ist ein Notfall.« Er sah zur Decke hoch und zweifelte nicht daran, dass die Cardassianer sie überwachten. »Wir brauchen unverzüglich medizinische Hilfe ...«

»Nein!«, rief Riker und wand sich noch immer vor Schmerz hin und her. »Ich will nicht ... dass die cardassianischen Schlächter ... mich anrühren.«

»Bei allem Respekt, Sir: In Ihrem derzeitigen Zustand sind Sie nicht fähig, eine solche Entscheidung zu treffen.«

Riker sah zu Data auf. Bevor er protestieren konnte, schluckte er und deutete zum Abfallbeseitiger.

Während der nächsten Stunde leistete Data dem Ersten Offizier alle notwendige Hilfe. Mehrmals trug er ihn zum Abfallbeseitiger und dann zurück zur Koje. Er zog Riker die Jacke aus und wusch ihm das Gesicht mit einem Stofffetzen, den er von seinem eigenen Uniformärmel abriss. Er wrang den improvisierten Lappen aus und legte ihn auf die Stirn des Menschen – eine alte Methode, um den Kopf zu kühlen und das Fieber ein wenig zu senken. Er löste sogar das Becherkabel aus der Wand, um Riker Wasser zu bringen.

Alle drei Minuten wiederholte er die Bitte um sofortige medizinische Hilfe.

»Commander Data an Jos Mengred. Wir brauchen dringend medizinische Hilfe. Bitte antworten Sie.«

Mengred beugte sich zur holographischen Darstellung vor, fasziniert vom Verhalten des Androiden. Er wandte sich mal an Mengred, mal an Gul Ocett. Ein durchaus geschickter taktischer Schachzug, denn die Kommandantin meldete sich jedes Mal und wies darauf hin, dass sie auf eine offizielle Anfrage reagieren musste – so sahen es die Vereinbarungen zwischen der Föderation und dem Cardassianischen Reich vor.

Mengred machte von seinem Prioritätsrecht Gebrauch und wies Gul Ocett an, ein wissenschaftliches Labor für die Behandlung des Menschen vorzubereiten.

Der Androide blieb an Rikers Seite, bis die Krämpfe des Menschen nachließen und er ruhiger auf dem Bett lag. Bei jedem Atemzug hob und senkte sich der schwarze Pulli des Commanders.

Rikers Zustand bereitete Mengred kaum Sorgen. Menschen wurden leicht krank. Manchmal gaben sie direkten Kontakten mit Cardassianern die Schuld – zu unmittelbaren Begegnungen kam es erst seit zwei Jahren, seit dem Beginn der Friedensverhandlungen. Doch menschliche Viren konnten Cardassianern nichts anhaben, und deshalb hatte das Obsidian-Kommando seinen Einsatzagenten mitgeteilt, Menschen seien schwach und kränklich.

Die Schwäche des Commanders ließ den Androiden unbeeindruckt. Seine Stimme verriet keine Beunruhigung, obgleich der Mensch kaum mehr reagierte. Auf sehr effiziente Weise kümmerte er sich um Riker und schien seine Schmerzen tatsächlich ein wenig zu lindern.

Dann ging der Androide zur Tür. Sorgfältig betastete er ihre Fugen und versuchte offenbar, die Fingernägel hineinzubohren, um einen Ansatzpunkt zu haben. Doch der Zugang war hermetisch versiegelt – in die

Zelle gepumptes Gas sollte nicht nach draußen gelangen.

Der Androide presste das Ohr an die Wand unmittelbar neben der Tür. Langsam bewegte er sich nach oben und unten, lauschte dabei den Geräuschen im Innern der Wand.

Mengreds Faszination wuchs. Allein mit Hilfe seiner akustischen Wahrnehmung fand der Androide die gesuchte Stelle. Sie befand sich in der Ecke, ein ganzes Stück von der Tür entfernt. Mengred rief die Daten der internen Struktur auf den Schirm und stellte fest, dass sich die Türkontrollen hinter der ausgewählten Stelle befanden.

Der Androide wich ein wenig zurück und begann dann methodisch damit, an die Wand zu treten. Dabei zeigte er eine verblüffende Kraft. Rasch rejustierte Mengred die internen Sensoren, um Aufschluss über den ausgeübten Druck zu gewinnen. Die Resultate erstaunten ihn sehr. Die aus Duraniumfasern bestehenden Membranen im Innern der Wand waren mit Tritaniumlagen verstärkt und sollten in der Lage sein, einer Explosion der Stufe zwei standzuhalten.

Aber der Androide hatte bereits eine Delle geschaffen und trat immer wieder an die gleiche Stelle.

»Kee-ta!«, brachte Mengred voller Anerkennung hervor. Die Leistungen des Androiden waren wirklich sehr eindrucksvoll.

»Gul Ocett an Mengred. Antworten Sie!«

Mengred vernahm die Stimme der Kommandantin und wandte sich widerstrebend von der holographischen Darstellung über seinem Schreibtisch ab.

»Was wollen Sie, Gul Ocett?«

»Die Maschine beschädigt mein Schiff«, sagte die Kommandantin finster. »Sie könnte den Kontrollmechanismus zertrümmern und die Tür öffnen.«

Mengred lächelte, als er die Anspannung in der Stimme hörte. Gul Ocett schien großem Stress ausgesetzt zu sein und sich kaum mehr beherrschen zu können. Mit seinem kleinen Test hatte Mengred mehr erreicht als erwartet.

Ocett sprach lauter. »Sie haben nicht das Recht, dieses Schiff in Gefahr zu bringen …«

»Entschuldigen Sie, Commander«, unterbrach Mengred die Kommandantin. »Mir bleibt nicht genug Zeit, um meine Befugnisse mit Ihnen zu erörtern. Ich muss unsere Gäste zum wissenschaftlichen Labor eskortieren.«

Er hörte die wütende Stille am anderen Ende, bevor der Kom-Kanal geschlossen wurde.

Data spürte, wie die Elektronenbindung bei jedem Tritt um einen Mikromillimeter nachgab. Er setzte seine Bemühungen fort, trat immer wieder mit genau der gleichen Kraft zu. Seine Absicht bestand darin, ein Teil mit einem Umfang von vierzehn Zentimetern aus der Wand zu lösen. Dann konnte er die Gyro-Servos erreichen, die den Zugang öffneten und schlossen.

»Worf!«, brachte Riker mit brüchiger Stimme hervor. »Hören Sie mit dem Klopfen auf, Worf …«

»Ich versuche, Aufmerksamkeit zu erregen«, teilte Data dem Ersten Offizier mit, obgleich er wusste, dass Riker an Fieberwahn litt und ihn gar nicht verstand.

Die Tür öffnete sich zischend, als Data das Bein gerade zu einem weiteren Tritt gehoben hatte.

Mengred kam herein. »Wenn es Ihnen darum geht, die Wandtafel zu zerstören, so haben Sie gute Arbeit geleistet, Androide.«

Data ließ den Fuß sinken. »Ich habe mehrmals um medizinische Hilfe gebeten.«

»Tut mir Leid, wir waren mit anderen Dingen beschäftigt.« Mengred näherte sich Riker. »Was ist los mit ihm?«

»Ich weiß es nicht«, sagte Data und brachte sich in eine Position, von der aus er schnell eingreifen konnte, sollte der Cardassianer eine drohende Haltung einnehmen.

»Ich lasse ihn zum Medo-Raum bringen.« Mengred schnippte mit den Fingern und winkte. Sein kräftig gebauter Adjutant und ein Cardassianer in Wächter-Uniform hoben Riker hoch.

Data stellte fest, dass nicht der Transporter benutzt wurde, um Riker direkt zur Krankenstation zu beamen, wie es an Bord der *Enterprise* der Fall gewesen wäre. Man zog den Menschen einfach an Armen und Beinen von der Koje, während ein dritter Cardassianer eine Antigrav-Liege holte.

Data schickte sich an, Riker zu begleiten.

»Sie bleiben hier, Androide«, sagte Mengred.

Data trat um den Adjutanten herum, der Rikers Arme hielt, und versperrte ihm den Weg. »Ich muss bei Commander Riker bleiben.«

»Warum?«, fragte Mengred.

Data bemerkte eine gewisse Nachdenklichkeit in Mengreds Frage. »Weil ich jetzt das Kommando bei dieser Mission führe und darauf bestehe, den Kranken zu Ihrem Medo-Raum zu begleiten. Wenn Sie mir keine Möglichkeit dazu geben, werde ich eine offizielle Beschwerde zu Protokoll geben, sowohl beim Starfleet-Hauptquartier als auch beim Detapa-Rat auf Cardassia Prime.«

»Und das alles nur, um Riker bei einer medizinischen Untersuchung Gesellschaft zu leisten?«, vergewisserte sich Mengred.

»Ja«, bestätigte Data. Er hielt es nicht für notwendig, ein »Sir« hinzuzufügen, denn immerhin bekleidete Mengred keinen militärischen Rang.

»Na schön«, sagte Mengred.

Data folgte den Männern, die Riker aus der Zelle trugen. Sie legten ihn auf eine Antigrav-Liege, die schmutzig war und offenbar bei der Beförderung von Fracht Verwendung gefunden hatte. Data half bei ihrer Steuerung und blieb in der Nähe von Rikers Kopf, für den Fall, dass er zu sprechen versuchte.

Mehrere Sicherheitswächter bildeten den Abschluss, und ihre schussbereiten Waffen zeigten auf den Androiden. Data analysierte diese neue Entwicklung und vermutete, dass die Cardassianer vorsichtig geworden waren, weil sie jetzt über seine Kraft Bescheid wussten. Nach der Beschädigung der Duranium-Tritanium-Wand schien man ihn für gefährlich zu halten.

Mengred schloss sich ebenfalls der Gruppe an und wahrte einen sicheren Abstand zu Data. Als der Androide den Kopf drehte, begegnete er Mengreds Blick.

Data setzte den Weg fort, und als er sich das nächste Mal umsah, beobachtete ihn Mengred noch immer. Der Cardassianer versuchte gar nicht, sein Interesse an ihm zu verbergen. Dem stöhnenden Riker hingegen schenkte er nicht die geringste Beachtung.

Während der Wanderung durch das cardassianische Kriegsschiff sammelte Data nützliche Informationen. Mengreds Interesse an ihm konnte zu einem Faktor werden, den es bei der taktischen Bewertung der aktuellen Situation zu berücksichtigen galt.

Sie erreichten ein Laboratorium, und dort legte man Riker auf einen aktivierten Diagnosetisch. Data blieb daneben stehen und untersuchte den Rest des Raums. Es schien sich um ein biologisches Laboratorium zu handeln, mit Tresen an drei Wänden. Der zentrale Tisch war mit einer Computerkonsole verbunden.

»Dies ist also Ihre medizinische Abteilung?«, fragte Data,

»Cardassianer erkranken nicht«, erwiderte Mengred. »Um Verletzungen kümmert man sich im Behandlungszentrum, aber dies scheint ein komplexerer Fall zu sein, der eine Kombination aus biologischem und medizinischem Labor erfordert.«

Data verzichtete auf einen Kommentar. Der Raum war für aktive und passive Scans ausgestattet, und sein sehr empfindliches neurales Netzwerk entdeckte Aktivität bei beiden. Hochfrequente elektromagnetische Wellen gingen von dem Diagnosetisch aus.

Nur Mengred und der cardassianische Wissenschaftsoffizier, der seinen Namen nicht nannte, blieben im Raum. Wächter wurden an der Tür postiert. Data nahm die kontinuierlichen Sondierungen hin und blieb in der Nähe von Commander Riker. Mengreds Reaktionen verrieten, dass die Scans auch der Zusammensetzung seines Körpers und nicht nur Rikers Zustand galten.

Datas Körperstruktur galt nicht als geheim, und viele seiner Konstruktionsaspekte waren bei kybernetischen Konferenzen überall in der Föderation diskutiert worden. Deshalb erhob der Androide keine Einwände. Wenn die Cardassianer detaillierte Informationen über seine Physiologie wollten, so hätten sie entsprechende Daten auf einfachere Weise bekommen können. Andererseits: Cardassianer waren immer misstrauisch und glaubten vermutlich, dass wichtige Daten zurückgehalten wurden.

Data kannte den Grund für seine Einzigartigkeit: Nur Soong war es gelungen, ein funktionsfähiges positronisches Netzwerk zu reproduzieren. Datas eigene Versuche mit seiner Tochter Lal waren sowohl aufregend als auch tragisch gewesen, denn ihr Leben ging nach nur zwei Wochen zu Ende.

»Was denken Sie gerade, Androide?«, fragte Mengred plötzlich.

Data sah zu dem Cardassianer, der inzwischen in einem gepolsterten Sessel saß und ihn auch weiterhin beobachtete. Der Wissenschaftler führte umständlich

Scans durch und verglich ihre Ergebnisse mit den menschlichen Normwerten, die ihm ein Display der Computerkonsole zeigte.

»Ich muss mich mit der *Enterprise* in Verbindung setzen«, sagte Data. »Ich bitte Sie, sofort zum Kommunikationsfenster zu fliegen.«

»Oh, Ihr Schiff hat bereits eine Nachricht erhalten.« Mengred lächelte. »Habe ich vergessen, Ihnen das mitzuteilen? Die *Enterprise* dürfte bald eintreffen.«

Der neben dem Diagnosetisch stehende Wissenschaftler verkündete: »In seiner Zellstruktur kommt es zu spontanem Zerfall. Ich kann seinen Zustand mit Klysteamin stabilisieren.«

Data war sofort an seiner Seite. »Ich möchte die molekulare Zusammensetzung des Klysteamins sehen und bitte um Auskunft darüber, welche Dosis Sie für angemessen halten.«

Der cardassianische Wissenschaftler wollte seinen Platz nicht verlassen, aber Mengred forderte ihn mit einem Wink auf, die Wünsche des Androiden zu erfüllen. Data ignorierte die finstere Miene des Biologen, prüfte die Struktur des Klysteamins und verglich sie mit dem Starfleet-Standard. Das cardassianische Klysteamin war ein wenig primitiver als das in der Föderation gebräuchliche, aber es wies keine chemischen Verunreinigungen auf. Data traf folgende Feststellung: Selbst wenn der cardassianische Wissenschaftler eine falsche Diagnose gestellt hatte – die vorgesehene Klysteamindosis konnte Riker nicht schaden. Sie würde die Entzündungen in seinem Gewebe reduzieren und das Fieber senken, und in beiden Fällen handelte es sich um einen wünschenswerten Effekt.

Data füllte den Injektor selbst und verabreichte dem Ersten Offizier die Dosis. Inzwischen war das Fieber mit 40 Grad gefährlich hoch.

»Wenn Commander Riker stirbt, so liegt es an Ihrer Nachlässigkeit«, sagte Data und sah zu Mengred.

»Er wird nicht sterben«, erwiderte Mengred und winkte ab. »Sie verfügen auch über medizinisches Wissen?«

»Meine internen Datenbanken enthalten viele Informationen.« Data nahm einen Bio-Scanner und maß Rikers Temperatur. Das Fieber war bereits um ein halbes Grad gesunken.

»Fühlen Sie sich wirklich für den Offizier verantwortlich?«, fragte Mengred neugierig.

»Ja.«

Data versteifte sich ein wenig, als Mengred näher trat. »Eine Maschine, die wie ein Mensch denkt und spricht. Erstaunlich ...«

Mengred stellte weitere Fragen, und Data beantwortete sie. Die letzten Starfleet-Befehle lauteten, mit den Cardassianern im Rahmen der getroffenen Friedensvereinbarungen zu kooperieren. Im Abschnitt 233.5 hieß es, dass der Informationsaustausch gefördert werden sollte. Deshalb gab Data höflich Auskunft und klagte nicht über die ständigen elektromagnetischen Sondierungen. Allerdings schien Absicht hinter dem Umstand zu stecken, dass man Riker zunächst nicht geholfen hatte, und das hielt der Androide für Grund genug, vorsichtig zu sein. Er achtete darauf, möglichst wenige konkrete Informationen preiszugeben.

Mengreds Interesse galt vor allem Data selbst. Er fragte nach Dingen, die er geleistet hatte, nach seinen Gedanken und Überlegungen. Er wollte wissen, wie er zu einem Starfleet-Angehörigen im Rang eines Commanders geworden war.

Die ganze Zeit über nannte ihn Mengred »Androide«, und schließlich korrigierte Data den Cardassianer. »Mein Name lautet nicht ›Androide‹, sondern ›Data‹. Ich bin eine Person wie Sie.«

»Bemerkenswert«, sagte Mengred mehr zu sich selbst. »Wirklich bemerkenswert.«

Data wandte sich um und maß erneut Rikers Temperatur. Im Verlauf der vergangenen Stunde war das Fieber um zweieinhalb Grad gesunken, was bedeutete, dass keine unmittelbare Lebensgefahr mehr bestand.

»Gul Ocett an Mengred«, ertönte es aus dem Kom-Lautsprecher.

Ärger huschte durch Mengreds Gesicht. »Was ist?«

»Unsere Fernbereichsensoren erfassen die *Enterprise*.«

Mengred sah zu Data. »Na schön.«

»Ich glaube, damit ist unser Gespräch beendet«, sagte Data freundlich.

Mengred lächelte. »Vorerst.«

Fähnrich Ro kochte innerlich. Seit sich Captain Picard fast ohne Einwände bereit erklärt hatte, zwei Cardassianer an Bord zu nehmen, war ihr Zorn immer mehr gewachsen.

Ro erinnerte sich daran, warum sie schon vor ihrem Kriegsgerichtsverfahren in so große Schwierigkeiten mit Starfleet geraten war. Andererseits: Durfte sie schweigen, wenn Gefahr drohte? Welchen Sinn hatte es, Cardassianern zu erlauben, sich an Bord der *Enterprise* umzusehen? Starfleet ging dadurch ein großes Risiko ein. Arroganz kam in einer solchen Haltung zum Ausdruck, die Arroganz von Leuten, die über Jahrhunderte hinweg nie eine echte Niederlage hatten hinnehmen müssen. Die Bajoraner wussten es besser. Ihnen war klar: Man musste auch damit rechnen, bei einem Kampf zu verlieren.

Wenn die Welten der Föderation jemals besetzt und ihre Völker versklavt worden wären ... Dann würde Starfleet Command sicher nicht ohne weiteres gestatten, dass zwei hinterhältige Cardassianer das Flaggschiff der Flotte betraten.

»Captain ...« Worf sah von der taktischen Station auf.

»Die Fernbereichsensoren orten ein cardassianisches Kriegsschiff der Galor-Klasse.«

»Gehen Sie auf Abfangkurs.«

»Aye, Sir«, bestätigte Ro widerstrebend. Worf hatte eine vollständige Sicherheitsabschirmung der wichtigsten Bordsektionen gemeldet, aber Ro war sicher, dass die Cardassianer irgendeinen Weg fanden, selbst die besten Sicherheitsprotokolle zu neutralisieren.

»Die Schilde des Kriegsschiffes haben volle Kapazität«, brummte Worf. »Die Waffensysteme sind einsatzbereit.«

»Einen externen Kom-Kanal öffnen«, sagte Picard.

Als eine cardassianische Kommandantin auf dem Wandschirm erschien, hätte Ro am liebsten ausgespuckt. Sie wusste, dass die Cardassianer Starfleet zum Narren hielten, und ihre Verachtung galt beiden Seiten.

»Captain Picard, ich bin Gul Ocett«, stellte sich die Cardassianerin vor. »Ihr Offizier ist krank.«

»Commander Riker?« Picard stand auf. »Warum wurden wir nicht informiert?«

»Der Androide hat den Zustand des Offiziers stabilisiert«, erwiderte Ocett. »Bereiten Sie sich darauf vor, den Shuttle *Hawking* aufzunehmen. Gemäß der Vereinbarung zwischen Starfleet und Cardassia von Sternzeit 45117.6 werden Ihre Offiziere von Jos Mengred und seinem Adjutanten Pakat begleitet. Sie bleiben bis Sternzeit 45120.6 an Bord Ihres Schiffes, während Sie eine Forschungsmission in diesem Sektor durchführen.«

Ro musste sich sehr beherrschen, um nicht laut zu fluchen. Alles deutete darauf hin, dass Picard den beiden Vertretern des Obsidian-Kommandos nur deshalb erlaubte, an Bord zu kommen, um Riker und Data die Rückkehr zu ermöglichen. Ein solches Verhalten verriet eine Schwäche, die die Cardassianer bestimmt ausnutzen würden.

Picard benachrichtigte sofort die Krankenstation.

»Dr. Crusher, bitte begeben Sie sich zum Shuttle-Hangar. Commander Riker braucht medizinische Hilfe.«

»Bin schon unterwegs«, erwiderte die Bordärztin sofort.

Knapp hundert Kilometer vor dem Kriegsschiff reduzierte Ro die Geschwindigkeit der *Enterprise* auf Relativ-Null. Bei einem Gefecht wären die beiden Raumschiffe ebenbürtige Gegner gewesen. Die *Enterprise* war ein ganzes Stück größer und deshalb ein wenig im Vorteil, aber das Kriegsschiff verfügte über ein hohes Kampfpotenzial. Seine tatsächliche offensive und defensive Kapazität kannten bisher nur die Cardassianer.

Die *Hawking* verließ den Hangar des cardassianischen Schiffes, und alle Brückenoffiziere der *Enterprise* seufzten erleichtert.

»Picard an Shuttle *Hawking*«, sagte der Captain.

Das Bild auf dem Wandschirm wechselte und zeigte das Innere des kleinen Raumschiffs. »Hier Data, Sir.«

Der Androide bediente die Navigationskontrollen des Shuttles. Der visuelle Übertragungssensor zeigte nicht nur ihn, sondern auch, weiter hinten, eine zusammengekrümmte Gestalt auf einer Liege – vermutlich Riker. Ein Cardassianer stand neben ihm im Schatten; ein zweiter saß im Sessel neben Data und blickte zum rückwärtigen Bereich des Shuttles.

»Commander Riker ist sehr krank, obgleich ich seinen Zustand stabilisieren konnte«, sagte Data. »Beginne mit Hangar-Anflug.«

»Hangar-Anflug für *Hawking* bestätigt«, sagte Worf und senkte die Schilde.

Der zweite Cardassianer wandte sich dem visuellen Sensor zu. Er gab keinen Ton von sich, als er vom Wandschirm der *Enterprise* blickte und die Brückenoffiziere nacheinander musterte. Ro schauderte innerlich, als sie die Insignien auf seiner Brust sah. Das Obsidian-Kommando ... Jene Leute waren zu allem fähig und hatten praktisch unbeschränkte Befugnisse.

Plötzlich fühlte sie den Blick des Cardassianers auf sich ruhen. Er lächelte süffisant, als er ihre bajoranische Nase und die Ohrringe sah. Ro hätte sich fast dazu hinreißen lassen, die Fäuste zu ballen und auf ihre Konsole zu hämmern.

Dann wandte der Cardassianer den Blick ab und grüßte Captain Picard.

Als die *Hawking* zum Hangar der *Enterprise* glitt, konzentrierte sich Ro auf die Anzeigen ihrer Konsole und sah nicht mehr auf. Sie wollte dem Cardassianer nicht die Genugtuung gönnen, sie noch einmal so sehr zu beunruhigen.

Als Picard Worf aufforderte, ihn zu begleiten, um die »Gäste« in Empfang zu nehmen, schüttelte Ro Laren den Kopf. Die Ohrringe klirrten leise, doch ihr Gewicht spendete der Bajoranerin keinen Trost. Tief in ihrem Innern verdichtete sich das Unbehagen.

V.

Nachdem die *Hawking* vom Traktorstrahl erfasst und in den Hangar gezogen worden war, ging Data nach hinten, um Riker zu helfen. Der Androide forderte den Ersten Offizier auf, sich noch ein wenig zu gedulden und liegen zu bleiben. Doch Riker bestand darauf, dass Data ihm in eine sitzende Position half. Er war zu schwach, um aufzustehen.

Kurze Zeit später öffnete sich die Luke, und Dr. Crusher betrat den Shuttle. »Was ist mit Ihnen passiert?«, entfuhr es ihr, als sie sah, in welchem Zustand sich Riker befand.

»Ich weiß es nicht«, erwiderte er und beugte sich zur Seite, um in den Hangar zu schauen. Captain Picard hieß Jos Mengred gerade an Bord willkommen. Hinter dem Captain hatte Worf Haltung angenommen und wirkte wie ein lebendes Bollwerk.

»Bewegen Sie sich nicht«, wies Dr. Crusher den Ersten Offizier an und scannte ihn. »Entzündung des Darmtrakts und der Haut. Zellzerfall in den Muskeln und im Bindegewebe. Die Auswirkungen von Strahlung … In Ihrem Metabolismus gibt es kaum mehr freie Radikale …«

Riker achtete nicht auf die Ärztin, lauschte stattdessen dem Gespräch, das Picard und der Cardassianer führten.

»Ich bin sicher, dies wird eine interessante Erfahrung für uns alle, Captain«, sagte Mengred. Pakat stand stumm hinter ihm.

»Starfleet arbeitet gern mit unseren cardassianischen Nachbarn zusammen«, erwiderte Picard.

»Ich kenne Ihren Namen, Captain«, sagte Mengred im Plauderton. »Als ein übergeschnappter Starfleet-Captain den cardassianischen Stützpunkt im K'alar-System zerstörte, halfen Sie dem Cardassianischen Reich.«

»Ja«, bestätigte Picard. »Jener Zwischenfall liegt inzwischen fast ein Jahr zurück.«

Riker wusste, dass Picard nicht gern daran erinnert wurde. Der Captain hatte den Respekt vor Gul Macet verloren, dem verlogenen Cardassianer, der zusammen mit zwei anderen cardassianischen »Beobachtern« an Bord der *Enterprise* gewesen war. Macet hatte die ganze Zeit über gewusst, dass es sich bei der angeblichen wissenschaftlichen Station der Cardassianer in Wirklichkeit um ein Waffendepot handelte.

Diesen beiden Cardassianern brachte Riker noch mehr Misstrauen entgegen, als es bei militärischen Offizieren der Fall gewesen wäre. Mit ihren aus Panzerfacetten bestehenden Uniformen wirkten die Agenten des Obsidian-Kommandos weniger eindrucksvoll, aber Riker machte nicht den Fehler, sie zu unterschätzen.

»Ich habe mich sehr gefreut, als uns der Detapa-Rat mitteilte, dass wir Sie bei der Erforschung dieses neutralen Sektors begleiten dürfen«, sagte Mengred glatt.

»Ja, natürlich.« Picard schien nicht recht zu wissen, was er mit dem Enthusiasmus des Cardassianers anfangen sollte. »Mein taktischer Offizier Lieutenant Worf wird Ihnen Ihre Quartiere zeigen. Er hat eine Besichtigungstour durch die *Enterprise* vorbereitet, falls Sie daran interessiert sind.«

»Das wäre wundervoll. Haben Sie vielen Dank, Captain.« Pakat schwieg auch weiterhin, als sich Mengred mit einem respektvollen Nicken an Worf wandte. »Lieutenant ... Ich habe viel von der wilden Tapferkeit gehört, mit der Klingonen in den Kampf ziehen. Entsprechen jene Geschichten der Wahrheit?«

Worf hatte zu diesem Zeitpunkt ganz offensichtlich nicht mit einer persönlichen Frage gerechnet. Er warf Picard einen unsicheren Blick zu, und der Captain forderte ihn mit einem kurzen Nicken auf, Antwort zu geben.

»Die klingonische Tradition ehrt alle, die gut kämpfen«, sagte Worf.

»Dann haben unsere Völker viel gemeinsam«, erwiderte Mengred. »Es dürfte sehr interessant sein, unsere Kulturen miteinander zu vergleichen.«

Worfs Gesichtsausdruck wies darauf hin, dass er sich von Mengreds Freundlichkeit überhaupt nicht täuschen ließ.

Picard teilte den Cardassianern mit, dass im Gesellschaftsraum Zehn-Vorne später am Abend ein Empfang stattfinden würde. »Leider kann ich nicht an der Besichtigungstour teilnehmen«, fügte er hinzu. »Ich muss mit meinem Ersten Offizier sprechen.«

Mengred vollführte eine Geste, die der *Hawking* galt. »Bestimmt erholt er sich bald. Es ist erstaunlich, wie schnell er erkrankte. Er *schien* ein kräftiges Individuum zu sein.« Mengred schüttelte den Kopf und gab sich überrascht angesichts der »Schwäche« des stellvertretenden Kommandanten der *Enterprise*.

Riker fühlte sich beleidigt und zitterte vor Wut. Er versuchte aufzustehen, und tatsächlich wäre es ihm fast gelungen, auf die Beine zu kommen.

»Beruhigen Sie sich«, sagte Dr. Crusher leise und drückte ihn auf die Liege zurück. »Sie sind nicht unbedingt in der Verfassung, um sich auf einen Kampf mit einem Cardassianer einzulassen.«

Die Sicherheitswächter im Hangar wirkten irgendwie verlegen. Riker hatte das Gefühl, Starfleet verraten zu haben, indem er Schwäche vor den Cardassianern zeigte.

Das Geräusch von Schritten hallte durch den großen Hangar, und Riker entspannte sich allmählich, als er begriff: Die Cardassianer gingen fort. Ein Zischen wies darauf hin, dass sich das Innenschott öffnete und dann wieder schloss.

Picards Stimme kam aus der Nähe, als er sagte: »Nun, Data, ich glaube, Sie haben viel zu berichten.«

»Aye, Sir«, bestätigte der Androide.

Picard betrat die *Hawking*. Erneut versuchte Riker aufzustehen, aber Dr. Crusher legte ihm die Hand auf die Schulter. »Immer mit der Ruhe«, sagte sie.

Riker lehnte sich zurück, als Picard vor der Liege stehen blieb. »Wie geht es Ihnen, Will?«

»Schon besser.« Riker bedauerte, dass seine Stimme so rau und kratzig klang. »Data gab mir etwas, das das Fieber senkte. Ich kann von Glück sagen, dass er mir Gesellschaft leistete. Der Medo-Raum an Bord des cardassianischen Schiffes sah wie eine Folterkammer aus.«

Picard klopfte ihm kurz auf die Schulter. »Was ist los mit ihm, Doktor?«

Beverly Crusher schüttelte den Kopf und klappte ihren Tricorder zu. »Ich bin mir nicht sicher. Er blieb einige Stunden lang unbehandelt, was aber kaum den raschen Zerfall in seinem Körpergewebe erklären kann. Es muss sofort eine Zellregenerierung durchgeführt werden.«

»Waren Sie in den Badlands irgendwelchen Emissionen ausgesetzt?«, wandte sich Picard an Riker.

Der Erste Offizier verzog das Gesicht, als stechender Schmerz durch seine Magengrube zuckte.

»Negativ«, antwortete Data. »Aber als wir den Bereich der Plasmastürme verließen, traf uns eine Subraum-Schockwelle, wodurch die meisten wichtigen Bordsysteme der *Hawking* ausfielen. Das cardassianische Kriegsschiff nahm uns auf, und dort unterzog man uns kontinuierlichen elektromagnetischen Sondierungen. Nachdem sich die ersten Symptome bei Commander Riker zeigten, dauerte es eine ganze Weile, bevor man ihn auf einen Diagnosetisch legte.«

»Welche Frequenzen benutzte man bei den Scans?«, fragte Dr. Crusher.

»Es wurden hochfrequente elektromagnetische Wellen mit komplexen Rotationsmustern verwendet.«

»Nun, so etwas *könnte* spontanen Zerfall bei gewissen Gewebestrukturen verursachen. Aber nicht in diesem Ausmaß.« Dr. Crusher stand auf und näherte sich Data. »Wenn Sie gestatten …«

Das Nicken des Androiden wies darauf hin, dass er mit einem medizinischen Scan einverstanden war.

»Minimale Auswirkungen von EM-Strahlung im Bio-Gewebe«, stellte die Ärztin fest. »Nicht genug, um Schaden anzurichten.«

»Bestimmt sind die Cardassianer dafür verantwortlich«, brachte Riker hervor, als der stechende Schmerz ein wenig nachließ. »Sie beschädigten die *Hawking* mit dem Subraum-Feld, um einen Vorwand zu haben, uns an Bord zu nehmen. Kurze Zeit später wurde ich krank.«

»Der Bordcomputer des Shuttles löste keinen medizinischen Alarm aus«, sagte Data. »Ich könnte die ambientalen Aufzeichnungen analysieren, um herauszufinden, ob das Subraum-Feld imstande gewesen wäre, biologische Reaktionen auszulösen.«

Dr. Crusher nickte. »Unterdessen führe ich bei Commander Riker einen gründlichen Bio-Scan durch und beginne mit der Regenerierungsbehandlung.«

»In Ordnung«, sagte Picard und wandte sich an den Androiden. »Ich erwarte von Ihnen einen vollständigen Bericht über alle Ereignisse seit Ihrem Start mit dem Shuttle.«

Riker lehnte sich zurück, als Dr. Crusher auf ihren Insignienkommunikator klopfte. »Beamen Sie mich und Commander Riker in die Krankenstation.«

Wellen des Schwindels erfassten den Ersten Offizier, und er konnte kaum mehr klar denken. Er verabscheute es, in die Krankenstation gebracht und dort untersucht zu werden, während sich alle anderen mit den Cardassianern an Bord befassten. In gewisser Weise schien er eine Seuche über die *Enterprise* gebracht zu haben, ohne in der Lage zu sein, irgendeine Art von Hilfe zu leisten. Er ließ den Kopf sinken, zu schwach, um auch weiterhin aufrecht zu sitzen. Nie zuvor in seinem Leben hatte sich Riker so schlecht gefühlt.

Worf bedeutete den Sicherheitswächtern mit einem Nicken, ihnen zu folgen. Dem Captain gegenüber hatte er betont, es handele sich um eine Ehrenwache. Zwar verfügten die Wächter nicht über Phaser, aber es bestand trotzdem kein Zweifel daran, welche Aufgabe sie erfüllen sollten.

Worf behielt die beiden Cardassianer argwöhnisch im Auge. Jos Mengred führte den Befehl: ein großer, schlanker Mann, älter als die Guls und Glinns, mit denen es Worf bisher zu tun bekommen hatte. Der Adjutant Pakat war kleiner, aber sehr muskulös. Er bewegte sich mit der Kraft und Anmut eines Kriegers, doch ihm fehlte das angeberische Gehabe der cardassianischen Militärs. Diese beiden Agenten des Obsidian-Kommandos sahen alles. Pakat reagierte nie auf etwas, und Mengreds Lippen schienen zu einem anerkennenden Lächeln erstarrt zu sein.

»Dies sind Ihre Quartiere während der Forschungsmission«, teilte Worf den beiden Cardassianern mit.

Die Wächter blieben im Korridor, als Worf das Gästequartier auf Deck Fünf betrat. Jos Mengred ging zum großen, schrägen Fenster, durch das man in der Ferne das bewegungslos im All schwebende cardassianische Kriegsschiff der Galor-Klasse sehen konnte. Worf zweifelte nicht daran, das man dort mit allen Sensoren und Scannern versuchte, Informationen über die *Enterprise* zu gewinnen.

»Die Tür dort führt zu einem zweiten Quartier«, sagte Worf.

Mengred schritt durch die hundertzehn Quadratmeter große Unterkunft. »Jeder von uns bekommt ein so großes Quartier?«, fragte er und erweckte den Eindruck, wirklich überrascht zu sein.

»Dies sind Standard-Quartiere«, erwiderte Worf.

»Soll das heißen, auch die Besatzungsmitglieder sind auf diese Weise untergebracht?«, erkundigte sich Mengred.

»Ja.« Worf war stolz auf die *Enterprise*, das größte und beste Schiff in der ganzen Flotte. Doch Mengreds Erstaunen in Hinsicht auf die luxuriösen Quartiere erfüllte ihn mit einer gewissen Verlegenheit. So sehr er es verabscheute, dem Cardassianer zuzustimmen: Auch ihm wären spartanischere Unterkünfte lieber gewesen.

»Ich kehre später zurück, um Sie bei der Besichtigungstour zu begleiten«, sagte er.

Worf ging zur Tür, und bevor er sie erreichte, erklang Mengreds Stimme hinter ihm.

»Ich wusste nicht, dass wir Gefangene sind ... Haben Sie die Absicht, uns die ganze Zeit über von Ihren Leuten bewachen zu lassen?«

»Ja«, erwiderte Worf offen. »Ein Mitglied der letzten cardassianischen *Beobachter*-Gruppe mussten wir in seinem Quartier unter Arrest stellen, weil es versuchte, auf unsere im Bordcomputer gespeicherten Verteidigungscodes zuzugreifen.«

Worf blickte demonstrativ zum leeren Schreibtisch. Er selbst hatte die Entfernung der Computerterminals aus beiden Unterkünften beaufsichtigt. Außerdem waren die Datenkabel noch vor diesem Gästebereich versiegelt worden. Der ODN-Kontaktknoten hingegen blieb offen, was an eine Herausforderung grenzte. Kurz vor dem Siegel hatte Worf ein Kontrollmodul untergebracht – er wollte feststellen, ob die Cardassianer versuchten, eine Verbindung zum Bordcomputer herzustellen. Der Captain wusste nichts davon; Worf hatte noch keine Gelegenheit gefunden, ihn über seine besonderen Sicherheitsmaßnahmen zu informieren.

»Sie trauen uns nicht.« Mengred lehnte sich nachdenklich an den Schreibtisch. »Ich hoffe, Captain Picard gibt uns nicht die Schuld dafür, dass einer seiner Männer an Raumfieber leidet.«

Worf schnitt eine Grimasse. Raumfieber – so nannte man eine Geistesstörung, zu der es kommen konnte, wenn jemand zu viel Zeit in einem zu kleinen Raumschiff verbringen musste. »Man wird Ihnen bald Ihre persönlichen Dinge bringen. Wenn Sie sonst nichts benötigen … Ich kehre um vier Uhr Bordzeit zu Ihnen zurück.«

»Danke«, sagte Mengred nur.

Worf trat in den Korridor und wies die beiden Sicherheitswächter an, ihm Bescheid zu geben, wenn die Cardassianer ihre Quartiere verließen. Sie sollten immer begleitet werden. Die Wächter bestätigten; sie wussten bereits, welche Orte die Cardassianer aufsuchen durften und welche nicht.

Worf vertraute der Tüchtigkeit seiner Wächter und begab sich in den Shuttle-Hangar, um die *Hawking* gründlich zu untersuchen. Eine Sicherheitsgruppe war damit beschäftigt, das Gepäck der Cardassianer zu scannen, bevor man es in ihre Quartiere brachte. Darüber hinaus wurden Bordsysteme und Computer des

Shuttles untersucht, um herauszufinden, ob sich die Cardassianer daran zu schaffen gemacht hatten.

Nach der Begegnung mit Mengred und Pakat hatte Worf in dieser Hinsicht kaum Zweifel. Daher überraschte es ihn nicht, als das Sicherheitsteam meldete, dass die Daten des Speicherkerns kopiert worden waren.

Worf beaufsichtigte die übrigen Untersuchungen. Wenn die Cardassianer irgendwelche Komponenten der *Hawking* sabotiert hatten, so wollte er Hinweise darauf entdecken und den Beweis für ihr unehrenhaftes Verhalten erbringen können. Dann war Captain Picard sicher bereit, die Cardassianer von Bord zu verbannen.

Mengred nickte Pakat zu, der sofort damit begann, den Raum zu scannen. Der Adjutant untersuchte alle Gegenstände, sah unter den Kissen nach und hielt den kleinen Handscanner auch in die Vasen.

Das große Quartier beeindruckte Mengred sehr. Das Licht war gedämpft und somit weitaus angenehmer für ihn als die fast grelle Helligkeit im Shuttle-Hangar und in den Korridoren. Etwas Weiches bedeckte den Boden, und ein subtiler würziger Geruch lag in der Luft. Die weichen Kissen der langen, niedrigen Couch wirkten sehr einladend.

Mengred dachte an Gul Macet und seine Leute. Wie typisch für die Dummheit der militärischen »Beobachter«, dass sie es versäumt hatten, auf etwas so Faszinierendes wie diese Quartiere hinzuweisen – sie waren um etliches größer als die Unterkunft des Kommandanten eines Kriegsschiffes der Galor-Klasse. Kleine Details waren es vor allem, die viel über bestimmte Leute verrieten.

»Nichts deutet auf die Präsenz von elektromagnetischen Scan-Modulen hin, Sir«, meldete Pakat. »Es gibt mehrere Verbindungsstellen für Computer, aber sie sind inaktiv. Ich glaube, es handelt sich um ein auf verbalen Anweisungen bestehendes System.«

»Sehr gut«, erwiderte Mengred. »Warten Sie im anderen Raum.«

»Ja, Sir.« Pakat nickte und ging fort.

Mengred klopfte auf den Knochen unterm Ohr und aktivierte das subdurale kraniale Implantat. Wichtige Einsatzagenten des Obsidian-Kommandos verfügten über genug Implantate, um ihre Mission auch ohne externe Ausrüstung durchzuführen.

Dann begann er leise zu sprechen und benutzte dabei den besonderen Dialekt seiner Jugend, den er zu einem persönlichen Code modifiziert hatte. Es gab immer Beobachter, die die Beobachter beobachteten, und unter gewissen Umständen konnte ein solcher Code sehr nützlich sein. Später konnte er sich seine aufgezeichneten Berichte noch einmal vornehmen und sie ins offizielle Cardassianisch übersetzen, bevor er sie Enabran Tain übermittelte.

»Gul Macet ist ganz offensichtlich ein armseliger Idiot«, sagte Mengred und benutzte dabei die spezielle Ausdrucksweise. *»Die Starfleet-Leute wussten, dass er sie in Hinsicht auf das von Captain Maxwell zerstörte Waffendepot belog. Im Gegensatz zu den Behauptungen in Macets Bericht scheint mir Captain Picard keineswegs ein leichtgläubiger Pazifist zu sein. Er und seine Crew begegnen uns mit ausgeprägtem Misstrauen und haben Sicherheitsmaßnahmen getroffen, um uns ständig zu überwachen.«*

Mengred wusste: Tain freute sich darüber, dass er eine Möglichkeit gefunden hatte, zwei Agenten des Obsidian-Kommandos an Bord des Starfleet-Flaggschiffs zu bringen. Vom Militär war Macets Bericht in stark veränderter Form weitergegeben worden, mit dem Ergebnis, dass die Cardassianer ein Jahr lang falsche Vorstellungen von Starfleet im Allgemeinen und der *Enterprise* im Besondern hatten.

Mengred fragte sich, welche Möglichkeiten sich während des vergangenen Jahrs dem Obsidian-Kommando geboten hätten, wenn die ursprünglichen Beobachter Agenten gewesen wären. Er hatte eine Kopie von Macets Bericht in sein kraniales Implantat übertragen, um Vergleiche anzustellen. Es fehlten Hinweise auf den Androiden Data und den Klingonen Worf an Bord der *Enterprise*, obgleich diese beiden Geschöpfe von enormer Bedeutung für das Cardassianische Reich sein konnten.

Mengred war fest entschlossen, mit wesentlich mehr Finesse vorzugehen als Gul Macet. Er wollte sich Zeit nehmen, um die benötigten Informationen zu bekommen. Zuerst kam es darauf an, das Misstrauen der Starfleet-Leute auszuräumen und ihnen zu zeigen, dass nicht alle Cardassianer zum Militär gehörten. Wie überwältigte man einen starken Gegner? Indem man seine Freundschaft gewann – und dann zustach, schnell und tief. Nur auf diese Weise konnte man überleben.

Nach dem Ende ihres Dienstes suchte Ro Laren sofort den Gesellschaftsraum Zehn-Vorne auf. Sie wollte mit jemandem reden, und Guinan schien immer ein offenes Ohr für sie zu haben.

Guinan hörte noch immer zu, als Ro ihr erstes Syntho-Bier getrunken und eine ganze Litanei an Klagen von sich gegeben hatte.

»Und das Schlimmste kommt erst noch«, fuhr Ro fort. »Captain Picard hat Worf beauftragt, eine Besichtigungstour für die Cardassianer zu veranstalten. Sie werden alles sehen!«

»Wohl kaum ›alles‹«, widersprach die dunkelhäutige Frau hinter dem Tresen sanft.

»Worf meint, der ranghöhere Cardassianer spricht die ganze Zeit über in ein subdurales Implantat. Er fertigt Aufzeichnungen an!«

»Nun, hier sind sie noch nicht gewesen«, betonte Guinan und brachte Ro ein weiteres Syntho-Bier. »Obwohl der Empfang bald beginnt.«

»Auch dem Maschinenraum haben sie noch keinen Besuch abgestattet«, sagte Ro finster. »Ich hätte offiziell protestiert, wenn sie dort gewesen wären. Vermutlich zusammen mit Worf, oder unmittelbar nach ihm. Nur er nimmt die Drohung ernst.«

»Laren, wir haben einen Friedensvertrag mit den Cardassianern.«

Ro rollte mit den Augen. »*Mein* Volk befindet sich mit ihnen im Krieg. Ich dachte, Sie würden verstehen, Guinan. *Ihnen* würde es bestimmt schwer fallen, mit einem Borg Freundschaft zu schließen.«

Guinan hob und senkte eine Schulter. »Da haben Sie vielleicht Recht. Aber die Borg haben keinen Friedensvertrag mit der Föderation unterzeichnet, im Gegensatz zu den Cardassianern.«

Guinan entschuldigte sich, um die letzten Vorbereitungen für den Empfang zu treffen.

Ro beschloss, in Zehn-Vorne zu bleiben und zu sehen, was passierte. Sie kehrte nicht zu ihrem Quartier zurück, um sich umzuziehen – obwohl sie bemerkte, dass Counselor Troi in einem hübschen Kleid erschienen war und das Haar auf dem Kopf zusammengesteckt hatte. Ro wusste nicht, warum sich Troi solche Mühe machte. Wie dem auch sei: Worfs Vorsichtsmaßnahmen begrüßte sie sehr. Der große Klingone stand bereits neben der Tür und hatte den Gesellschaftsraum gesichert.

Ro Laren nahm an einem kleinen Tisch Platz, von dem aus sie alles beobachten konnte. Sie trank einen Schluck vom bajoranischen Syntho-Bier und genoss den Geschmack der blauen Flüssigkeit. Im Gefängnis war ihnen ein solcher Luxus verwehrt geblieben. Seltsam, wie sehr die gegenwärtigen Privilegien sie an ihren damaligen Fehler erinnerten. Commander Riker würde bestimmt dafür sorgen, dass sie ihn nie vergaß. Es erleichterte sie, dass er nicht an dem Empfang teilnahm, und gleichzeitig fragte sie sich, wie es ihm ging. Angeblich hatte sich sein Zustand stabilisiert, aber er war noch immer bettlägerig. Um eine ansteckende Krankheit schien es sich nicht zu handeln, denn sonst wäre die Crew alarmiert worden. Vermutlich irgendein lästiger cardassianischer Bazillus.

»Und da wir gerade bei lästigen cardassianischen Bazillen sind …«, murmelte Ro, als die beiden Gäste den Gesellschaftsraum betraten.

Captain Picard folgte ihnen dichtauf; offenbar war er direkt von der Brücke hierher gekommen. Das cardassianische Kriegsschiff befand sich noch immer im gleichen Raumsektor wie die *Enterprise* und suchte derzeit auf der anderen Seite der Badlands nach bajoranischen Freiheitskämpfern. Ro hoffte inständig, dass die Suche erfolglos blieb.

Missmutig beobachtete sie den Austausch von Höflichkeitsfloskeln. Counselor Troi schien es ganz leicht zu fallen, ein freundliches Gespräch mit Jos Mengred zu führen. Die übrigen Führungsoffiziere wurden vorgestellt; nur Commander Data und Dr. Crusher waren nicht anwesend. Ro hörte, wie Troi darauf hinwies, dass die Bordärztin noch immer mit Untersuchungen in Hinsicht auf Rikers Erkrankung beschäftigt war.

Sie schloss die Finger fester um ihr Glas und trank. Wie schändlich, solche Schwäche vor den Cardassianern zu zeigen.

Troi begleitete beide Cardassianer zur Theke, und Guinan begrüßte sie mit einem ruhigen Lächeln. *Verräterin*, dachte Ro.

Die Cardassianer bestellten Kanar, und Guinan füllte kleine Gläser mit dem cardassianischen Getränk. Sie nippten daran, wandten sich anschließend mit anerkennenden Worten in Hinsicht auf den authentischen Geschmack an Troi und Guinan. Der große Cardassianer sah sich mit einem Lächeln im Gesellschaftsraum um und wusste, dass er im Zentrum der allgemeinen Aufmerksamkeit stand. Der kleine blieb in seinem Schatten.

Ro starrte sie an und machte keinen Hehl aus ihrer Verachtung. Es dauerte nicht lange, bis Counselor Troi in ihr Blickfeld trat, sie damit stumm zu einem diplomatischeren Verhalten aufforderte. Daraufhin versuchte die Bajoranerin, sich ihre Feindseligkeit nicht mehr ganz so deutlich anmerken zu lassen. Aber immer dann, wenn die Cardassianer in ihre Richtung sahen, gab sie ihnen zu verstehen, dass mindestens ein Besatzungsmitglied sie nicht willkommen hieß.

Als die beiden Gäste durch Zehn-Vorne schlenderten und mit den übrigen Offizieren plauderten, trank Ro ihr Glas aus und wollte den Gesellschaftsraum verlassen. Doch entsetzt musste sie feststellen, dass der kleinere Cardassianer in ihre Richtung ging. Sie schnitt eine finstere Miene, zornig darüber, dass er es wagte, sich ihr zu nähern.

Pakat blieb neben ihrem Tisch stehen. Seine Stimme klang dumpf und rau, als steckte etwas in seiner Kehle. »Sind Sie tatsächlich ein Starfleet-Offizier? Oder hat man Ihnen die Uniform nur freundlicherweise zur Verfügung gestellt?«

»Ich habe vier Jahre lang die Starfleet-Akademie besucht!«

Pakat sah sie an und schüttelte den Kopf so, als könnte er es kaum glauben.

»Reden Sie nicht mit mir!«, stieß Ro hervor. »Kommen Sie mir nicht zu nahe. Mit Leuten wie Ihnen will ich nichts zu tun haben.«

In Pakats Augen leuchtete es auf, und er schob sich

noch näher. »Ach, tatsächlich? Auch für mich ist es eine lange Reise gewesen.«

Ro wich zurück. »Bleiben Sie mir vom Leib, Schwachkopf!«

Pakat befeuchtete sich die Lippen und sah auf ihren Mund. »Es ist eine ganze Weile her, seit ich zum letzten Mal mit einer Bajoranerin zusammen war.«

Am liebsten hätte Ro ihm das Syntho-Bier ins Gesicht geschüttet, aber leider war ihr Glas leer.

»Lassen Sie mich in Ruhe!«, rief sie.

Alle Personen in Zehn-Vorne drehten sich zu ihr um. Ro stieß ihren Stuhl beiseite und schritt durch den Raum. Irgendwie gelang es dem anderen Cardassianer, sie aufzuhalten, bevor sie die Tür erreichte.

»Aus dem Weg«, zischte Ro.

»Ich muss mich für das Missverständnis entschuldigen«, sagte der große Cardassianer. Er wahrte einen gewissen Abstand und breitete die Arme aus. Seine Worte galten nicht in erster Linie Ro, sondern den erschrockenen Zuschauern im Gesellschaftsraum. »Bei meinem Volk gilt Ärger zwischen einem fremden Mann und einer Frau als Zeichen für ... gegenseitiges Interesse.«

Ro war außer sich vor Zorn. Sie hatte von Cardassianern gehört, die es als erregend empfanden, wenn sich Frauen ihnen widersetzten. »Nun, *ich* bin *nicht* interessiert«, brachte sie zwischen zusammengebissenen Zähnen hervor. »Halten Sie sich beide *von mir fern*!«

Als Ro ging, hörte sie, wie Counselor Troi sich für ihr Verhalten bei Mengred entschuldigte. Ro spielte mit dem Gedanken, zurückzukehren und eine weitere Szene zu machen, beherrschte sich aber. Damit hätte sie den Cardassianern direkt in die Hände gespielt, weil sie dann wie die dastanden, denen man Unrecht getan hatte. Vielleicht erhofften sie sich sogar eine solche Reaktion von ihr – bei den heimtückischen und durchtriebenen Cardassianern musste man mit allem rechnen.

Ro Laren kehrte zu ihrem Quartier zurück, dazu entschlossen, dort so viel Zeit wie möglich zu verbringen, solange die Cardassianer an Bord weilten. Auf keinen Fall wollte sie sich noch einmal provozieren lassen.

Sie hoffte nur, dass die *Enterprise* diese ganz besondere Bewährungsprobe überstand.

VI.

Während des Empfangs im Gesellschaftsraum saß Data am Computerterminal seines Quartiers. Er führte den Auftrag durch, den ihm der Captain erteilt hatte: Er wollte mehr über die Subraum-Welle herausfinden, von der die *Hawking* getroffen worden war.

Bei seinen Nachforschungen stellte er folgendes fest: Vor dreiunddreißig Jahren hatte das wissenschaftliche Föderationsschiff *Yosemite* zum ersten Mal das Innere der Plasmastürme untersucht, konnte aufgrund seiner Größe aber nur hunderttausend Kilometer weit vorstoßen. Aus diesem Grund hatten sich die Forscher darauf konzentriert, Daten über die peripheren Gebiete und den ausgedehnten Sensorschatten zu gewinnen, der den Bereich der Plasmastürme umgab.

Als die *Yosemite* die Badlands verließ, konnte sie nicht sofort den Warptransfer einleiten, denn die Plasmagitter ihres Warptriebwerks waren verstopft. Das Schiff blieb zunächst im Sensorschatten und setzte spezielle Sonden ein, um die Plasma-Entladungen zu beobachten.

Während dieser Phase kam es zu einer Subraum-Welle, die knapp zwei Sekunden dauerte und die wichtigsten Bordsysteme ausfallen ließ. Nach der Reparatur beendete die *Yosemite* ihre wissenschaftliche Mission ohne weitere Zwischenfälle.

Die Sonden hatten viele hochenergetische Entladungen im Sensorschatten geortet, und deshalb vermuteten die Wissenschaftler an Bord des Schiffes, dass das hohe energetische Niveau des Plasmas Subraum-Wellen verursachte. Auf ähnliche Weise wurde Plasma im Warptriebwerk verwendet. Man erzeugte es mit der Annihilation von Materie und Antimaterie, um intensive asymmetrische Raumverzerrungen zu verursachen, die hohe Überlichtgeschwindigkeiten ermöglichten.

Captain Indul, Kommandantin der damals erst vor kurzer Zeit in Dienst gestellten *Yosemite*, vermutete in einem Logbucheintrag, dass ihr Schiff die Subraum-Entladung gewissermaßen angezogen hatte. Sie verglich den Vorgang mit einem Blitzableiter, der elektrische Entladungen aus der Atmosphäre empfing.

Auf der Grundlage der *Yosemite*-Daten programmierte Data eine Simulation, um festzustellen, wie ein Schiff von der Größe eines Shuttles reagierte. Als er die Ergebnisse mit den Aufzeichnungen während des Energieausfalls an Bord der *Hawking* verglich, fand er weitgehende Übereinstimmung.

Data glaubte, eine Erklärung für den Systemausfall an Bord des Shuttles gefunden zu haben. Captain Induls Theorie ging davon aus, dass die Wahrscheinlichkeit einer Entladung wuchs, wenn die Außenhülle eines Schiffes den Plasmafeldern direkt ausgesetzt wurde. Data beabsichtigte, diese Möglichkeit später genauer zu untersuchen.

Allerdings: Als er die medizinischen Logbücher der *Yosemite* prüfte, fand er keine Hinweise auf Erkrankungen bei den vierundzwanzig Besatzungsmitgliedern. Nach einigen weiteren Analysen gelangte Data zu dem Schluss, dass von Plasma-Entladungen verursachte Subraum-Wellen keine biologische Gefahr darstellten.

Was bedeutete, dass es für Commander Rikers Krankheit eine andere Ursache gab.

Data führte einen Download der Untersuchungsergebnisse durch, vervollständigte seinen Bericht und schickte ihn mit einem Prioritätsvermerk an Captain Picard und Dr. Crusher.

Dann bereitete er sich darauf vor, doch noch zum Empfang zu gehen. In Hinsicht auf Commander Riker machte er sich nicht die Sorgen eines Menschen, aber er wusste um die Gefahr, die dem Ersten Offizier drohte.

Bevor er sein Quartier verließ, klopfte er auf den Insignienkommunikator. »Data an Commander Riker.«

»Hier Riker.«

»Brauchen Sie irgendeine Art von Hilfe, Commander?«

Riker lachte leise. »Data, ich liege hier in der Krankenstation und kann mich kaum rühren. Ich wünschte, Sie könnten etwas an meinem derzeitigen Zustand ändern.«

»Vielleicht bin ich tatsächlich in der Lage, mich nützlich zu machen«, erwiderte Data. »Ich besuche Sie nach dem Empfang.«

Es folgte eine kurze Pause, und dann sagte Riker: »Danke, Data. Das weiß ich zu schätzen.«

Data schloss den Kom-Kanal. Bevor er ging, vergewisserte er sich, dass Spot genug Wasser und Nahrung hatte. Er war kein Mensch, der Liebe und Kummer empfinden konnte, aber er wusste wenigstens, was es mit Verantwortung auf sich hatte.

Dr. Crusher berührte die Schaltflächen der medizinischen Konsole und gab die neuesten Diagnosedaten ein. »Vergleich mit früheren Daten von Riker, William T., um vier Uhr dreißig Bordzeit ermittelt.«

Crusher lehnte sich im Sessel zurück und schloss die Augen. Seit der Rückkehr des Shuttles arbeitete sie an dem Problem, und bisher war es ihr nicht gelungen, eine zufrieden stellende Lösung zu finden. Datas Bericht mit den Hinweisen darauf, was sich an Bord der *Hawking* zugetragen hatte, machte alles nur noch schlimmer …

»Beverly?« Crusher öffnete die Augen und sah Captain Picard in der Tür ihres Büros. »Störe ich?«

»Nein«, sagte sie sofort, beugte sich vor und strich ihren Kittel glatt. »Habe nur eine kleine Pause eingelegt.«

Picard kam herein und nahm auf der anderen Seite des Schreibtischs Platz. Er wirkte ebenfalls müde.

»Kommst du gerade vom Empfang?«, fragte Crusher. Sie waren allein, und deshalb duzten sie sich.

»Ja.« Picard versuchte zu lächeln, aber es gelang ihm nicht ganz. »Er begann vielversprechend, doch dann kam es zu einer Auseinandersetzung zwischen Fähnrich Ro und dem Cardassianer namens Pakat.«

»Meine Güte ...«

»Pakat glaubte, in Ros Verhalten ... Annäherungsversuche zu erkennen, und er reagierte entsprechend.«

»*Lieber* Himmel!«

»Offenbar halten Cardassianer Ärger für eine Art von ... Flirt.«

Beverly Crusher versuchte sich vorzustellen, wie ein Cardassianer mit Ro Laren flirtete. Sie schauderte. »Ich werde daran denken.«

»Das solltest du besser«, erwiderte Picard trocken.

Crusher bedauerte, den Zwischenfall nicht beobachtet zu haben, aber Rikers Zustand besorgte sie so sehr, dass sie kaum Gelegenheit fand, an etwas anderes zu denken. »Jean-Luc ... Ich weiß nicht, was ich in Hinsicht auf Will unternehmen soll.«

»Ja, ich habe deinen letzten Bericht gelesen. Die Ursache des Zellzerfalls ist dir noch immer nicht bekannt? Du hast davon gesprochen, dass er Strahlung ausgesetzt war. Könnte das der Grund sein?«

»Die freien Radikale verschwanden extrem schnell«, erklärte die Ärztin. »Vielleicht liegt es an den ziemlich rücksichtslosen Sondierungen der Cardassianer. Aber ich befürchte, dass wir es hier mit einer noch ernsteren Sache zu tun haben.« Ein akustisches Signal wies darauf hin, dass der diagnostische Vergleich durchgeführt war.

Dr. Crusher betrachtete das Ergebnis einige Sekunden lang und drehte dann den Monitor, damit der Captain das Resultat ebenfalls sehen konnte.

»Dies zeigt das Ausmaß des Zellzerfalls an«, sagte sie und deutete auf eine steil nach oben ragende Spitze. »Das ist exponentiell schneller, als man bei EM-Strahlung erwarten dürfte. Und es gibt noch andere Symptome ... Rauschen in den Ohren. Juckende, anschwellende Zehen und Finger. Solche symptomatischen Erscheinungen ordnen unsere medizinischen Datenbanken fast siebenhunderttausend bekannten Krankheiten zu.«

Picard schüttelte den Kopf. »Ich hatte gehofft, dass uns die Aufzeichnungen des Shuttles dabei helfen, das Rätsel zu lösen.«

»Die internen Sensoren der *Hawking* haben keine ungewöhnlich starke elektromagnetische Energie gemessen. Alle ermittelten und aufgezeichneten Werte sind normal, abgesehen von der seltsamen Subraum-Welle, die den Shuttle traf.«

Picard nickte. »Und dafür fand Data eine Erklärung in den Logbüchern der *Yosemite*.«

Crusher beugte sich vor. »Ich habe Rikers Krankheitsbild mit Fallstudien in Bezug auf Cardassianer verglichen. Das Ergebnis gefällt mir ganz und gar nicht: Myers' Krankheit.«

»Myers?«

»Während der frühen Phase der Friedensverhandlungen verbrachte Botschafter Myers einen Monat auf Cardassia Prime. Er wurde sehr krank und zeigte viele der Symptome, die ich auch bei Riker festgestellt habe: Störungen der Neuronen, was zeitweise zu Desorientierung und einer übermäßigen Stimulierung der Hautnerven führt. Der Bereich des Innenohrs mit den Otolithen war ebenfalls betroffen, wodurch es zu Übelkeit und Schwindel kam.«

»Ist die Krankheit ansteckend?«

»Nein, soweit ich das nach den mir vorliegenden Informationen beurteilen kann. Man muss den betreffenden Mikroorganismus schlucken.«

»Schlucken?«, wiederholte Picard.

»Von Riker weiß ich, dass er Wasser trank, während er sich an Bord des cardassianischen Kriegsschiffes befand. Und aus Datas Bericht geht hervor, dass er ihm noch mehr Wasser brachte, als die Symptome schlimmer wurden.«

»Die Cardassianer verzichten darauf, ihr Trinkwasser zu reinigen und zu filtern?«, fragte Picard verblüfft.

»Nun, raumfahrende Cardassianer sind dem Krankheitserreger bereits ausgesetzt gewesen und immun.« Dr. Crusher presste kurz die Lippen zusammen. »Der größte Teil ihrer medizinischen Literatur läuft auf ›das Überleben der Bestangepassten‹ hinaus.«

»Cardassianer stehen in dem Ruf, nur die gesunden Mitglieder ihrer Gesellschaft zu respektieren.« Picard dachte über die Situation nach. »Glaubst du, dass sich Rikers Zustand verschlechtert hat, weil er zu spät behandelt wurde?«

»Das ist zweifellos der Fall. Die Behandlung hätte sofort stattfinden müssen – dann wäre die Krankheit zwar nicht verhindert, aber der Zellzerfall verzögert worden. Du solltest ihn mal sehen. Am Oberkörper hat er überall wunde Stellen, und ich musste ihm den Bart abrasieren.«

Picard blickte zur Krankenstation. »Wie reagieren die Cardassianer auf Myers' Krankheit?«

»Der Erreger kann sich in ihrem Blutkreislauf befinden, ohne dass sie etwas davon wissen. Die meisten Cardassianer finden es heraus, wenn sie sich ins All begeben – Druck- und Gravitationsveränderungen lösen die Krankheit aus.«

Picard stand auf, trat zur Wand und mied den Blick

der Ärztin. Crusher verstand und rechnete mit einer ganz bestimmten Frage.

»Wie wird Myers' Krankheit behandelt?«, erkundigte sich Picard schließlich.

»Ich kann die Symptome behandeln und den Schmerz lindern, Jean-Luc, aber es gibt kein Heilmittel. Es handelt sich um eine in Schüben auftretende, progressive Erkrankung. Botschafter Myers kann nicht mehr durch den Weltraum reisen, weil er zu empfindlich auf Druck- und Gravitationsfluktuationen reagiert.«

Dr. Crusher sah die wachsende Besorgnis in Picards Gesicht. Dass der abenteuerlustige Will Riker vielleicht den Rest seines Lebens auf einem Planeten verbringen musste ... Eine grässliche Vorstellung.

»Hast du es ihm gesagt?«, fragte er.

»Ich möchte ihn nicht beunruhigen. Zuerst will ich ganz sicher sein. Wenn er wirklich an Myers' Krankheit leidet, so erfahren wir es erst in einigen Wochen, wenn sie sich erneut bemerkbar macht. Aber vielleicht habe ich bald eine erste Diagnose. Es gibt da noch einige Dinge, die eine genauere Untersuchung verlangen. Bis morgen weiß ich Bescheid.«

»Halte mich auf dem Laufenden«, sagte Picard.

»Ich glaube, ich sollte ein wenig mit ihm reden.« Beverly Crusher stand auf und gesellte sich Picard hinzu. »Er wird immer unruhiger. Ich muss ihn ständig daran erinnern, dass es besser für ihn ist, sich in Geduld zu fassen – bis ich konkrete Informationen für ihn habe.«

Picard zögerte, und Crusher verstand den Grund dafür. Ihr selbst würde es ebenfalls schwer fallen, mit Riker zu reden und dabei zu wissen, dass es vielleicht keine Heilung für ihn gab. Wenn er wirklich an Myers' Krankheit litt, musste er die *Enterprise* bald verlassen.

»Lass mich mit ihm sprechen«, sagte Picard.

Das war typisch für Jean-Luc. Er akzeptierte immer

die Verantwortung, die das Schicksal ihm aufbürdete, ganz gleich, wie sie beschaffen sein mochte.

»Na schön«, erwiderte Beverly Crusher. »Aber ich muss ohnehin einen weiteren Scan vornehmen, und deshalb begleite ich dich.«

Riker rieb sich Kinn und Wangen. Jahrelang hatte er einen Bart getragen, und jetzt fühlte es sich seltsam an, rasiert zu sein. Nun, solange er sich das Kinn rieb, geriet er wenigstens nicht in Versuchung, sich die juckenden Stellen an den Armen und auf der Brust zu kratzen. Dr. Crusher hatte sie zwar behandelt, aber die Hautnerven wurden noch immer zu stark stimuliert, und manchmal war der Juckreiz geradezu unerträglich.

Dr. Crusher kam aus ihrem Büro, begleitet von Captain Picard.

Riker wollte sich aufsetzen, aber die Ärztin schüttelte sofort den Kopf. »Bleiben Sie liegen. Wie oft muss ich Ihnen noch sagen, dass Sie sich entspannen sollen?«

»Ich habe nicht mitgezählt, Doktor. Hoffentlich hören Sie irgendwann damit auf.« Riker lächelte, als er auf die Liege zurücksank. Offenbar bot er keinen besonders guten Anblick, dann der Captain wirkte fast erschrocken.

Dr. Crusher führte einen neuerlichen Scan durch, und Riker versuchte, ihr keine Beachtung zu schenken. Immer wieder hatte man ihn untersucht, ihm Injektionen verabreicht, Gewebeproben genommen und so viel Blut abgezapft, dass er schon befürchtete, seine Adern müssten allmählich leer sein.

»Dr. Crusher meint, dass ich die Krankenstation morgen verlassen kann«, wandte sich Riker an Picard.

»Morgen sind Sie *vielleicht* imstande, in Ihr Quartier zurückzukehren«, korrigierte die Ärztin.

»Ich kann's gar nicht abwarten«, erwiderte Riker. »Nichts für ungut, Doktor, aber es gefällt mir nicht, von Kranken umgeben zu sein.«

Dr. Crusher und Picard wechselten einen Blick, schwiegen jedoch.

»Haben Sie inzwischen die Ursache meiner Krankheit herausgefunden?«, fragte Riker. Sein Blick wechselte zwischen der Ärztin und dem Captain hin und her.

»Bis morgen sollte ich mit der Diagnose fertig sein«, sagte Dr. Crusher. »Es gibt noch viel zu tun.«

Sie steckte den Scanner ein und kehrte in ihr Büro zurück. Captain Picard blieb neben dem Bio-Bett stehen.

»Wie ist die Situation in Hinsicht auf die Cardassianer, Captain?« Riker hatte kaum an etwas anderes gedacht, seit er nicht mehr an Übelkeit und Schwindel litt. Es setzte ihm immer mehr zu, die Krankenstation nicht verlassen zu können. Alles in ihm drängte danach, aktiv in das aktuelle Geschehen einzugreifen. Er empfand es als sehr frustrierend, so schwach zu sein, dass er nicht einmal ohne Hilfe gehen konnte.

»Die Cardassianer beobachten uns«, räumte Picard trocken ein.

»Ich hoffe, sie beschränken sich darauf«, sagte Riker finster. Er schnitt eine Grimasse, als er versuchte, sich in eine etwas bequemere Position zu bringen.

Picard senkte die Stimme. »Ich beabsichtige, mich offiziell darüber zu beschweren, dass man Sie nicht sofort behandelt hat, Commander. Data berichtete, Sie hätten eine ganze Weile gelitten, bevor die Cardassianer medizinische Hilfe leisteten.«

»Ich glaube, das gehörte zu ihrem Plan.« Riker stemmte sich hoch. »Sir, wir wissen, dass die Cardassianer Subraum-Trägerwellen für den Einsatz ihrer Waffen verwenden.« Picard senkte den Blick. »Ich glaube, das ist der Grund für meine Erkrankung.«

»Vielleicht«, sagte der Captain. »Commander Data hat die Sensor-Aufzeichnungen der *Hawking* überprüft und festgestellt, dass die *Yosemite* – ein wissenschaftliches Schiff, das die Plasmastürme vor dreiunddreißig Jahren untersuchte – ebenfalls mit einer Subraum-Welle konfrontiert wurde. Nach einer damals entwickelten Theorie kann es zu Subraum-Effekten kommen, wenn sich ein Raumschiff dem entladungsaktiven Rand der Plasmastürme nähert. Die Subraum-Wellen sind stark genug, um herkömmliche Schaltkreise zu überladen und Bordsysteme ausfallen zu lassen.«

»Mag sein, aber die Cardassianer waren nicht weit entfernt«, beharrte Riker. »Und dann die Art und Weise, wie sie uns behandelten. Data meinte, sie haben uns die ganze Zeit über gescannt.«

»Entspannen Sie sich, Will«, sagte Picard. »Wir alle bemühen uns, eine Lösung für das Problem zu finden. Wie dem auch sei: Ich habe den Eindruck, dass Sie sich besser fühlen als heute Nachmittag.«

Riker verstand, was der Captain meinte: Er fühlte sich besser, aber er sah schlechter aus. »Ich hoffe nur, dass ich die Krankenstation morgen verlassen kann, selbst wenn ich in meinem Quartier bleiben muss – dort kann ich wenigstens arbeiten.« Er senkte die Stimme und vergewisserte sich mit einem raschen Blick nach rechts und links, dass niemand lauschte. »Nach den letzten Geheimdienstmeldungen experimentieren die Cardassianer mit genetischen Waffen. Ist es möglich, eine genetische Waffe mit einer Subraum-Trägerwelle zu koppeln? Bei mir kam es zu einem Zellzerfall bis hin auf die DNS-Ebene …«

»Ich bin sicher, dass Dr. Crusher alle Möglichkeiten berücksichtigt«, sagte Picard.

Riker versuchte auch weiterhin, über die Cardassianer zu sprechen, aber dem Captain schien nicht viel an diesem Thema zu liegen. Vermutlich hatte Dr. Crusher ihn gebeten, ihrem Patienten Aufregung zu ersparen.

»Danke für Ihren Besuch, Captain«, sagte Riker schließlich und streckte die Hand aus.

Picard ergriff sie und drückte vorsichtig zu. »Wir sehen uns morgen, Will.«

Dann war Riker wieder allein und wartete darauf, dass Data sein Versprechen einlöste und nach dem Empfang die Krankenstation aufsuchte. Er wollte den Androiden bitten, eine Sonde der Klasse II mit besonders leistungsfähigen Partikel- und Feld-Detektoren vorzubereiten. Wenn sie sie dorthin schickten, wo die *Hawking* von der Subraum-Welle erfasst worden war … Vielleicht ließen sich Partikelreste finden, eine Spur, die man zum Ursprung zurückverfolgen konnte.

Riker beabsichtigte natürlich, die Erlaubnis des Captains einzuholen, aber derzeit musste sich Picard um andere Dinge kümmern. Erst wollte er mit Data sprechen, um alle notwendigen Vorbereitungen zu treffen. Anschließend blieb noch Zeit genug, den Captain zu fragen.

Einmal mehr rieb sich Riker das Kinn. Es fiel ihm sehr schwer, geduldig zu warten, aber an der Starfleet-Akademie hatte er gelernt, mit Inaktivität fertig zu werden. Wenn sie nicht *zu* lange dauerte …

VII.

Deanna Troi trank den Rest des gavalinischen Tees, an dem ihre Mutter so großen Gefallen fand. Sie lächelte, als sie an die Cardassianer dachte und sich vorstellte, wie sie morgens ein Glas frischen Fischsaft tranken. Am vergangenen Abend hatte sie viel über Cardassia erfahren. Sie war im Gesellschaftsraum geblieben, bis sich Jos Mengred und sein Adjutant Pakat schließlich in ihre Quartiere zurückzogen.

»Dr. Crusher an Counselor Troi«, ertönte es aus dem Kom-Lautsprecher.

»Hier Troi«, sagte sie und setzte die Tasse ab.

»Könnten Sie zur Krankenstation kommen, Deanna?«

»Jetzt sofort?«

»Ja, bitte. Es ist dringend.«

»Ich bin unterwegs«, bestätigte die Counselor.

Sie verließ ihr Quartier, eilte zum nächsten Turbolift und nickte geistesabwesend Besatzungsmitgliedern zu. Deanna kannte sie alle. Viele von ihnen hatten ihr das Herz ausgeschüttet und hielten sie für eine sehr gute Freundin. Dadurch wurde es manchmal problematisch, im Korridor unterwegs zu sein, wenn ihre Gedanken anderen Dingen galten.

Derzeit dachte sie an Will Riker. Ihre Besorgnis nahm zu, während die Transportkapsel des Turbolifts sie zur medizinischen Abteilung trug. Am vergangenen Tag hatte Dr. Crusher sehr ernst darauf hingewiesen, dass sie bis heute eine Diagnose erstellen wollte.

Als Deanna Beverly sah, wuchs ihre Unruhe schlagartig. Die Ärztin wirkte bestürzt, und Troi musste nicht von ihren empathischen Kräften Gebrauch machen, um zu erkennen, dass etwas Alarmierendes geschehen war.

Dr. Crusher erklärte, dass Riker vielleicht an Myers' Krankheit litt, und daraufhin glaubte Deanna zu spüren, wie ihr Herzschlag kurz aussetzte. Sie wusste, was mit Botschafter Myers passiert war. Deanna teilte die Sorgen Starfleets angesichts der vielen schrecklichen Krankheiten, die sich seit den ersten physischen Kontakten mit den Cardassianern bei den Humanoiden der Föderation ausbreiteten.

»Es gibt kein Heilmittel, oder?«, fragte Troi, obgleich sie die Antwort bereits kannte.

»Nein, noch nicht, aber ich arbeite an einer Behandlungsmethode«, erwiderte Dr. Crusher. »Heute Morgen geht es ihm besser. In gewisser Weise wird dadurch alles noch schwerer. Ich musste ihn darauf hinweisen, dass sich Myers' Krankheit in einzelnen Schüben bemerkbar macht.«

»Wo ist er jetzt?«, fragte Deanna und sah sich in der Krankenstation um. Riker befand sich nicht im Hauptraum.

»Er ging. Der Computer hat ihn in seinem Quartier lokalisiert, obwohl er die Absicht äußerte, wieder den Dienst anzutreten. Ich habe den Computer angewiesen, Rikers Anweisungen zu ignorieren.« Dr. Crusher rieb sich die geröteten Augen. Sie war die ganze Nacht über auf den Beinen geblieben. »Er schwor, dass er herausfinden würde, was die Cardassianer mit ihm angestellt haben. Ich konnte ihn nicht aufhalten. Hoffentlich ist alles in Ordnung mit ihm.«

»Es muss ein Schock für ihn gewesen sein«, sagte Troi und konnte es selbst kaum fassen.

»Ich wollte es ihm sagen, wenn Sie dabei sind«, meinte Dr. Crusher. »Aber er lag praktisch auf der Lauer, als ich eintraf. Mir blieb nicht genug Zeit, Ihnen Bescheid zu geben – oder der Sicherheitsabteilung.«

Troi formulierte einige beschwichtigende und tröstende Bemerkungen. Ganz offensichtlich hatte Beverly Crusher hart gearbeitet, um eine Erklärung für Rikers Krankheit zu finden und ihn erfolgreich zu behandeln.

»Ich rede mit ihm«, sagte Deanna. »Wie sicher sind Sie in Hinsicht auf die Diagnose?«

»Es spricht eine gewisse Wahrscheinlichkeit dafür, aber ich bin noch immer nicht ganz überzeugt. In seinem Blut konnte ich den Erreger der Krankheit nicht finden, doch jenes Virus lässt sich ohnehin nur sehr schwer entdecken.« Die Ärztin zuckte resigniert mit den Schultern. »Die Symptome entsprechen genau denen von Myers' Krankheit. Wenn es zu einem Rückfall kommt, wissen wir Bescheid.«

Auf dem Weg zu Wills Quartier hörte Troi immer wieder den unheilvollen Ton in Crushers Stimme. Die Ärztin hatte Angst um Riker – sie glaubte kaum mehr daran, dass es noch Hoffnung für ihn gab.

Troi atmete tief durch, bevor sie den Türmelder betätigte.

Es dauerte einige Sekunden, bis Riker fast trotzig rief: »Herein!«

Deanna betrat die Unterkunft zögernd. »Hallo, Will.«

Riker sah sie kurz an und lachte humorlos. »Ich hätte mir denken können, dass Dr. Crusher dich zu mir schickt.«

Es überraschte Deanna, ihn ohne Bart zu sehen, und plötzlich begriff sie, dass er ihr so viel besser gefiel. Auf diese Weise sah er jünger und verletzlicher aus, mehr wie der Riker, den sie einst gut gekannt hatte.

Doch als sie ihn eingehender musterte ... In jeder anderen Hinsicht sah er schrecklich aus. Rötliche Flecken zeigten sich an der einen Wange und auch am Hals, und das gesamte Erscheinungsbild wirkte unordentlich. Er trug ein zerknittertes blaues Hemd.

»Ich kehre nicht zur Krankenstation zurück«, sagte er kategorisch und begann mit einer unruhigen Wanderung durchs Wohnzimmer.

Troi nahm auf der Couch Platz. »Deshalb bin ich nicht hier.«

»Ach?« Riker wölbte eine Braue. »Dann bist du vermutlich gekommen, um mich zu psychoanalysieren.«

»Ich dachte mir, dass du vielleicht über diese Angelegenheit sprechen möchtest, Will.«

»Nun, du brauchst dir keine Sorgen zu machen. Ich leide nicht an Myers' Krankheit.«

Troi versuchte, gleichmäßig zu atmen. Es fiel ihr schwer, sich vor seinen turbulenten Emotionen abzuschirmen, wenn sie ihm so nahe war. Bei anderen Personen fiel es ihr leichter, dem psychischen Schmerz standzuhalten. Aber zu Riker hatte sie eine intime Beziehung unterhalten, die zwar schon Jahre zurücklag, jedoch eine besondere Verbindung zwischen ihnen hinterlassen hatte.

»Warum glaubst du, dass Myers' Krankheit nicht in Frage kommt?«, erkundigte sich Deanna.

»Die Cardassianer haben irgendetwas mit mir angestellt«, beharrte Riker. »Sie beschädigten den Shuttle, und wer weiß, was sie sonst noch gemacht haben, während ich mich an Bord ihres Kriegsschiffs befand.«

»Warum ist Data nicht betroffen?«, fragte die Counselor.

Riker wandte den Blick ab. »Der Agent namens Jos Mengred zeigte Interesse an ihm. Vielleicht hat er den Befehl gegeben, ihn nicht zu beschädigen.«

Troi dachte darüber nach. Riker zeigte eine typische Abwehrreaktion. Er wollte nicht die Möglichkeit einräumen, dass er den Rest des Lebens mit einer Krankheit verbringen musste, die Schwäche bedeutete. Nun,

Troi hielt es nicht für notwendig, den Vorgang des Akzeptierens zu beschleunigen.

»Wenigstens hat dir diese Sache eine Rasur eingebracht«, sagte sie scherzhaft.

»Das ist noch längst nicht alles. Sieh dir dies an!« Riker fuhr sich mit der Hand durchs Haar, und mehrere Büschel lösten sich. Einzelne Haare fielen zu Boden.

»O nein«, hauchte Troi.

»Es hat gestern Abend angefangen. Du hättest heute Morgen mein Kissen sehen sollen.« Er schüttelte den Kopf. »Dr. Crusher entfernte den Bart, als ich noch nicht ganz bei mir war. Heute Morgen wollte sie mir die Haare schneiden, aber mir gelang die Flucht, bevor sie den Laser-Schneider holen konnte.«

Deanna trat näher. Es lösten sich tatsächlich ganze Haarbüschel vom Kopf, und zurück blieben kahle Stellen, ein Umstand, der erheblich zu dem unordentlichen Erscheinungsbild beitrug.

»Wenn du es dir kurz schneiden lässt, fällt es nicht so leicht aus«, sagte Troi ruhig.

Riker wollte sich erneut übers Haar streichen, ließ die Hand aber sinken, als er sich daran erinnerte, welchen Schaden er damit anrichtete. »Es ist mir gleich, wenn ich eine Glatze bekomme. Ich möchte herausfinden, was vor sich geht.«

»So kannst du nicht an Bord des Schiffes herumlaufen«, sagte Deanna. »Wenn du einen deiner Offiziere in einem solchen Zustand sähest, würdest du dem wöchentlichen Crew-Bericht einen Tadel hinzufügen.«

Riker entspannte sich ein wenig. »Ja, das stimmt vermutlich.«

»Ich helfe dir, dein Äußeres in Ordnung zu bringen«, fuhr Troi fort. »Wo ist dein Laser-Schneider?«

»Ich könnte zum Friseur gehen«, sagte Riker argwöhnisch.

Troi versperrte demonstrativ den Weg zur Tür. »Ich

versichere dir, dass ich eine begabte Coiffeuse bin. Ich hätte einen Frisiersalon auf Betazed eröffnen können.« Sie suchte in der obersten Schublade. »Ah, hier ist er ja.«

Sie forderte Riker auf, sich auf den Stuhl unter der Lampe zu setzen. Er wirkte besorgt, und deshalb erzählte Deanna von ihrer Kusine, die ihr gezeigt hatte, wie man Haare schnitt. Nach einer Weile schien die Anspannung aus seinen Schultern zu weichen, als sie geschickt mit dem Laser-Schneider umging. In letzter Zeit hatte Riker sein Haar recht lang getragen, und deshalb schnitt Troi ziemlich viel ab. Sie ließ nur einen Zentimeter an den Seiten und oben mehrere Zentimeter übrig.

»Na bitte, jetzt siehst du schon viel besser aus«, sagte Deanna und wich ein wenig zurück. Sie wies nicht darauf hin, dass sich am Hinterkopf bereits einige kahle Stellen gebildet hatten. Von vorne betrachtet gab es nichts auszusetzen. »Recht eindrucksvoll. Ich schätze, dir würde auch ein völlig kahler Kopf stehen. Aber du solltest dem Captain besser keine Konkurrenz machen.«

Riker lächelte dankbar. Trotzdem spürte Deanna nach wie vor eine gewisse Schärfe in ihm, jenes Etwas, das immer die Kontrolle behalten wollte. Er betrachtete sein viel kürzeres Haar im Spiegel und nickte anerkennend.

Dann sah er auf sein zerknittertes Hemd hinab. »Ich ziehe besser meine Uniform an.«

»Solltest du dich vorher nicht ein wenig ausruhen?«, schlug Troi vor. »Du bist noch immer sehr krank. Bestimmt fühlst du dich besser, wenn du dich auf die Couch legst und entspannst.«

»Ich muss zu Data. Gestern Abend begann er mit der Programmierung einer Sonde, die nach Anzeichen von Subraum-Trägerwellen suchen soll.« Er ging zum Schrank, um sich eine Uniform zu holen. »Ich möchte herausfinden, was die Cardassianer mit mir angestellt haben.«

»Dir ist untersagt worden, wieder den Dienst anzutreten.«

»Ich weiß. Ich gehe nicht zur Brücke.« Riker entnahm dem Schrank eine rotschwarze Uniform und verschwand im Nebenzimmer, um sich dort umzuziehen.

Troi zögerte und fragte sich, ob sie Dr. Crusher Bescheid geben sollte. Aber Riker würde nur dann im Bett bleiben, wenn ihm Beverly ein Sedativ verabreichte. Er brauchte etwas, das ihn beschäftigte.

»Versprich mir, die Krankenstation zu verständigen, wenn du dich schlechter fühlst!«, rief Deanna.

Riker kehrte zurück. Er war noch immer blass, wirkte aber auch kompetent. »Es ist alles in Ordnung mit mir.«

An der Tür hielt sie ihn noch einmal auf. »Ich meine es ernst, Will.«

Er nickte ungeduldig. »Ich weiß. Ich rede mit Data, und anschließend kehre ich hierher zurück, um zu arbeiten. Beruhigt dich das?«

»Ja«, sagte sie, obgleich ihre Besorgnis kaum nachließ. Im Korridor blieb sie stehen und sah Riker nach, als er zum Turbolift ging. Er hielt sich gerade und versuchte, mit kraftvollen Schritten zu gehen, aber Deanna fühlte sich von Kummer erfasst, als sie die kahlen Stellen an seinem Hinterkopf sah. Will versuchte die ganze Zeit über, nicht ans Schlimmste zu denken, denn das Schlimmste war schlicht und einfach undenkbar. Deanna fragte sich, ob sie ihm sonst irgendwie helfen konnte.

Sie seufzte, als Riker die Transportkapsel betrat und die Tür des Turbolifts sich schloss. Troi hielt es für angebracht, Captain Picard sofort über Rikers Reaktion auf die schlechte Nachricht zu informieren, auch wenn es bedeutete, dass Fähnrich Ro Laren ein wenig warten musste. Nach dem Empfang am vergangenen Abend hatte der Captain sie darum gebeten, mit Ro zu sprechen.

Auch in Hinsicht auf Ro Laren wusste Troi nicht

recht, wie sie helfen sollte. Wenn ein Humanoide das durchmachte, was Ro während der cardassianischen Besatzung erlebt hatte, so war eine vollständige psychologisch-emotionale Rekonvaleszenz kaum möglich. Ro hatte eine gewisse Art von Sozialisation erreicht und eine Ausbildung an der Starfleet-Akademie hinter sich gebracht, aber Deanna zweifelte an ihrer langfristigen geistigen Stabilität. Ihrer Meinung nach tickte in Ro eine Zeitbombe, die jederzeit explodieren konnte.

Jos Mengred beschloss, als erstes am Morgen Counselor Troi zu besuchen. Am vergangenen Abend war die Betazoidin sehr freundlich gewesen und hatte eine kosmopolitischere Einstellung gezeigt als andere Besatzungsmitglieder, unter ihnen auch Captain Picard. Außerdem nahm sie an Bord der *Enterprise* Counselor-Pflichten wahr, was bedeutete, dass sie alle Besatzungsmitglieder kannte, mit ihren Stärken ebenso vertraut war wie mit ihren Schwächen.

In gewisser Weise übte Counselor Troi hier eine ähnliche Funktion aus wie er selbst an Bord von Gul Ocetts Kriegsschiff. Wie Troi behielt auch er alle Mitglieder der Crew im Auge und wusste, was sie wollten, was sie fühlten und wo sich ihre Schwächen verbargen.

Mengred schickte Pakat zur Brücke, damit er dort beobachtete, wie die Forschungsmission vorankam. Nicht einen Augenblick lang hielt er es für einen Zufall, dass die *Enterprise* ihre Mission ausgerechnet in einem Raumsektor durchführte, der unmittelbar an das stellare Territorium der Cardassianer grenzte. Aber er wusste auch: Auf der Brücke sah bestimmt alles nach einem Einsatz aus, der allein wissenschaftlichen Zwecken diente.

Von einem Sicherheitswächter begleitet machte sich Mengred auf den Weg zu Counselor Trois Büro. Er ließ sich von seinem Instinkt leiten, wie häufig bei seiner

Arbeit. Während seiner langjährigen Tätigkeit als Agent des Obsidian-Kommandos hatte er gelernt, dass viele Leute unbewusst darauf hinwiesen, über wichtige Informationen zu verfügen. Schwierig wurde es, wenn man nach einer Möglichkeit suchte, an die Daten zu gelangen.

Aber solche Probleme ließen sich relativ leicht lösen, wenn man wusste, worauf es ankam.

Die Tür des Büros stand offen, und die Wächterin führte den Cardassianer in den Raum. Counselor Troi war nicht anwesend.

Wie vertrauensvoll diese Leute sind, dachte Mengred und beschloss, die gute Gelegenheit zu nutzen.

Die Sicherheitswächterin – sie hatte sich als Lieutenant Rev vorgestellt – blieb neben der Tür stehen. Mengred hatte versucht, sie in ein Gespräch zu verwickeln, aber sie beschränkte sich auf einige Höflichkeitsfloskeln. Mengred kannte sich mit Sicherheitspersonal aus: Es gehörte zu seinen Aufgaben, freundlichem Verhalten mit Argwohn zu begegnen. Nach den ersten Bemerkungen wahrte er ein wachsames Schweigen und wusste, dass Lieutenant Revs Aufmerksamkeit bald nachlassen würde.

Er wanderte in dem großen Raum umher. Mehrere Couchs und Sessel waren so angeordnet, dass man gemütlich miteinander plaudern konnte. Nach einem scharfen Blick von der Wächterin machte Mengred einen weiten Bogen um den Schreibtisch mit dem Computerterminal.

Ein Gemälde neben der Wächterin weckte sein Interesse. Es zeigte Deanna Troi aus der Ferne. Als er näher trat, lösten sich die Einzelheiten der Darstellung in kleine Farbpunkte auf.

»Sehr ungewöhnlich«, kommentierte er. Dann bemerkte er die Signatur in der einen Ecke – Data. »Der Androide hat dies gemalt?«

Rev sah erst Mengred an und dann das Bild. »Ja. Commander Data ist ein Künstler.«

Mengred wartete, bis Revs Blick zum Bild zurückkehrte, bevor sein Daumen Druck auf die Kuppe des kleinen Fingers ausübte. Hochfrequente EM-Strahlung wurde emittiert.

Rev zögerte, den Blick noch immer auf das Bild gerichtet. Mengred räusperte sich, aber sie reagierte nicht. Die EM-Wellen verursachten Vibrationen im Hinterhauptbein des Cranium, im Bereich des verlängerten Rückenmarks, das die Wirbelsäule mit dem Gehirn verband. Die Vibrationen erreichten auch die benachbarten Schädelknochen, beeinträchtigten das Aktivitätsspektrum der Neuronen und die Übertragung sensorischer Informationen vom Rückgrat. Das Ergebnis war eine Art Dämmerzustand, der mehrere Minuten dauern konnte.

Mengred trat rasch hinter den Schreibtisch. Er wusste, dass er eine Entdeckung riskierte, wenn die Counselor zurückkehrte oder Rev zu früh aus ihrer Trance erwachte. Aber es war das Risiko wert. In Hinsicht auf die internen Sensoren des Schiffes machte er sich keine Sorgen. Die Reichweite der betäubenden EM-Wellen war sehr begrenzt, und mit ziemlicher Sicherheit wurden sie nicht von den Sensoren in der Decke erfasst.

Mengred fand eine verriegelte Schublade und schob den Nagel des Mittelfingers ins Schloss. Fünfmal schlug sein Herz, bis er ein Klicken hörte. Bei einem cardassianischen Schloss hätte die Entriegelung mindestens ein Dutzend Herzschläge gedauert.

Die Schublade glitt auf, und Mengred sah einen Handcomputer. Ohne zu zögern griff er auf den Kurzzeitspeicher zu. Nur wenige Leute dachten daran, die dort abgelegten Daten zu löschen, und bei solchen Handcomputern konnte der Kurzzeitspeicher Informationen enthalten, die sich im Verlauf mehrerer Wochen angesammelt hatten. Der Zugriff auf diesen Speicher aktivierte nicht die Verbindung zum Computer, wodurch vermutlich ein Sicherheitsalarm ausgelöst worden wäre.

Er musste ein Virus eingeben, das die Dateien beim richtigen Code öffnete. Anschließend berührte er die Schaltflächen des Handcomputers und übermittelte damit den Code. Sofort erschienen Dateinamen auf dem Bildschirm.

Mengred presste die Fingerspitze an den Download-Port des Geräts und kopierte den gesamten Speicherinhalt in den Mikrochip des Fingers. Er löschte alle Hinweise auf diesen Vorgang, deaktivierte den Handcomputer und legte ihn genau so in die Schublade, wie er ihn vorgefunden hatte. Das Schubladenschloss verriegelte sich automatisch. Wie praktisch – dadurch sparte er Zeit.

Der Cardassianer eilte zur Sicherheitswächterin und nahm neben ihr die gleiche Position ein wie vorher. Damit Rev nichts Ungewöhnliches bemerkte, wandte er sich von ihr ab, als sie aus der Trance erwachte und verwirrt den Kopf schüttelte.

»Maschinen sind zu unglaublichen Dingen fähig«, sagte Mengred und deutete auf das Gemälde. »Ein faszinierendes Bild ...«

»Ja ...«, sagte die Wächterin. Einmal mehr wechselte ihr Blick zwischen ihm und Datas Gemälde hin und her.

Mengred setzte seine Wanderung durch den Raum so fort, als sei überhaupt nichts geschehen. Rev schüttelte noch einmal den Kopf, straffte dann die Schultern und nahm wieder die typische Wächter-Haltung an. Bestimmt ahnte sie nichts von der verstrichenen Zeit.

Mengred nahm auf der Couch Platz und holte seinen eigenen Handcomputer hervor. Er wandte Rev den Rücken zu, als er den Finger ans spezielle Interface hielt und einen zweiten Daten-Download durchführte.

Wenige Sekunden später erschienen die kopierten Informationen auf dem kleinen Schirm. Mehrere Dateien betrafen Fähnrich Ro. Die Bajoranerin gehörte erst seit einer Woche zur Crew der *Enterprise*. Sie war zugegen gewesen, als Captain Picard Admiral Kennellys Pakt mit dem Obsidian-Kommando entlarvte. Kennelly hatte sich bereit erklärt, die Terroristen von Starfleet lokalisieren und aufscheuchen zu lassen, damit cardassianische Kriegsschiffe ihnen den Garaus machen konnten.

Mengred las die Daten über Ro und ihre Probleme mit der Disziplin. Es erschien ihm geradezu unglaublich, dass eine solche Frau die sorgfältig ausgearbeiteten Pläne Enabran Tains vereitelt hatte. Einen Außenposten der Föderation anzugreifen und alles so darzustellen, als seien Bajoraner dafür verantwortlich ... Das war einfach im Vergleich damit, einen Starfleet-Admiral zu finden, der bereit war, den Cardassianern einen Dienst zu erweisen.

Mengred sah zur Sicherheitswächterin auf und lächelte. Rev wusste natürlich nicht, dass er gerade einen wahren Schatz an Informationen erbeutet hatte.

Später gab es genug Zeit, die kopierten Daten genau auszuwerten, aber er fand Gefallen daran, schon jetzt einen Blick auf sie zu werfen, in der Präsenz von Lieutenant Rev. Er scrollte durch die vielen Informationen, las über Schwächen von Besatzungsmitgliedern in wichtigen Abteilungen des Schiffes. In ihren Berichten beurteilte Troi jeden Offizier und Techniker, aber sie verwendete dabei ein sehr differenziertes Bewertungssystem, das in jedem einzelnen Fall Pro und Kontra gegenüberstellte.

Mengred verharrte bei einem Namen, den er kannte – Lieutenant Worf. Troi analysierte Worfs Verhalten gegen Ende des klingonischen Bürgerkriegs. Interessiert las der Cardassianer von K'Ehleyrs Ermordung, der Mutter von Worfs Sohn. Der Duras-Familie gelang es nicht, sich im klingonischen Hohen Rat durchzusetzen, und Troi wies darauf hin, wie erleichtert Worf war, als die Ehre seines Familiennamens wiederhergestellt wurde.

Tain wird zufrieden sein, dachte Mengred. Bisher wussten die Cardassianer nur wenig über die Hintergründe des klingonischen Bürgerkriegs.

Der letzte Eintrag betraf Captain Jean-Luc Picard.

Er bot interessante Einblicke in die Psyche des Kommandanten der *Enterprise*. Troi vermutete, dass die Entführung durch die Borg in Picard eine alte Sorge weckte: Er fürchtete, in die Winzerei seiner Familie zurückkehren und dadurch ein Leben führen zu müssen, das ihm nicht gefiel. Der Bericht wies darauf hin, dass ihn die Borg schließlich gezwungen hatten, sich ihrem Kollektiv zu unterwerfen.

Ein Jahr nach der Schlacht von Wolf 359 ließen die Erinnerungen an seine Assimilierung Picard noch immer nicht zur Ruhe kommen. Auch diese Information würde Tain mit großer Zufriedenheit entgegennehmen.

Mengred deaktivierte seinen Handcomputer und fühlte sich von neuer Kraft erfüllt. Inzwischen glaubte er fest daran, dass er diesen Einsatz mit einem vollen Erfolg beenden konnte, ohne auf irgendwelche Schwierigkeiten zu stoßen.

Seine Freude wuchs, als sich die Tür öffnete und Fähnrich Ro hereinkam. Als sie Mengred sah, blieb sie abrupt stehen und riss die Augen auf.

Dann bemerkte sie die Sicherheitswächterin. »Was machen Sie hier?«, fragte die Bajoranerin.

Mengred erinnerte sich ganz deutlich an Trois Bericht über Ro Laren. Er konnte der Versuchung nicht widerstehen, ein wenig Dissens bei der Crew auszustreuen. »Ich schätze, ich bin aus dem gleichen Grund hier wie *Sie*. Offenbar kann sich Starfleet nicht zwischen Cardassianern und Bajoranern entscheiden.«

Ro starrte ihn an. »Starfleet weiß, dass man Cardassianern nicht trauen kann.«

Mengred stand auf, näherte sich der Bajoranerin und wusste, dass er damit Zorn in ihr weckte. »*Ich* bin hier, oder?«

»In Begleitung einer Sicherheitswächterin«, konterte Ro. »Es dürfte Ihrer Aufmerksamkeit kaum entgangen sein, dass ich allein gekommen bin. Ich gehöre zur Besatzung dieses Raumschiffs.«

Lieutenant Rev schien sich nicht ganz wohl in ihrer Haut zu fühlen, aber sie griff nicht ein. *Fast eine echte Profi*, dachte Mengred anerkennend.

Er senkte die Stimme und schob sich noch näher an Ro Laren heran. »Ich frage mich, ob Starfleet die richtige Entscheidung getroffen hat. Sie haben acht Offiziere getötet – so verhält sich meiner Ansicht nach ein Feind.«

Die Bajoranerin bebte am ganzen Leib und ballte die Fäuste. »Da kennen Sie sich bestimmt gut aus. Cardassianer sind Experten im Töten.«

»Ich bitte Sie, Teuerste, Sie sollten sich besser unter Kontrolle halten.« Mengred lachte. »Kein Wunder, dass mein Adjutant von Ihnen entzückt war. Ihre Wangen glühen auf wundervolle Weise, wenn Sie wütend sind …«

Ro hob die Fäuste, um zuzuschlagen.

»Fähnrich!« Die Wächterin trat vor. »Davon rate ich Ihnen ab.«

Ro ließ die Hände sinken, und Mengred gestattete sich ein weiteres Lächeln.

Die Bajoranerin verließ das Büro, und Mengred hörte, wie im Korridor jemand ihren Namen rief. Deanna Troi erschien in der offenen Tür. Sie sah Mengred an, der unschuldig die Hände ausbreitete, blickte dann zur Sicherheitswächterin, die alles andere als entspannt wirkte.

»Was ist passiert?«, fragte die Counselor.

Ro stand hinter ihr im Korridor, die Arme verschränkt und den Blick abgewendet.

»Ich glaube, Fähnrich Ro hält nicht viel von Cardassianern.« Mengred nutzte die Gelegenheit, das Büro zu verlassen. »Wie ich sehe, haben Sie zu tun. Vielleicht können wir uns später unterhalten.«

Troi versuchte nicht, ihn aufzuhalten. Mengred war sehr zufrieden. Derzeit hatte er alles, was er brauchte, und es gefiel ihm, eine von Disharmonie geprägte Situation zurückzulassen.

Die Sicherheitswächterin folgte ihm wie ein Schatten aus dem Büro. Ihre Präsenz erinnerte Mengred an die seines Adjutanten.

Er schritt durch den Korridor und blieb nach einigen Dutzend Metern an einem Interkom-Anschluss stehen. »Wo ist Commander Data?«

Eine Sprachprozessorstimme ertönte, klang nach einer Frau. »Commander Data hat dienstfrei und befindet sich derzeit im wissenschaftlichen Laboratorium.«

»Wo ist Lieutenant Worf?«, fragte Mengred und kümmerte sich nicht darum, dass ihn die Wächterin hörte. Selbst ein drittklassiger Agent hätte vorhersagen können, an welchen Personen er interessiert war.

»Lieutenant Worf befindet sich im Dienst und arbeitet auf der Brücke.«

Mengreds Interesse galt vor allem Data, aber das durfte er sich nicht zu deutlich anmerken lassen. Deshalb winkte er der Sicherheitswächterin zu, ohne sie anzusehen. »Bringen Sie mich zur Brücke.«

»Hier entlang«, sagte Lieutenant Rev ruhig.

Sie führte ihn durch den Korridor, und er kräuselte die Lippen. Wohin er auch blickte: Alles verriet Bequemlichkeit und Verweichlichung. Die Wände präsentierten Pastellfarben, und ein weicher Belag bedeckte den Boden. Hier und dort liefen Kinder umher. Kinder! Mengred hörte Gelächter, Gesang, sogar Musik. So viele sanfte, murmelnde Stimmen ... Vergeblich lauschte er nach dem Klacken von Stiefeln, nach den stampfenden Schritten marschierender Soldaten. Nichts deutete auf die forsche Effizienz des Militärs hin.

Seit weniger als einem Tag befand er sich an Bord der *Enterprise*, und schon hatte er für diese Leute nichts als Verachtung übrig. Sie mochten in der Überzahl sein, über ein größeres stellares Territorium verfügen und viele Kulturen unter einer Schirmherrschaft vereinen, aber die Basis dieser Völkergemeinschaft bestand aus *Schwäche*.

Um der Sicherheit willen ließ Worf den Aufenthaltsort der beiden Cardassianer ständig vom Computer überwachen. Das entsprechende Programm sollte einen Alarm auslösen, wenn Mengred oder Pakat eine zugangsbeschränkten Sektion betraten, wie zum Beispiel den Maschinenraum oder die Waffenkammer. Ein Alarm war auch für den Fall vorgesehen, dass die Cardassianer versuchten, eine Datenverbindung mit dem Bordcomputer herzustellen.

Die Anzeige des Sicherheitsprogramms bestand aus einer schematischen Darstellung der Decks, auf dem sich die Cardassianer aufhielten. Hinzu kam ein Profil der *Enterprise*, in dem kleine rote Punkte die Position der Cardassianer kennzeichneten. Gelbe Punkte wiesen auf die Präsenz von Sicherheitswächtern hin.

Ein roter Punkt befand sich auf der Brücke. Aus dem Augenwinkel beobachtete Worf Pakat, der im Kommandobereich unterhalb der taktischen Station saß, links von Captain Picard. Sicherheitswächter Zee war damit beauftragt, Mengreds Adjutanten zu kontrollieren. Er stand neben der taktischen Station und ließ den Cardassianer nicht aus den Augen.

Worf wusste, dass Zee sofort übers Geländer springen würde, wenn Pakat auch nur eine falsche Bewegung machte. Zee und Worf hielten nicht viel davon, dass der Cardassianer direkt neben dem Captain saß. Aber das Kommando hatte seine Privilegien, auch wenn es anderen Leuten dadurch schwerer fiel, ihre Pflicht zu erfüllen.

Der zweite rote Lichtpunkt glitt durchs Schiff. Zwanzig Minuten lang hatte sich Jos Mengred im Büro der Counselor aufgehalten, und jetzt war er zur Brücke unterwegs. Die Bio-Indikatoren an der unteren Seite des Anzeigefelds wiesen Worf darauf hin, dass eine Bajoranerin das Büro betreten und wieder verlassen hatte. Kurze Zeit später suchte eine Betazoidin in Begleitung einer Bajoranerin das Zimmer auf, während Mengred es verließ. Worf wusste, dass Lieutenant Rev einen ausführlichen Bericht über alle Ereignisse während ihres Dienstes abliefern würde.

»Volle Impulsgeschwindigkeit«, sagte Picard.

»Aye, Sir«, bestätigte die Navigation.

Die *Enterprise* flog ins Phylaris-System, dessen Zentralgestirn eine Sonne vom G-Typ war. Erste Sondierungen von außerhalb des Systems deuteten auf die Möglichkeit eines Planeten der Klasse M hin. Worf hatte die üblichen Sicherheitsprotokolle aktiviert, die er immer aufrief, wenn das Schiff ein unbekanntes Sonnensystem erreichte. Er hielt nach Wellen- und Partikel-Emissionen Ausschau, außerdem nach Anzeichen von künstlich erzeugter Energie.

Aber die Hälfte seines Displays blieb den Anzeigen in Bezug auf die beiden Cardassianer vorbehalten. Darüber hinaus richtete Worf den Erfassungsfokus mehrerer Fernbereichsensoren immer dann auf das Kriegsschiff der Galor-Klasse, wenn es den Sensorschatten der fernen Badlands verließ.

Als der Mengred repräsentierende rote Punkt das Brückendeck erreichte, reduzierte Worf die Darstellungen des Sicherheitsprogramms auf einen schmalen Displaystreifen. Der Turbolift öffnete sich, und Mengred betrat den Kontrollraum der *Enterprise*.

Der Agent des Obsidian-Kommandos sah sich um.

»Captain Picard, Jos Mengred befindet sich auf der Brücke«, meldete Worf.

»Dies ist also die Brücke ...«, sagte Mengred nachdenklich.

Picard blickte über die Schulter. »Ich heiße Sie willkommen.«

Worf war auf seine weise Voraussicht stolz, als sich Mengred der taktischen Station näherte. »Darf ich hier stehen?«, fragte er höflich.

»Wie Sie wünschen«, erwiderte Worf.

Sicherheitswächter Zee trat zur Seite und behielt auch weiterhin Pakat im Auge. Er warf Mengred nicht einmal einen kurzen Blick zu, und Worf nahm sich vor, ihn in seinem nächsten Bericht zu belobigen. Ganz offensichtlich vertraute Zee seiner Kollegin Rev, die beauftragt war, Mengred zu überwachen. Rev stand bereits an der Rückwand des Kontrollraums und beobachtete Mengred aus zusammengekniffenen Augen. An ihrer Wachsamkeit konnte kein Zweifel bestehen.

Worf deaktivierte einige Funktionen der taktischen Station, um Mengred nicht auf das volle Ortungspotenzial der *Enterprise* hinzuweisen. Der Cardassianer kam noch näher und betrachtete die Kontrollen der Konsole.

»Ah, das Phylaris-System«, sagte er.

»Kennen Sie es?«, fragte Captain Picard.

»Ich weiß, dass es dort nichts Interessantes gibt«, erwiderte Mengred. »Keine Monde, auf denen man Stützpunkte einrichten könnte. Keine Planeten für eine Kolonisierung.«

»Ich orte einen Planeten der Klasse M, Sir«, sagte Fähnrich Lita, die an der Funktionsstation saß. »Atmosphäre zehn Prozent Sauerstoff, zwanzig Prozent Stickstoff, siebenundfünfzig Prozent Kohlendioxid. Fast fünf Prozent Wassermoleküle.«

»Bringen Sie uns näher heran«, sagte Picard.

»Vergeuden Sie nicht Ihre Zeit«, ertönte Mengreds Stimme. »Land und Pflanzen enthalten Säure.«

Worf bemerkte, dass sich Anspannung auf der Brücke breit machte. Die Cardassianer hatten eine interessante Forschungsmission in einen diplomatischen Albtraum verwandelt.

»Wir schwenken in die Umlaufbahn, Captain«, meldete die Navigation.

Worf programmierte eine Sensor-Sonde der Klasse III. »Sonde vorbereitet, Sir.«

Der Klingone glaubte, so etwas wie Erheiterung in Mengreds Gesicht zu erkennen, als die Sonde gestartet wurde und in den oberen Schichten der Atmosphäre zum Einsatz gelangte. Sie übermittelte Daten, die automatisch ausgewertet wurden – der Captain bekam in regelmäßigen Abständen einen Bericht. Im planetaren wissenschaftlichen Laboratorium freute man sich bestimmt über den Datenstrom. Worfs Begeisterung hingegen hielt sich in Grenzen.

Als die Sonde in die unteren Bereiche der Atmosphäre vorstieß, fand sie immer mehr auf Säure basierende Proteine. Kurz nach der Landung meldete sie eine hohe Säurekonzentration sowohl im Boden als auch in der Atmosphäre. Wenig später kam es zu ersten Fehlfunktionen, und dann wurden keine Signale mehr übermittelt.

»Dieses Sonnensystem hat ohnehin keinen taktischen Nutzen«, kommentierte Mengred.

»Das stimmt«, pflichtete Worf dem Cardassianer widerstrebend bei. Ein Blick auf die Sternkarte genügte, um zu diesem Schluss zu gelangen. Das System war isoliert – die Badlands trennten es von den anderen Sonnensystemen in diesem Raumsektor.

»Warum untersuchen Sie stattdessen nicht die Plasmastürme?«, wandte sich Mengred an Worf. »Die Systeme in jener Region haben großen strategischen Wert.«

Captain Picard drehte sich um. »Commander Riker und Commander Data haben dort erste Untersuchungen durchgeführt. Während der Auswertung jener Daten erforschen wir den Rest des Sektors.«

Worfs Unruhe wuchs, als Mengred Picards Antwort zum Anlass nahm, mit den Augen zu rollen. Diese Reaktion und seine Bemerkungen im Verlauf der nächsten Stunden wiesen Worf auf folgendes hin: Der Cardassianer glaubte ganz offensichtlich, dass die *Enterprise* kostbare Zeit verschwendete.

Worf neigte dazu, einen ähnlichen Standpunkt zu vertreten, obwohl er das auf keinen Fall zugegeben hätte. Inzwischen bestand kein Zweifel mehr daran, dass dieses Sonnensystem unbewohnt und auch gar nicht bewohnbar war. Aber es gab gewisse Untersuchungsprotokolle, die es zu beachten galt.

Als sie mit dem Phylaris-System fertig waren, gab Captain Picard den Befehl, Kurs auf das Moriya-System jenseits der Badlands zu nehmen. Worf glaubte, dass der Terikof-Gürtel des Moriya-Systems gute strategische Möglichkeiten bot, aber die Cardassianer beanspruchten dort bereits Schürfrechte. Nach dem Moriya-System sollte der ferne Kamiat-Nebel untersucht werden, der sich ebenfalls durch ein strategisches Potenzial auszeichnete.

Als die *Enterprise* zu ihrem neuen Ziel unterwegs war, zog sich Captain Picard in den Bereitschaftsraum zurück und überließ die Brücke seinen Offizieren. Sie würden den Terikof-Gürtel erst während der nächsten Dienstphase erreichen.

Mengred wartete, bis sich die Tür hinter Picard geschlossen hatte, bevor er sagte: »Starfleet ist gewiss keine militärische Organisation.«

»Starfleet Command leitet und verwaltet alle Forschungsmissionen der Föderation sowie ihre wissenschaftlichen und defensiven Aktivitäten«, erwiderte Worf.

»Wissenschaft, Forschung und Verteidigung«, sagte Mengred. »Nicht unbedingt der Ort, an dem ich einen Krieger erwarten würde.«

Worf versteifte sich bei diesem Seitenhieb, schwieg aber.

»Man sollte meinen, dass Sie bestrebt sind, Anspruch auf Ihre rechtmäßige Position im Klingonischen Imperium zu erheben«, fuhr Mengred fort. »Immerhin ist der Bürgerkrieg jetzt zu Ende. Ein Krieger wie Sie sollte das Kommando über ein eigenes Schiff führen.«

Worf wandte sich dem Cardassianer zu und bemerkte das besondere Blitzen in den Augen – Mengred hielt nach Hinweisen darauf Ausschau, dass er einen wunden Punkt berührt hatte. Sein Gebaren erinnerte Worf an Klingonen, die ihre Gegner testeten, bevor die physische Konfrontation begann. In der gegenwärtigen Situation durfte er nicht zulassen, dass die Dinge so weit eskalierten.

»Ich habe nicht die Absicht, klingonische Angelegenheiten mit Ihnen zu erörtern«, sagte Worf und wandte sich wieder seiner Konsole zu.

»Vielleicht sind Sie gar kein Krieger«, murmelte Mengred nachdenklich.

Worf drehte sich so abrupt um, dass er den Cardassianer überraschte. »Pahtk! Sie sind ohne Ehre, denn sonst würden Sie keine Herausforderung an mich richten, die ich nicht annehmen kann.«

Alle auf der Brücke hörten ihn. Worf beschloss, dem *Pugh* keine Beachtung mehr zu schenken – zwar bewegten sich die Lippen des Cardassianers, aber er vernahm nichts. Er setzte die Arbeit fort, konzentrierte sich auf die Anzeigen der Konsole und traf zusammen mit den

Wissenschaftlern Vorbereitungen für den nächsten Forschungseinsatz.

Als Mengred schließlich die Brücke verließ und Pakat anwies, auch weiterhin im Kontrollraum zu bleiben, vergrößerte Worf sofort die Darstellungen des Sicherheitsprogramms. Er war jetzt noch entschlossener, die Cardassianer zu überwachen und ständig über ihren jeweiligen Aufenthaltsort informiert zu sein. Mengred weilte bestimmt nicht nur an Bord, um zu beobachten. Zweifellos wollte er irgendein Ziel erreichen, und Worf musste verhindern, dass die *Enterprise* dabei zu Schaden kam.

VIII.

Während der dritten Dienstphase führte Data das Kommando auf der Brücke. Sie hatten einige Tage damit verbracht, den Rest des Badlands-Sektors zu erforschen, und jetzt zeigte der Wandschirm wieder die Plasmastürme. Angehörige der wissenschaftlichen Abteilung waren an den Stationen im rückwärtigen Bereich damit beschäftigt gewesen, Informationen über das aktive Plasma zu gewinnen. Jetzt sammelten sie letzte Informationen, während sich die *Enterprise* anschickte, ihre Umkreisung der Badlands zu vervollständigen. Anschließend würde sie zu den vereinbarten Rendezvous-Koordinaten fliegen, um die Cardassianer zu ihrem Schiff zurückzubringen.

Eine faszinierende Woche lag hinter Data. Er bemerkte die unterschiedlichen Reaktionen der Besatzungsmitglieder auf die Cardassianer. Nur wenige Personen führten Gespräche mit ihnen. Die meisten gingen ihnen aus dem Weg und verließen Zehn-Vorne oder das Arboretum, wenn ein Cardassianer erschien.

Counselor Troi bildete eine Ausnahme. Die ganze Zeit über blieb sie Mengred und Pakat gegenüber höflich und zuvorkommend. Die Counselor hatte berichtet, Mengreds Interesse sei allgemeiner Natur, allerdings mit der Tendenz, Informationen über Data zu gewinnen. Data vermutete, dass er das cardassianische Interesse an ihm nicht einmal dann als schmeichelhaft empfunden hätte, wenn er ein Mensch gewesen wäre.

»Vorbereitungen für den Start von Sonde Nummer

zweiundzwanzig abgeschlossen, Commander«, meldete der wissenschaftliche Offizier.

»Sonde starten«, sagte Data. Während der vergangenen Tage hatten sie bereits einundzwanzig andere Sonden in die Badlands geschickt, und allmählich ergab sich ein klareres Bild von den komplexen Plasmaströmungen. Offenbar gab es Hunderte von sich gegenseitig überlappenden Plasmastürmen, jeder mit eigenen Entladungsmustern. Zwar hatte der Computer inzwischen ein Navigationsprogramm entwickelt, aber Captain Picard hielt es für angebracht, noch weitere interne Sondierungen vorzunehmen.

Auf Commander Rikers Bitte hin hatte Data den eingesetzten Fernbereichsensoren eine Subroutine hinzugefügt, die nach Resten von Subraum-Trägerwellen suchte. Trotz Datas Berichte in Hinsicht auf die *Yosemite* und Dr. Crushers Meinung, der Erste Offizier litte an Myers' Krankheit, glaubte Riker auch weiterhin fest daran, die Cardassianer seien für seine Erkrankung verantwortlich.

Bisher hatten weder die Sonden noch die Scanner der *Enterprise* irgendeinen Hinweis auf Subraum-Wellen gefunden, die eine biologische Waffe zum Einsatz bringen konnten. Allerdings gab es in diesem Raumbereich ein über dem Normalen liegendes Tetryonen-Niveau. Natürliche Tetryonen-Felder waren ebenfalls im stellaren Territorium der Föderation entdeckt worden, aber sie galten auch als Anzeichen für Subraum-Aktivität. Diese Entdeckung sorgte für ziemliche Aufregung im astrophysikalischen Laboratorium. Es fanden nach wie vor Untersuchungen statt, um festzustellen, ob die Plasma-Entladungen das erhöhte Tetryonen-Niveau bewirkten.

»Sonde gestartet«, berichtete der wissenschaftliche Offizier.

Data nahm an der Funktionsstation Platz, um die

Telemetrie selbst zu überwachen. Die Interferenzen beeinträchtigten einen klaren Empfang der übertragenen Daten. Doch Picard wollte, dass die *Enterprise* außerhalb des Sensorschattens blieb – Zwischenfälle wie bei der *Yosemite* und der *Hawking* sollten sich nicht wiederholen.

Commander Riker war sehr enttäuscht, als die ersten Sonden keine wichtigen Daten übermittelten. Am ersten Tag nach der Rückkehr vom cardassianischen Kriegsschiff war er sehr krank gewesen. Er hatte nur für kurze Zeit im wissenschaftlichen Laboratorium gearbeitet, bevor er sein Quartier aufsuchte. Aber Riker behielt die Telemetrie im Auge und nahm regelmäßige Berichte von Data entgegen.

Vor einigen Tagen war er schließlich in den Dienst zurückgekehrt. Er bezeichnete sein Leiden auch weiterhin als »Verletzung«. Data wollte ihm nicht widersprechen, aber seine Rekonvaleszenz entsprach dem Muster des cardassianischen Syndroms, das Starfleet Myers' Krankheit nannte. In den meisten Fällen kam es bei den Symptomen zu einer mehrere Wochen langen Remission, bevor sich die Krankheit erneut bemerkbar machte und zu einer permanenten Schwächung führte.

»Wir haben den Kontakt mit Sonde Zweiundzwanzig verloren, Commander«, meldete der wissenschaftliche Offizier.

Der Strom telemetrischer Daten verebbte. Data speicherte die gewonnenen Informationen und schickte sie zum wissenschaftlichen Laboratorium.

»Bestätigung«, sagte er. »Navigation, nehmen Sie Kurs auf die Rendezvous-Koordinaten. Halbe Impulskraft.«

Der programmierte Kurs würde es dem wissenschaftlichen Team gestatten, die Sondierungen der Badlands so lange wie möglich fortzusetzen. Nachdem die beiden Cardassianer von Bord gegangen waren, sollte die *Enterprise* zum Planeten Melona IV fliegen, um dort bei einem Kolonisierungsprojekt zu helfen.

Data überwachte die Analysen der letzten Daten, als sich die Tür des Turbolifts öffnete und Mengred die Brücke betrat. Er kam oft, wenn Data im Kontrollraum arbeitete. Der Androide hatte den Captain auf Mengreds Interesse an Kybernetik und seinem Funktionspotenzial hingewiesen. Inzwischen empfing Picard von Data tägliche Berichte, die alle von dem Cardassianer gestellten Fragen enthielten.

»Wie funktionieren Sie heute Abend?«, fragte Mengred.

»Ich funktioniere normal«, sagte Data und gab damit die übliche Antwort.

Mengred nahm in dem Sessel Platz, der normalerweise Counselor Troi zur Verfügung stand. Offenbar störte es ihn nicht, dass alle Brückenoffiziere seine Worte hören konnten. »Ich dachte, man hätte Ihnen zwei Dienstphasen zugewiesen, weil es Commander Riker schlecht geht. Aber inzwischen hat er sich erholt, und Ihre Arbeitsbelastung ist noch immer doppelt so groß.«

Data saß an der Funktionsstation und blickte über die Schulter hinweg zu Mengred. »Ich arbeite immer zwei Schichten.«

»Oh, es ergibt durchaus einen Sinn, dass Ihre Vorgesetzten von Ihnen verlangen, zusätzliche Arbeit zu leisten – immerhin brauchen Sie keinen Schlaf.« Mengred klang zufrieden. »Ich nehme an, dass Sie in besonderen taktischen oder kritischen Situationen sogar alle drei Schichten im Einsatz sind.«

Data drehte sich um. »Die zusätzliche Arbeit leiste ich freiwillig. Es gibt keine entsprechenden Befehle.«

»Ach?«, erwiderte Mengred fast spöttisch. »Ihnen dürfte doch klar sein, auf welche Weise man Sie kontrolliert.«

Data wusste nicht, was er darauf erwidern sollte, und

deshalb wandte er sich wieder den Kontrollen der Funktionsstation zu. Das cardassianische Kriegsschiff wurde jetzt von den Fernbereichsensoren erfasst, nachdem es die meiste Zeit über auf der anderen Seite der Badlands verborgen gewesen war. Data stellte fest, dass es ebenfalls zum Rendezvouspunkt flog.

Die Displays vor dem Androiden waren auf seine eigene Datenverarbeitungsgeschwindigkeit abgestimmt, was bedeutete, dass die Anzeigen alle null Komma zwei Sekunden wechselten. Hinzu kam eine spezielle Subroutine, mit der er nach Subraum-Partikelwellen Ausschau hielt. Beide Faktoren ermöglichten es ihm, eine plötzliche Tetryonen-Aktivität zu bemerken. Sie ging über das Tausendfache des Normalen hinaus und führte bei den Sensoren zu einer Überladung.

Unmittelbar darauf kam es zu einer Störung des Gravitationsfelds. Die künstliche Schwerkraft an Bord der *Enterprise* versagte.

Data nahm zur Kenntnis, dass die Sensoren während dieses Vorgangs keine Daten lieferten und viele wichtige energetische Verbindungen in den Bordsystemen der *Enterprise* ausfielen.

Mit einer Hand hielt sich Data am Sessel fest, und mit der anderen betätigte er Schaltelemente. Er versuchte, Aufschluss über Ursprung und Richtung der Tetryonen-Welle zu gewinnen.

Mehrere Besatzungsmitglieder gaben überraschte Schreie von sich, als sie plötzlich emporschwebten. Aus dem Augenwinkel sah Data, wie die an den Navigationskontrollen sitzende Frau den Halt verlor und nach hinten glitt.

Data übernahm die Steuerung des Schiffs.

Der Computer löste automatisch Alarmstufe Rot und eine Notfall-Deaktivierung des Warptriebwerks aus. Data reagierte darauf, indem er die primären Systeme auf Energieversorgung durch die Impulskraft umschaltete. Gleichzeitig ließ er die *Enterprise* langsamer werden, bis sie Relativgeschwindigkeit null erreichte. Seine Hauptsorge galt dem Warpkern und den überladenen EPS-Modulen. Aber da kein Warptransfer stattgefunden hatte, war das Plasma bereits vom Warpkern separiert gewesen.

Nach fünf Komma vier Sekunden kehrte die normale Schwerkraft zurück.

Data kontrollierte die Sensorsysteme, als um ihn herum verdutzte Brückenoffiziere aufs Deck fielen und versuchten, wieder auf die Beine zu kommen. Nach der jähen Tetryonen-Aktivität war die Überladung der Sensoren durch eine Subraum-Schockwelle verursacht worden.

»Captain Picard, bitte kommen Sie zur Brücke«, sagte Data.

Jos Mengred stand auf und trachtete danach, dem stechenden Schmerz im einen Bein keine Beachtung zu schenken. »Was ist passiert?«, fragte er.

»Ich weiß es nicht«, erwiderte der Androide.

Mengred schüttelte den Kopf. Datas Hände bewegten sich so schnell, dass er sie nur als vage Schemen wahrnahm. Die Brückenoffiziere wankten zu ihren Konsolen und versuchten, die Orientierung wiederzufinden. Mengred sah eine weitere Bestätigung für das enorme Leistungsvermögen des Androiden. Er saß noch immer in seinem Sessel, während die Gravitationsstörung alle anderen wie Bungi-Bohnen im Kontrollraum verstreut hatte.

Schadensberichte trafen ein. Mengred hörte, wie Data jede einzelne Meldung bestätigte und Reparaturanweisungen erteilte.

»Statusbericht«, sagte der Cardassianer.

Der Androide ignorierte ihn, und seine Hände huschten auch weiterhin über die Schaltflächen. Mengred wusste, dass er es ganz bewusst ablehnte, Antwort zu geben. Ein solches Verhalten hatte er erwartet. Selbst mitten in einer Krise ließ sich der Androide nicht davon ablenken, das Kommando zu führen. Eine bewundernswerte Reaktion.

Mengred bedauerte es, die *Enterprise* in einigen Stunden verlassen zu müssen. Aber die Zeit seines Aufenthalts an Bord dieses Schiffes war zwischen Starfleet und dem Obsidian-Kommando vereinbart worden. Nun, es war ihm gelungen, viele wichtige Informationen zu sammeln, sowohl über die Crew als auch über die Technik der *Enterprise*. Man musste nicht immer die in einem Handcomputer gespeicherten Daten kopieren, um die richtigen Dinge in Erfahrung zu bringen. Manchmal genügte es, den richtigen Personen die richtigen Fragen zu stellen – wobei es zu beachten galt, nicht zu viele Fragen an ein bestimmtes Individuum zu richten.

Die Offenheit dieser Leute verblüffte ihn immer wieder. Selbst jene, die ihm mit Feindseligkeit begegneten, gaben wertvolle Informationen preis. Zuerst hatte Mengred darin ein weiteres Zeichen für Schwäche gesehen, aber allmählich gelangte er zu dem Schluss, dass in diesem Verhalten eine überwältigende Zuversicht zum Ausdruck kam. Die Besatzungsmitglieder der *Enterprise* waren stolz darauf, zu Starfleet zu gehören, und sie glaubten fest daran, dass die Macht der Föderation immer mehr wuchs.

Mengred fand diese Einstellung erfrischend. Im Cardassianischen Reich gab es nichts Vergleichbares. Dort wusste niemand genau, wer wen kontrollierte, und praktisch jeder musste irgendwann einmal mit einem Ermittlungsverfahren rechnen. Auf Cardassia hielt jeder Bürger nach jemandem Ausschau, der ihn beobachtete.

Starfleet war auch wesentlich effizienter, als Mengred zunächst angenommen hatte, trotz des Mangels an militärischer Präzision. Nach erstaunlich kurzer Zeit trafen Captain Picard und Commander Riker auf der Brücke ein.

Riker blieb stehen, als er Mengred sah. »Befand *er* sich auf der Brücke, als es zu dem Zwischenfall kam?«, fragte er den Androiden.

»Aye, Sir.« Data wandte sich an Captain Picard. »Ich übergebe Ihnen das Kommando.«

»Bestätigung.« Picard richtete den Blick auf Mengred.

Ein oder zwei Sekunden lang glaubte der Cardassianer, dass man ihn von der Brücke verbannen würde. Er lehnte sich im Sessel zurück, dazu entschlossen, den Kontrollraum nicht freiwillig zu verlassen.

Captain Picard seufzte. Offenbar glaubte er, dass es nicht der Mühe wert war, in diesem Fall Gewalt anzuwenden. »Status?«, fragte er.

»Das Warptriebwerk und die Sensoren sind ausgefallen. Wir haben achtzig Prozent Impulskraft, und die Reserveenergie wird für die Bordsysteme verwendet. Unsere Schilde sind stabil. Wir treiben etwa zweihunderttausend Kilometer außerhalb des Sensorschattens im All.«

Der Androide hätte die Situation kaum präziser beschreiben können, fand Mengred. Er bedauerte, dass seine Untergebenen nicht imstande waren, alles so knapp und trotzdem genau zusammenzufassen.

Riker bedachte Mengred mit einem finsteren Blick, als er an ihm vorbeiging. Der Cardassianer grinste schadenfroh, als er die kahlen Stellen am Hinterkopf des Ersten Offiziers bemerkte. Er wirkte ziemlich mitgenommen.

»Wo ist das cardassianische Kriegsschiff?«, fragte Riker.

»Unbekannt«, erwiderte der Androide. »Es wurde von den Fernbereichsensoren erfasst, kurz bevor es zu dem Zwischenfall kam.«

»Genau wie bei der *Hawking*«, brummte Riker misstrauisch.

»Was geschah?«, erkundigte sich Picard und blieb neben der Funktionsstation stehen.

»Für null Komma zwei Sekunden kam es zu starker Tetryonen-Aktivität, Sir. Es folgte eine Subraum-Schockwelle, die bei den Sensoren zu einer Überladung führte und die künstliche Schwerkraft an Bord für fünf Komma vier Sekunden ausfallen ließ.«

»Können Sie den Ursprung des Tetryonen-Stroms feststellen, Data?«, fragte Picard ruhig.

»Negativ, Sir. Es blieb mir nicht genug Zeit, den Erfassungsfokus der Sensoren auszurichten.«

»Wann sind die Sensoren wieder einsatzfähig?«

»Wir müssten gleich begrenzte Ortungsreichweite haben, Captain.«

Picard nickte kurz und ging zum Kommandosessel. Er und Riker hatten vermutlich geschlafen, als es zu dem Zwischenfall kam, aber der Captain machte den üblichen souveränen, beherrschten Eindruck. Der Erste Offizier wirkte nicht annähernd so ruhig und gelassen. Er saß zusammengesunken in seinem Sessel, starrte immer wieder zu Mengred und versuchte nicht einmal, seine Mischung aus Feindseligkeit und Argwohn zu verbergen.

Kurz darauf trafen die anderen Brückenoffiziere ein, um ihre Kollegen von der Nachtschicht abzulösen. Unter ihnen war auch die bajoranische Pilotin. Überrascht hob sie die Brauen, als sie den Cardassianer sah, wandte sich dann ruckartig ab. Während der vergangenen Tage hatte Mengred immer wieder vergeblich versucht, ein Gespräch mit ihr zu führen. Es war sehr lustig gewesen, Ro an Bord zu folgen, um irgendwann in ihr Blickfeld zu treten. Inzwischen stand sie sicher kurz davor, endgültig die Beherrschung zu verlieren. Er wusste die Anzeichen zu deuten und legte sich die letzten Bemerkungen zurecht, bereit dazu, sein Leben zu verteidigen, wenn ihn die Bajoranerin angriff.

Worf war wesentlich kühler und entsprach damit nicht dem Klischee von klingonischer Wildheit. Ohne einen Blickkontakt mit Mengred trat er zur taktischen Station. Der Cardassianer musste sich eingestehen, dass ihm Worf ein Rätsel blieb. Er wies keine Ähnlichkeit mit dem Stereotyp eines trinkenden, prahlerischen klingonischen Kriegers auf. Ganz im Gegenteil: Er war noch disziplinierter als die meisten anderen Starfleet-Offiziere.

Als die Sensoren wieder funktionierten, meldete der Androide, dass Gul Ocetts Kriegsschiff noch immer in Richtung des Rendezvouspunkts flog.

»Einen externen Kom-Kanal öffnen«, sagte Picard.

»Aye, Sir«, bestätigte Worf.

Wenige Sekunden später verschwanden die Sterne vom großen Wandschirm. Gul Ocett erschien dort, und ihr Gesicht nahm fast das ganze Projektionsfeld ein. »Ja, was ist?«

Mengred schüttelte angesichts der dummen Unverblümtheit den Kopf.

»Commander ...« Picard stand auf. »Die *Enterprise* wurde von einer Subraum-Schockwelle erfasst. Wissen Sie etwas darüber?«

Ocett kniff die Augen zusammen. »Eine weitere Schockwelle?«

»Ja«, sagte Picard mit etwas mehr Nachdruck. »Haben Ihre Sensoren sie nicht geortet?«

Ocett blickte zur Seite, und Mengred wusste, dass sie mit ihrem taktischen Offizier sprach. Dann wandte sie sich wieder dem visuellen Übertragungssensor zu. »Abgesehen von einigen geringfügigen Subraum-Fluktuationen haben wir nichts Ungewöhnliches bemerkt.«

»Commander ...«, sagte Picard skeptisch. »Die Schockwelle war stark genug, um bei unseren Sensoren und energetischen Transfer-Leitungen Überladungen zu bewirken. Und Ihnen ist nichts aufgefallen?«

»Unsere Sensoren haben keine Subraum-Wellen registriert«, erwiderte die cardassianische Kommandantin stur.

»Sie lügt«, sagte Riker. »Die *Hawking* wurde auf die gleiche Weise angegriffen. Bestimmt handelt es sich um eine neue Waffe. Fragen Sie ihn!« Mit dem Daumen deutete er auf Mengred.

Picard drehte sich nachdenklich um. »Jos Mengred ... Bitte teilen Sie Gul Ocett mit, was geschehen ist.«

Er hob die Finger einer Hand. »Die künstliche Schwerkraft fiel aus.«

»Für fünf Komma vier Sekunden«, fügte der Androide hinzu.

Ocett sah argwöhnisch vom Wandschirm. »Wir haben nichts festgestellt. Vielleicht handelt es sich um eine Fehlfunktion in den Bordsystemen der *Enterprise*.«

»Das halte ich für sehr unwahrscheinlich«, brummte Riker.

»Data?«, fragte Picard.

»Negativ, Sir. Unsere Bordsysteme wurden von einem externen System beeinflusst.«

Der Captain wandte sich wieder an Ocett. »Sie verstehen sicher, dass wir misstrauisch sind.«

»*Wir* sollten misstrauisch sein«, erwiderte Ocett. »Zum zweiten Mal behaupten Sie, wir hätten Sie angegriffen, und in beiden Fällen konnten unsere Sensoren nichts entdecken. Vielleicht suchen Sie nach einem Vorwand für einen Kampf ...«

»Das ist doch absurd!«, entfuhr es Riker.

Mengred beobachtete das Geschehen aufmerksam und wusste nicht recht, wem er glauben sollte. Konnte der Androide die Fehlfunktion verursacht haben? Auszuschließen war das gewiss nicht. Mengred erinnerte sich daran, dass er seinen Platz an der Funktionsstation nicht verlassen hatte, als die künstliche Schwerkraft ausfiel. Der Umstand, dass er sitzen geblieben war, während alle anderen umherschwebten, mochte bedeuten, dass er einen solchen Zwischenfall erwartet hatte.

Andererseits: Vielleicht testete Gul Ocett eine neue militärische Waffe. Die Führung des Militärs versuchte immer wieder, Neuentwicklungen vor dem Obsidian-Kommando zu verbergen, was ihm meistens nur für kurze Zeit gelang. Wie praktisch, dass sich Mengred an Bord der *Enterprise* befand, als Gul Ocett die neue Waffe erprobte. Zweifellos war sie bereit, nicht nur die Crew des Starfleet-Schiffes zu gefährden, sondern auch Pakat und ihn.

Captain Picard bemerkte seinen Gesichtsausdruck, und einige Sekunden lang wirkte er unsicher. Dann kehrte die Entschlossenheit in seine Züge zurück.

»Wir beabsichtigen nicht, einen Kampf zu beginnen«, teilte er Gul Ocett mit. »Aber wir werden herausfinden, was geschehen ist. Picard Ende.«

Der Captain gab den Befehl, die Reparaturarbeiten so schnell wie möglich zu beenden. Er wartete, während weitere Berichte eintrafen.

»Was ist mit ihm?«, fragte Riker und senkte nicht einmal die Stimme.

»Er ist als Beobachter hier«, entgegnete Picard. »Soll er beobachten.«

Mengred beglückwünschte sich dazu, dass Picard so großzügig mit Informationen umging. Die Besorgnis des Captains wirkte aufrichtig und deutete darauf hin, dass es sich nicht um einen Trick handelte. Allerdings hielt er Riker durchaus für fähig, einen »Angriff« zu inszenieren.

Er saß ganz still und bemühte sich, möglichst wenig aufzufallen. Alle Brückenoffiziere schienen davon überzeugt zu sein, dass eine echte Gefahr für die Sicherheit des Schiffes drohte. Furcht konnte nicht in diesem Ausmaß vorgetäuscht werden. Mengred wusste zwar, dass er es mit Profis zu tun hatte, aber ganz deutlich hörte er die Ungewissheit in ihren Stimmen.

Counselor Troi betrat die Brücke, und die gerunzelte Stirn der Betazoidin wies auf die empathischen Belastungen hin, denen sie ausgesetzt war. Mengred sah in Troi inzwischen ein zuverlässiges Barometer für den emotionalen Zustand der Crew.

Er überlegte bereits, wie er sich mit Enabran Tain in Verbindung setzen konnte, um ihn zu fragen, ob das Zentralkommando des Militärs tatsächlich eine neue Subraum-Waffe entwickelt hatte. Dann bemerkte er, dass sich Fähnrich Ros Oberkörper hin und her neigte. Sie beendete dieses seltsame Bewegungsmuster, indem sie sich ruckartig vorbeugte und mit den Ellenbogen abstützte.

Data sah zu ihr, als sie die Hände vors Gesicht hob. »Stimmt was nicht, Fähnrich?«

»Es ist … alles in Ordnung«, erwiderte die Bajoranerin. »Ich bin nur ein wenig … müde.«

Ro versuchte, wieder gerade zu sitzen. Sie blinzelte und schüttelte den Kopf, wodurch die Ohrringe klirrten.

Data streckte die Hand aus, um sie zu stützen, als sie sich zu weit zur Seite neigte. »Fähnrich Ro!«

Sie zuckte heftig zusammen, und Data hielt sie fest, damit sie nicht aus dem Sessel rutschte.

Picard beugte sich vor. »Was ist mit Ihnen, Fähnrich?«

»Mir ist … schwindelig …«, brachte Ro Laren hervor.

»Helfen Sie ihr«, sagte der Captain.

Ein anderer Fähnrich verließ seinen Platz an der wissenschaftlichen Station, um Ro Hilfe anzubieten. Die Bajoranerin stand auf und taumelte. Ihr Gesicht war blass, und Schweiß glänzte auf der Stirn.

Data ließ sie von den internen Sensoren scannen. »Sie

leidet an den Folgen von Tetryonen-Strahlung, Sir«, meldete der Androide.

»Ist das möglich?«, fragte Picard ungläubig.

»Greife auf die Datenbanken zu«, sagte Data. Und nach einigen Sekunden: »Es ist kein Fall von Tetryonen-Strahlung außerhalb von speziellen Laboratorien bekannt.«

Der Captain klopfte sofort auf seinen Insignienkommunikator. »Picard an Krankenstation. Wir haben einen medizinischen Notfall auf der Brücke.«

»Hier Crusher«, ertönte es aus dem Kom-Lautsprecher. »Ich bekomme Anfragen aus allen Abteilungen des Schiffes. Überall verlieren Besatzungsmitglieder das Bewusstsein oder leiden an starker Übelkeit. Bei einigen Betroffenen habe ich eine Strahlendosis von bis zu vierhundert Rad festgestellt. Was ist passiert?«

»Offenbar handelt es sich um Tetryonen-Strahlung«, erwiderte Picard.

»Was? Wie kann das sein? Es ist doch nur eine Theorie ...«

»Wir halten Sie auf dem Laufenden«, teilte Picard der Ärztin mit.

Ro stöhnte, als sie über die Rampe geführt wurde. Mengred stand verblüfft auf. Wie konnte jemand so schnell erkranken? Ro Larens Augen waren blutunterlaufen, und sie schien sich kaum auf den Beinen halten zu können, als der Transporterstrahl sie erfasste und zur Krankenstation trug.

Mengred merkte, das sein Mund offen stand. Er schloss ihn und zitterte innerlich bei der Vorstellung, was Enabran Tain sagen würde, wenn er von einer solchen Schwäche erfuhr.

Der Cardassianer setzte sich wieder und beobachtete, wie zwei weitere Brückenoffiziere erkrankten. In seinem Leben hatte er es nur selten mit Krankheiten zu tun bekommen, und er empfand es als abscheulich, überall zusammenbrechende Personen zu sehen. Die Luft selbst schien vergiftet zu sein und die Crew der *Enterprise* in den Tod zu treiben.

Als Captain Picard zu schwitzen begann und unruhig im Kommandosessel hin und her rutschte, spürte Mengred ein seltsames Vibrieren im Knochenwulst am Hals. Es fand kein Theater statt. Irgendetwas geschah an Bord der *Enterprise*.

»Ist alles in Ordnung mit Ihnen, Sir?«, fragte Commander Riker den Captain.

»Offenbar hat es mich ... ebenfalls erwischt«, erwiderte Picard. Er hob eine Hand vor die Augen und neigte den Kopf nach vorn.

Riker klopfte auf seinen Insignienkommunikator. »Brücke an Krankenstation. Der Captain fühlt sich nicht gut.«

»Beamen Sie ihn sofort hierher«, antwortete Dr. Crusher. »Er braucht sofort eine Zellregenerierung, bevor der Schaden größer wird.«

»Bestätigung«, sagte Riker. Er half Picard beim Aufstehen. Der Captain machte Anstalten, zur Rampe zu gehen, aber dazu schien er bereits zu schwach zu sein.

Riker aktivierte Picards Insignienkommunikator. »Eine Person für den Transfer zur Krankenstation«, wies er den Computer an.

»Sie haben das Kommando, Nummer Eins«, hauchte der Captain.

Er entmaterialisierte, und Riker übernahm das Kommando. Mit seinem ersten Befehl schickte er Mengred von der Brücke, was den Cardassianer fast erleichterte.

»Bringen Sie ihn zu seinem Quartier«, wies der Erste Offizier den Sicherheitswächter an. »Sorgen Sie dafür, dass er und sein Adjutant in ihren Unterkünften bleiben.«

Mengred verließ die Brücke und eilte zu seinem Quartier, wobei er dem Sicherheitswächter, der ihn begleitete, kaum Beachtung schenkte. Er musste Enabran Tain eine Nachricht schicken und herausfinden, ob das Zentralkommando eine biologische Waffe testete, die mit Hilfe einer Subraum-Trägerwelle eingesetzt wurde. Jetzt war der Zeitpunkt gekommen, von dem Subraum-Sender in seinem Daumennagel Gebrauch zu machen. Allerdings gab es in diesem Zusammenhang ein Problem: Es würde eine Weile dauern, bis Tain die Nachricht erhielt und antworten konnte. Hoffentlich reichte die Zeit aus, um Gul Ocett daran zu hindern, sie alle zu töten.

IX.

Keiko O'Brien fühlte ein Zucken im Bauch – das Baby bewegte sich wieder. Sie war im siebten Monat schwanger und konnte es gar nicht abwarten, das Kind endlich zur Welt zu bringen. Sie wollte ihren Körper wieder allein für sich haben.

Zum Glück hatte sie im Bett gelegen und geschlafen, als die künstliche Schwerkraft ausfiel. Die dicke Matratze hatte den Aufprall gedämpft und sie dadurch vor Verletzungen bewahrt. Bei den botanischen Proben sah die Sache ganz anders aus.

Auf Händen und Knien kroch sie über den Boden, wobei sich der weit vorgewölbte Bauch einmal mehr als ziemliches Hindernis erwies. Sie sammelte die Proben mit den Keimlingen der Selca-Bäume ein. Anschließend fiel es ihr schwer, sich in eine sitzende Position zu bringen; das Aufstehen schien völlig unmöglich zu sein.

Seufzend hob Keiko die schmutzige Hand und wischte sich Schweiß von der Stirn. Der Gravitationsausfall hatte im botanischen Laboratorium ein Chaos bewirkt. Gelegentliche Schwankungen, die zu Erschütterungen führten ... Damit musste man gelegentlich rechnen. Nicht aber mit einem kompletten Ausfall der Schwerkraft. Behälter mit Proben waren auf dem Boden zerbrochen. Ihre Scherben lagen inmitten von Schößlingen und Knospen. Überall klebte feuchte Erde: an der Decke, den Wänden, an Keikos Kleidung.

Für alle anderen Besatzungsmitglieder galt der besondere, für Notfälle vorgesehene Dienstplan, aber

Dr. Crusher hatte Keiko O'Brien erst in der vergangenen Woche spezielle Diensterleichterungen verschrieben. Deshalb konzentrierte sie sich nun darauf, Pflanzenproben einzusammeln – etwas anderes gab es für sie nicht zu tun. Nachdem Miles aufgebrochen war, um im Maschinenraum bei den Reparaturen zu helfen, hatte es Keiko nicht allein in ihrem Quartier ausgehalten. Sie wollte sich ebenfalls nützlich machen, irgendwie.

Sie setzte sich auf die Fersen, als ihr Rücken zu schmerzen begann.

Keikos Blick glitt zur Wand zwischen Labor und Arboretum, doch bewusst zur Kenntnis nahm sie das Leuchten erst nach einigen Sekunden. Wundervoll schimmerndes, buntes Licht ging von der Wand aus.

Mühsam stand sie auf und griff nach einem Tricorder. Ihre Hände zitterten, als sie das Analysegerät auf die Wand richtete.

Bei dem betroffenen Bereich handelte es sich um die zweite Tritanium-Schicht unter den Mikroschaum-Duraniumfasern. Das Tritanium empfing Strahlung mit einer Intensität von vierhundertzweiundsechzig Rad.

Keiko wich sofort zurück, bis sie die Tür erreichte. Sie öffnete sich hinter ihr, und die junge Frau wankte in den Korridor, betätigte dort rasch die Taste, die das Schott wieder zugleiten ließ. Noch immer glaubte sie, die glühende Wand zu sehen.

Aber solche Strahlung war einfach unmöglich. Die Außenhülle des Schiffes enthielt einen Strahlungsfilter aus einer dicken Schicht Monokristall-Berylliumsilikat. Wie konnte ein Teil der Wand beziehungsweise eine kleine strukturelle Komponente darin irgendeiner Art von Radiation ausgesetzt sein?

In der einen Hand hielt Keiko den Tricorder, und die andere presste sie sich auf den Bauch, als sie zur Krankenstation eilte. Überall in den Korridoren waren Leute unterwegs. Im Turbolift stand Keiko eben Fähnrich Oliver, der sich plötzlich zusammenkrümmte. Sie musste ihn stützen, damit er aufrecht stand.

»Ich fühle noch immer den Gravitationsausfall«, brachte er hervor und richtete einen verzweifelten Blick auf Keiko. »Die plötzliche Leere in der Magengrube … Sie wiederholt sich immer wieder.«

»Atmen sie tief und langsam«, riet sie ihm. »Gleich sind wir in der Krankenstation.«

»Tue ich Ihnen weh?«, fragte er besorgt, obwohl er ohne Keikos Hilfe nicht stehen konnte.

»Nein, es ist alles in Ordnung mit mir«, versicherte sie ihm und hoffte, dass es der Wahrheit entsprach. Vierhundertfünfzig Rad – genug, um jemanden wie Oliver sehr krank werden zu lassen. Für ein Baby hingegen konnte eine solche Dosis tödlich sein.

Voller Erleichterung überließ Keiko den Fähnrich einem Medo-Techniker. Alle Betten in der Krankenstation waren belegt. Weitere Patienten lehnten an den Wänden oder lagen auf replizierten Feldbetten. Immer wieder musste Keiko O'Brien ihren Bauch schützen, wenn Männer und Frauen vorbeieilten. Alle Türen standen offen, und auch in den anderen Abteilungen wimmelte es von Patienten. Fähnrich Ro stöhnte auf einem nahen Bett.

»Keiko!«, rief Dr. Crusher. »Ist alles in Ordnung? Ich wollte bei Ihnen nach dem Rechten sehen, aber …« Die Ärztin sah sich um und ließ das Durcheinander in der Krankenstation für sie sprechen. Dann holte sie ihren medizinischen Tricorder hervor, sondierte damit Keiko und ihren Bauch. Die Untersuchung schien länger zu dauern als sonst.

»Stimmt was nicht?«, fragte Keiko. »Die Wand … Sie war Strahlung mit einer Intensität von mehr als vierhundertsechzig Rad ausgesetzt. Ich weiß nicht, welche Dosis ich abbekommen habe …«

»Seien Sie unbesorgt«, sagte Dr. Crusher. »Die von

Ihrem Körper absorbierte Strahlendosis ist geringer als hundertfünfzig Rad.«

»Welche Konsequenzen ergeben sich dadurch für mein Baby?«

Beverly Crusher klopfte ihr auf die Schulter und setzte bereits einen Zellregenerator ein. »Das Baby ist in Ihnen geschützt. Kehren Sie jetzt in Ihr Quartier zurück und ruhen Sie sich dort aus. Bei Schwangeren kann Strahlung eine Frühgeburt auslösen. Doch die volle Wirkung entfaltet sich erst in einigen Wochen, und dann sind Sie im achten Monat.«

Keiko war der Panik nahe, aber sie wusste auch, dass sich Dr. Crusher um andere Dinge kümmern musste. Mit besorgter Miene sah sich die Ärztin in der Krankenstation um.

»Ist bestimmt alles in Ordnung?«, fragte Keiko.

Beverly reichte ihr den Regenerator. »Nehmen Sie dieses Gerät und verwenden sie es einmal pro Stunde während der nächsten zwölf Stunden. Das sollte den größten Teil der freien Radikale in ihrem Stoffwechselsystem neutralisieren.«

Dr. Crusher klopfte ihr noch einmal auf die Schulter und verschwand dann im Chaos. Keiko stand mit dem Rücken an der Wand, den Regenerator in der einen Hand und ihren Tricorder in der anderen. Mit weit aufgerissenen Augen beobachtete sie das heillose Durcheinander in der Krankenstation. Sie konnte sich nicht von der Stelle rühren.

Sie beobachtete, wie ein Medo-Techniker das Transporterfeld für einen Nottransfer vorbereitete. Eine halb zusammengekrümmte Gestalt materialisierte. Keiko bemerkte einen schlaff baumelnden Arm und eine rote Uniform – ein weiterer Kommando-Offizier war betroffen.

Eine Sekunde später erkannte sie Picard. Der Medo-Techniker half ihm so, wie er zuvor anderen Patienten geholfen hatte, und Keiko glaubte zu spüren, wie ihr etwas den Hals zuschnürte. Der Captain – krank!

Als man Picard durch die Krankenstation führte, wurde es um ihn herum still. Keiko wäre ihm am liebsten gefolgt, aber als er an ihr vorbeikam, richtete er einen so Mitleid erregenden Blick auf sie, dass sie kein Wort hervorbrachte.

Hastig verließ sie die medizinische Abteilung, lief durch die Korridore und versuchte, so schnell wie möglich zu ihrem Quartier zurückzukehren. Auch wenn es keinen Sinn ergeben mochte: Derzeit verspürte sie nur noch den Wunsch, sich im Bett zu verkriechen, bis Miles wieder bei ihr war.

Commander Riker nahm im Kommandosessel Platz. Die Cardassianer befanden sich nicht mehr auf der Brücke, und deshalb konnte er frei sprechen.

»Wie ist unser Status, Data?«, fragte er.

»Das Warptriebwerk ist noch immer nicht einsatzbereit – die Aktivierungssequenz nimmt weitere dreißig Minuten in Anspruch. Die Sensoren funktionieren wieder, aber ihre Reichweite ist begrenzt. Die wichtigsten energetischen Verbindungen sind repariert und uns steht Impulskraft zur Verfügung.«

»Was ist mit den Waffen?«, wandte sich Riker an Worf.

»Die Phaserbänke sind mit Energie geladen, Sir«, meldete der Klingone von der taktischen Station.

»Volle Impulskraft«, ordnete Riker an. »Bisherigen Kurs beibehalten.«

»Volle Impulskraft«, bestätigte die bajoranische Pilotin.

Riker sah auf die Displays in der Armlehne des Kommandosessels, um einen Eindruck von der allgemeinen Situation zu gewinnen. Fast ein Viertel der Besatzungsmitglieder war der Tetryonen-Strahlung ausgesetzt gewesen, die ihre Schilde durchdringen konnte, ohne das Warnsystem auszulösen. Das Verteilungsmuster war unregelmäßig: Innere Sektionen des Schiffes empfingen die Strahlung, während große periphere Bereiche unbetroffen blieben.

Riker war sicher gewesen, dass die Cardassianer irgendetwas mit ihm angestellt hatten. Jetzt wussten auch die anderen Bescheid. Es handelte sich nicht um eine schwächende Krankheit, sondern um einen Angriff. Die Cardassianer hatten ihre biologische Waffe mit einer Subraum-Trägerwelle gegen die *Hawking* zum Einsatz gebracht und ihm später an Bord ihres Kriegsschiffes medizinische Hilfe verweigert, damit die Tetryonen-Strahlung möglichst großen Schaden anrichten konnte. Ja, es steckte bewusste Absicht dahinter.

»Sir!« Worf empfing neue Daten. »Die internen Sensoren registrieren Signale, die aus dem Innern der *Enterprise* kommen.«

»Ursprung?«, fragte Riker.

»Ortung läuft«, sagte Data. »Offenbar kommen sie von Deck Fünf ...«

»Die Cardassianer?«, stieß Riker hervor.

Worf setzte sich mit der Sicherheitsabteilung in Verbindung. »Sicherheitsalarm! Jemand sendet aus Jos Mengreds Quartier!«

»Es werden keine Signale mehr übertragen«, meldete Data.

Riker stand auf und sah zu Worf. »Lassen Sie beide Cardassianer zum Arrestbereich bringen. Nehmen Sie ihnen alle Aufzeichnungs- und Sendegeräte ab, über die sie verfügen.«

»Mit Vergnügen, Sir!« Zorn blitzte in Worfs Augen, als er der Sicherheitsabteilung entsprechende Befehle übermittelte.

»Alarmstufe Rot«, sagte Riker und setzte sich wieder.

»Alarmstufe Rot«, bestätigte der Androide, als die

roten Indikatoren glühten. »Die Sensoren erfassen das cardassianische Kriegsschiff, Sir.«

»Auf Abfangkurs gehen«, wies Riker die Navigation an.

»Kurs wird geändert«, sagte Ro Laren.

Riker kniff die Augen zusammen. »Mal sehen, wie ernst es den Cardassianern damit ist, einen Krieg zu beginnen«, fügte er leise hinzu.

Die Anspannung auf der Brücke wuchs. Niemand wollte daran denken, dass Captain Picard durch die Tetryonen-Strahlung erkrankt war ... Riker bemerkte, dass an einigen wichtigen Stationen nicht die üblichen Brückenoffiziere saßen, sondern andere Personen mit weniger Erfahrung. Nicht gerade ideale taktische Bedingungen für eine Konfrontation, aber daran ließ sich nichts ändern.

»Commander ...«, sagte Worf. »Die Cardassianer sind in einer Arrestzelle untergebracht. Unter ihren Daumennägeln wurden zwei Subraum-Sender entdeckt. In Jos Mengreds Fingern befinden sich weitere Mikrogeräte, und hinzu kommt ein craniales Implantat, das nur durch eine Operation entfernt werden kann.«

»Dafür haben wir keine Zeit«, sagte Riker – ein Umstand, den er bedauerte. Die Vorstellung, Mengreds Schädel aufzubohren, bereitete ihm eine gewisse Genugtuung. Eine Woche lang hatte der Cardassianer immer wieder auf die vermeintliche »Schwäche« des Ersten Offiziers hingewiesen.

Mit voller Impulskraft näherte sich die *Enterprise* dem cardassianischen Kriegsschiff.

»Die Cardassianer laden ihre Plasmabänke mit Energie«, meldete Data.

Riker nickte. Wenn ein mit vollen Schilden geschütztes Schiff auf ihn zugerast wäre, hätte er ebenfalls defensive Maßnahmen ergriffen. Das cardassianische Schiff begann mit einem Ausweichmanöver.

»Kurs anpassen«, ordnete Riker an.

»Aye, Sir.«

»Gul Ocett setzt sich mit uns in Verbindung, Commander«, sagte Worf.

Riker erhob sich. »Öffnen Sie einen Kom-Kanal.«

»Was hat das zu bedeuten?«, fragte Gul Ocett. »Wo ist Captain Picard?«

Riker beobachtete, wie der Blick der cardassianischen Kommandantin immer wieder zu ihrem Kopf-Display glitt. »Captain Picard leidet an den Folgen Ihres früheren Angriffs. Wir verteidigen uns.«

»Wieder Ihre falschen Anklagen!«

»Auch wenn Sie es weiterhin abstreiten ...«, sagte Riker und hob die Stimme. »Wir wissen, was los ist. Sie haben eine Subraum-Trägerwelle benutzt, um die *Enterprise* mit Tetryonen-Strahlung anzugreifen ...«

»Ich habe nicht die Absicht, meine Zeit mit solchem Unsinn zu vergeuden«, zischte Ocett. »Wenn Ihr Volk zu schwach ist, um im Weltraum zu überleben, so rate ich Ihnen, auf Ihren Heimatplaneten zurückzukehren.«

Abrupt unterbrach sie die Verbindung. Das Kriegsschiff der Galor-Klasse kehrte auf den Wandschirm zurück und drehte sich.

»Die Cardassianer ändern den Kurs, Commander«, sagte Data. Das Schiff wurde schneller größer.

»Es nähert sich, Sir«, fügte Worf hinzu. »Wir müssen mit einem Angriff rechnen.«

»Würde Gul Ocett auf die *Enterprise* feuern, während sich Jos Mengred und Pakat an Bord befinden?« Riker glaubte, dass die cardassianische Kommandantin bluffte.

Data drehte den Kopf. »Sir, es ist bekannt, dass es zwischen dem Obsidian-Kommando und der Führung des cardassianischen Militärs immer wieder zu Konflikten kommt. Es gibt Unterschiede in Hinsicht auf Ziele und Exekutionsmethoden.«

»Wunderbar«, erwiderte Riker trocken. Wenn man den Feind zu kennen glaubte ....

»Entfernung sinkt auf zweihunderttausend Kilometer«, berichtete Data, während sich Riker weiterhin zu einer wartenden Haltung zwang. »Hundertfünfzigtausend Kilometer. Waffen-Reichweite ...«

»Ausweichmanöver«, sagte der Erste Offizier. »Delta-Sequenz ...«

»Das cardassianische Schiff feuert!«, grollte Worf.

Die *Enterprise* flog in einer Spirale, die sie aus dem Erfassungsbereich der gegnerischen Waffensysteme brachte. Doch als sie nach diesem Manöver wendete, wurde sie von zwei Strahlblitzen getroffen.

»Direkter Treffer an der Backbord-Warpgondel«, meldete Worf. »Kapazität der Schilde auf vierundsiebzig Prozent gesunken.«

»Entfernung zum cardassianischen Schiff hunderttausend Kilometer«, sagte Data ruhig.

»Angriffskurs«, befahl Riker.

Data traf Vorbereitungen für das Gefecht, als seine Selbstdiagnose endete. Seltene Tetryonen-Neutrinos hatten ihn durchdrungen und Moleküle auf eine Weise ionisiert, die sich mit den Folgen einer Bestrahlung vergleichen ließ. Während der vergangenen Stunden hatte das Diagnoseprogramm automatisch Vergleiche mit Informationen aus den Starfleet-Datenbanken vorgenommen und dabei fand es einen Zwischenfall mit ähnlichen mechanischen und biologischen Konsequenzen. Zu den gleichen Ereignissen war es vor fast hundert Jahren an Bord der ersten *Enterprise* gekommen, als sie die Badlands untersuchte.

»Sir!«, sagte Data mit Nachdruck. »Ich glaube, die Cardassianer sind nicht für die Tetryonen-Strahlung verantwortlich.«

Commander Riker war in Kampfstimmung und

glaubte offenbar, Data nicht richtig verstanden zu haben. »Die Cardassianer *sind* dafür verantwortlich«, beharrte er.

»Nein, Sir, ich glaube nicht.«

»Warum nicht?«, fragte der Erste Offizier.

»Ein ähnliches Phänomen wirkte sich bei der Crew der *Enterprise* unter dem Kommando von Captain James T. Kirk aus, als sie im Jahr 2268 die Badlands untersuchte.« Data überprüfte die physischen Symptome der betroffenen Besatzungsmitglieder. »Commander Spock gelangte zu dem korrekten Schluss, dass Gammastrahlung mit dem Phänomen in Zusammenhang steht. Die damals üblichen Sensorsondierungen waren nicht imstande, Tetryonen-Partikel zu entdecken.«

»Das cardassianische Schiff geht erneut auf Angriffskurs«, meldete Worf.

»Ausweichmanöver«, sagte Riker. »Navigation, bringen Sie uns fort von dem Schiff!«

Riker trat mit ernster Miene zu Data. »Sind Sie ganz sicher?«

»Bestätigung. Offenbar handelt es sich um das gleiche Phänomen, das auch die *Yosemite* und die *Hawking* beschädigte, obgleich es in jenen Fällen schwächer war und sich manifestierte, während die beiden Schiffe durch den Sensorschatten flogen. Dennoch gab es genug Tetryonen, die die Schilde durchdrangen. Deshalb ging es Ihnen so schlecht, Commander. Sie leiden nicht an Myers' Krankheit.«

»Ich wusste die ganze Zeit über, dass ich nicht krank bin«, erwiderte Riker langsam. »Warum haben die Sensoren der *Hawking* nicht auf die Tetryonen-Strahlung reagiert?«

»Tetryonen existieren nur im Subraum. Im normalen Kontinuum sind sie extrem instabil. Sie bewegen sich mit einer Geschwindigkeit, die über Warp neun hinausgeht. Dadurch kann man sie nur mit speziell justierten

Sensoren orten. Die Rekalibrierung des Sensorgitters der *Enterprise* ermöglichte es, die Tetryonen eine Mikrosekunde vor der Subraum-Schockwelle zu entdecken, die eine Überladung der Sensoren bewirkte.«

»Warum hat sich die Tetryonen-Strahlung nicht bei allen ausgewirkt?«, fragte Worf.

»Aufgrund der radioaktiven Kraft, die sie auf Partikel ausüben, sind die Interaktionen zwischen Tetryonen und gewöhnlicher Materie unregelmäßig«, erklärte Data. »Die von der *Enterprise* vor hundert Jahren aufgezeichneten Daten weisen auf eine praktisch identische Situation hin.«

Riker dachte nach und beobachtete das Kriegsschiff auf dem Wandschirm. »Es geschah also schon einmal.«

»Vor diesem Zwischenfall gab es mindestens drei vergleichbare Ereignisse«, sagte Data. »Bei der ersten *Enterprise* erkrankten dreiundvierzig Prozent der Besatzung. Die zweite Schockwelle dauerte länger als jene, die wir erlebten. Ein Crewmitglied starb. Alle anderen erholten sich, ohne dauerhafte Schäden davonzutragen. Bei der Behandlung erwies sich die Zellregenerierung als besonders wichtig.«

»Commander«, ließ sich Worf vernehmen, »Gul Ocett setzt sich erneut mit uns in Verbindung.«

»Auf den Schirm«, sagte Riker.

Zorn zeigte sich im Gesicht der Cardassianerin. »Ist dies eine Kriegserklärung der Föderation?«

»Sie haben auf uns gefeuert«, erwiderte Riker. »Wir haben das Feuer nicht erwidert.«

»Ihr Verhalten war äußerst aggressiv«, sagte Gul Ocett scharf. »Ich werde mich beim Zentralkommando beschweren …«

»Könnten Sie vorher die beiden Agenten des Obsidian-Kommandos an Bord nehmen?«, fragte Riker ruhig. »Wir schicken Sie ohne ihre Subraum-Sender zu Ihnen zurück.«

»Subraum-Sender?«

»Jos Mengred und Pakat befinden sich derzeit in einer Arrestzelle. Die von ihnen gesendeten Signale sind der Grund für unser … aggressives Verhalten.«

Data hielt Ocetts Reaktion für faszinierend. Besorgnis gesellte sich ihrem Zorn hinzu, als sie sich fragte, was Mengred ohne ihr Wissen unternommen hatte.

»Wenn Sie bitte Ihre Schilde senken würden …«, sagte Riker. »Dann beamen wir die beiden Agenten an Bord Ihres Schiffes.«

Ocett zögerte. »Es wäre sehr dumm von mir, die Schilde unter den gegenwärtigen Umständen zu deaktivieren. Sie könnten die Situation ausnutzen.«

Riker lachte, und die Anspannung auf der Brücke ließ ein wenig nach. »Wenn Sie besorgt sind … Dann schicken wir Mengred und Pakat mit einem Shuttle zu Ihnen.«

Sein Angebot klang wie Spott, was Gul Ocett noch zorniger werden ließ. »Sie werden sich an die ursprüngliche Vereinbarung halten!«

Die Cardassianerin verschwand vom Wandschirm.

»Sie legt keinen großen Wert auf Abschiedsgrüße, oder?«, kommentierte Riker.

Die anderen Brückenoffiziere lachten, und Data bedauerte es, nicht an ihrer Fröhlichkeit teilhaben zu können.

»Es war ziemlich knapp«, sagte Riker.

»Aye, Sir«, bestätigte Data. »Weniger als sechzigtausend Kilometer.«

Wieder lachten alle. Es erfüllte Data mit Zufriedenheit, dass ihm ein Witz gelungen war, wenn auch ohne Absicht. Er lächelte. Sein einziger Wunsch bestand darin, Teil dieser Gemeinschaft zu sein.

X.

Jos Mengred wartete in der Arrestzelle, zusammen mit Pakat, der verdrießlich neben ihm saß, als er plötzlich ein sonderbares Gefühl wahrnahm. Er schauderte und spreizte die prickelnden Finger.

Argwöhnisch blickte er zur Wächterin – sie saß am Kontrolldisplay und überwachte vermutlich die Sicherheitssysteme. Das Schaudern wiederholte sich, und diesmal erfasste es den ganzen Körper.

Pakat bedachte ihn mit einem sonderbaren Blick. Mengred schenkte seinem Adjutanten keine Beachtung und blinzelte mehrmals, um die Schlieren vor seinen Augen zu vertreiben. Die Knochenwülste am Hals vibrierten. Er ballte die Fäuste und versuchte ganz bewusst, seinen widerspenstigen Leib unter Kontrolle zu bringen, aber es gelang ihm nicht.

Er fragte sich noch immer, welche biologische Waffe sich mit einer Subraum-Trägerwelle zum Einsatz bringen ließ. Sie musste ein sehr breites Wirkungsfeld haben, wenn sie bei den Angehörigen verschiedener Föderationsvölker Einfluss ausüben konnte. Konnte sie auch Cardassianer krank werden lassen?

Wenn das Zentralkommando eine biologische Waffe entwickelte, die sich auch bei Cardassianern auswirkte, dann musste das Obsidian-Kommando davon wissen, oder?

Pakat wich voller Unbehagen zur Seite. »Was ist los, Sir?«

Mengred sah, dass seine Beine zitterten. Er versuchte,

sie mit den Händen festzuhalten, doch er konnte sie nicht kontrollieren. »Ich verstehe das nicht ...«

Pakat starrte ihn aus großen Augen an, stand auf und wich zum Kraftfeld zurück, das den Ausgang versperrte.

»Was passiert mit mir?« Mengred hob Hände, die nicht mehr ihm zu gehören schienen.

Die Sicherheitswächterin wurde aufmerksam, erhob sich und schien bereit zu sein, Verstärkung anzufordern. »Was machen Sie da?«

Pakat drehte sich ruckartig zu ihr um. »Holen Sie mich hier raus!«

Mengred versuchte aufzustehen, aber die Knie versagten ihm den Dienst. Er hatte das Gefühl, zu schweben und auf seinen eigenen, geschwächten Körper hinabzublicken.

Er unternahm einen zweiten Versuch, sich in die Höhe zu stemmen, stolperte und fiel.

Pakat verlangte erneut, die Zelle verlassen zu können. Mühsam hob Mengred den Kopf. Die Sicherheitswächterin war zu diszipliniert, um ihren Posten zu verlassen, obgleich Pakat immer lauter schrie.

Mengred schaffte es, zur Bank zurückzukehren, konnte jedoch nicht mehr gerade sitzen. Unnatürlich laut hörte er jeden einzelnen Herzschlag, und das Blut rauschte in den Ohren.

Nach einiger Zeit erschienen weitere in rote Uniformen gekleidete Sicherheitswächter im Arrestbereich und hielten ihre Phaser bereit.

Worf näherte sich dem Kraftfeld. »Haben Sie ein Problem?«

»Lassen Sie mich raus!«, stieß Pakat hervor. »Mit ihm stimmt etwas nicht.«

Mengred hob den Kopf und atmete schwer, als er den Blick auf Worf zu richten versuchte. Irgendetwas war ganz entschieden nicht in Ordnung mit ihm. Er wusste nicht, was er sagen sollte, und deshalb schwieg er.

»Sie zuerst.« Worf deutete auf Pakat und dann in die Nebenzelle. »Verlassen Sie diesen Raum und gehen Sie in den anderen.«

Es gab eine exakte Prozedur für die Deaktivierung des Kraftfelds, und Mengred hätte sie gern zu seinem Vorteil genutzt. Aber es fiel ihm schon schwer genug, nicht von der Sitzbank zu rutschen und auf den Boden zu sinken.

Als er wieder aufsah, war die Bordärztin eingetroffen. Sie holte ihren Tricorder hervor, und Mengred richtete einen misstrauischen Blick auf sie. »Wissen Sie wirklich, was Sie tun?«

Worf versteifte sich. »Dr. Crusher leitet als Erster Medo-Offizier die medizinische Abteilung der *Enterprise*.«

Dr. Crusher lächelte, als sie Mengred mit dem medizinischen Tricorder sondierte. »Ich kenne die cardassianische Physiologie gut genug, um festzustellen, dass Ihr Körper eine Strahlendosis von dreihundert Rad absorbiert hat. Herzlichen Glückwunsch.«

»Strahlenkrankheit?«, brachte Mengred hervor. »Sie kann tödlich sein ...«

»Während der nächsten Tag werden Sie sich schrecklich fühlen, aber anschließend erholen Sie sich.« Die Ärztin injizierte ihm etwas, und aus einem Reflex heraus presste er die Hand an die betreffende Stelle. Erschrocken sah er zu Dr. Crusher auf. Normalerweise kontrollierte er immer ganz genau, welche Substanzen in seinen Körper gerieten.

Die Ärztin begann, ihn mit einem Zellregenerator zu behandeln. Die Freiheiten, die sie sich erlaubte, empörten ihn, aber trotzdem erhob er keine Einwände. Cardassianer hätten ihm nicht annähernd so gute Hilfe geleistet.

»Sie werden bald an Bord Ihres Schiffes zurückkehren«, sagte Dr. Crusher und packte ihre Sachen ein.

»Dort sollten Sie sich von Ihrem eigenen Arzt untersuchen lassen.«

Mengred schüttelte mit offenem Mund den Kopf.

»Oder auch nicht«, fügte Crusher skeptisch hinzu. »Wie dem auch sei: Es kommt vor allem darauf an, dass die erste Behandlung so schnell wie möglich erfolgt. Vermutlich fällt Ihnen nicht wie Riker das Haar aus. Aber man kann nie wissen ...«

Mengred berührte sein glatt nach hinten gekämmtes Haar. Es zu verlieren ... Eine entsetzliche Vorstellung. Am liebsten hätte er gefragt, ob die Strahlung von einer cardassianischen Waffe verursacht wurde, doch eine solche Offenheit seinerseits erschien ihm absurd. Er presste die Lippen zusammen und wusste: In seinem gegenwärtigen Zustand konnte er nicht einmal sich selbst trauen. Wenn Pakat ihn nur nicht so schwach gesehen hätte ... Mengred befürchtete, dass seine Autorität bei dem Adjutanten irreparablen Schaden erlitten hatte.

Er schloss die Augen und konzentrierte sich darauf, seine Kräfte zu sammeln. Auf keinen Fall durfte er zulassen, dass Gul Ocett ihn so sah. Dann wären all die Vorbereitungen der letzten Monate in Gefahr geraten. Mit viel Mühe hatte er bei der Crew Zwietracht gesät und geheime Bündnisse geschlossen. Derzeit konnte er es sich nicht leisten, seine Machtbasis zu verlieren.

Das cardassianische Kriegsschiff flog zum Rendezvouspunkt, und die *Enterprise* folgte ihm.

Data nutzte die verbleibenden dreiundvierzig Minuten, um mit weiteren lokalen Sondierungen nach Tetryonen-Neutrinos Ausschau zu halten. Normalerweise verrieten sich Tetryonen nur durch ihre Begleiterscheinungen wie zum Beispiel Gammastrahlung, die entstand, wenn Tetryonen durchs Plasma der Badlands rasten. Data vermutete, dass es die erste *Enterprise* zweimal mit dieser komplexen Strahlung zu tun bekommen hatte. Das mochte die Erklärung dafür sein, warum sie erst so spät erkannten, es mit dem gleichen Phänomen zu tun zu haben.

Data wusste nicht, woher die Tetryonen kamen. Die Subraum-Schockwelle konnte ihren Ursprung in den Badlands haben, aber bisherige Simulationen zeigten folgendes Ergebnis: Die sehr schnellen und kurzlebigen Tetryonen ermöglichten Schockwellen bis maximal fünf Millionen Kilometer von ihrem Ausgangspunkt. Doch in manchen Fällen waren die betroffenen Raumschiffe weiter von den Plasmastürmen entfernt gewesen.

Die bisherigen Entdeckungen boten keine Erklärung für die Existenz der Tetryonen-Strahlung. Data reagierte mit Zufriedenheit darauf, sich mit einem so interessanten Problem beschäftigen zu können.

»Zeit für unsere Gäste, nach Hause zurückzukehren«, sagte Commander Riker. »Data, bringen Sie Mengred und Pakat mit dem Shuttle Neun zum cardassianischen Kriegsschiff. Ich möchte nicht riskieren, noch einmal die *Hawking* einzusetzen. Vielleicht ist es den Cardassianern gelungen, die Kommando-Codes zu knacken.«

Data unterbrach seine Berechnungen und transferierte die bisherigen Resultate ins Computerterminal seines Quartiers. Die bei den Scans und Sondierungen über die Badlands gewonnenen Daten mussten gründlich analysiert werden, was sicher einige Stunden dauerte. Erst dann war es möglich, eine Theorie zu formulieren. Dem Logbuch fügte er einen ersten offiziellen Bericht hinzu, in dem er auf die biologischen Gefahren der Badlands hinwies und empfahl, dass alle Starfleet-Schiffe den Sektor meiden sollten.

»Wollen Sie die Cardassianer auf die Tetryonen-Strahlung hinweisen?«, fragte Data.

»Diese Entscheidung überlasse ich Starfleet Command«, erwiderte Commander Riker.

Data nickte zustimmend und verließ die Brücke. Er begab sich direkt zum Shuttle-Hangar und wusste, dass Worf und ein Sicherheitsteam die beiden Cardassianer dorthin eskortieren würden.

Er bereitete den Shuttle auf den Start vor, während er auf Mengred und Pakat wartete. Shuttle Neun war kein gewöhnlicher Shuttle, sondern eine Shuttlekapsel, die kleinere Version einer Raumfähre. Der Androide begrüßte Rikers Entscheidung, auf den Einsatz der *Hawking* zu verzichten, nachdem die Cardassianer Gelegenheit gefunden hatten, ihre Bordsysteme zu untersuchen.

Kurze Zeit später traf Worf mit den beiden Cardassianern ein. Sechs Sicherheitswächter begleiteten sie. Data hatte Dr. Crushers Bericht gelesen, als er über die Funktionsstation an den Ersten Offizier weitergeleitet wurde. Jos Mengred war von ihr behandelt worden, und alles deutete darauf hin, dass seine Rekonvaleszenz rasche Fortschritte machen würde, mit ziemlicher Sicherheit ohne das Auftreten von Komplikationen. Es gab keine neuen Patienten und die Bordärztin glaubte das Schlimmste überstanden. Alle Besatzungsmitglieder der *Enterprise* hatten mindestens eine Zellregenerierung hinter sich, die sie vor den Auswirkungen der Tetryonen-Strahlung schützen sollte – eine präventive Maßnahme, um möglichen Zellzerfall zu verhindern. Die Crew der *Enterprise* bestand aus tausend Personen, und zweihundertvierzig von ihnen waren krankgeschrieben worden. Es würde ein bis drei Tage dauern, bis sie wieder den Dienst antreten konnten.

Data wusste: Wenn er mit der Shuttlekapsel zur *Enterprise* zurückkehrte, gab Commander Riker sicher sofort den Befehl, einen Warptransfer einzuleiten und den Badlands-Sektor zu verlassen. Von Starfleet Command hatten sie die Anweisung erhalten, Personal für das Kolonisierungsprojekt von Melona IV aufzunehmen.

Jos Mengred kletterte steifbeinig an Bord, und zwei Sicherheitswächter halfen ihm dabei. Seine Haut schien ihre Farbe verloren zu haben, wirkte weiß und an einigen Stellen sogar gelb, während die Pakats ein gesundes Grün zeigte. Keuchend sank Mengred in den Sessel neben Data. Pakat nahm so weit wie möglich hinten Platz.

»Es ist also vorbei«, sagte Mengred zu Data.

Der Androide wusste mit diesen Worten ebenso wenig anzufangen wie mit dem Blick, den der Cardassianer auf ihn richtete. »Bitte um Starterlaubnis«, sagte er und betätigte ein Schaltelement, das die Außenluke schloss.

»Starterlaubnis erteilt«, ertönte Rikers Stimme aus dem Kom-Lautsprecher. »Lassen Sie sich nicht zu viel Zeit, Data. Man erwartet uns auf Melona IV.«

»Aye, Sir«, bestätigte Data. »Shuttle Neun startet.«

Er steuerte das kleine Raumschiff aus dem Hangar. Einige Sekunden lang glitt es über die weiße Außenhülle der *Enterprise* hinweg, vorbei an funkelnden Fenstern. Data bemerkte, dass niemand an den rückwärtigen Panoramafenstern stand. Für gewöhnlich fanden sich dort Kinder ein, um den Start von Shuttles zu beobachten, aber viele von ihnen waren krank oder hatten kranke Eltern.

»Ich habe Erschütterungen gespürt, wie sie von Entladungen an den Schilden verursacht werden«, sagte Mengred. »Gul Ocett hat auf Sie gefeuert. Wer hat als erster von den Waffen Gebrauch gemacht?«

»Die *Enterprise* hat nicht auf das Kriegsschiff geschossen.« Data beschleunigte und nahm Kurs auf den cardassianischen Raumer.

»Nein?«, fragte Mengred erstaunt. »Warum nicht? Ich habe alle Abteilungen der *Enterprise* besucht und die Energiegitter gesehen. Sie hätten Ocetts Schiff vernichten können.«

»Das ist nicht unser Ziel«, erwiderte Data.

»Ein Angriff auf die *Enterprise* ... Der perfekte Vorwand und eine gute Gelegenheit. Warum hat Commander Riker das Feuer nicht erwidert?«

»Ich frage meine vorgesetzten Offiziere nicht nach den Gründen für Ihre Entscheidungen«, sagte Data ruhig. »Ich vermute allerdings, dass Commander Riker keinen Krieg beginnen wollte.«

Das cardassianische Schiff auf dem Bildschirm wurde größer. Data steuerte den offenen Hangar im Heckbereich an.

»Sie sind neugierig in Hinsicht auf Cardassianer, nicht wahr?«, fragte Mengred. Er deutete zum Schiff. »Möchten Sie eine Weile an Bord bleiben und uns beobachten?«

»Das gehört nicht zu meinen Pflichten.« Data war tatsächlich neugierig – und auch froh darüber, dass man ihm bestimmt nicht befehlen würde, als Beobachter an Bord des cardassianischen Kriegsschiffs zu bleiben.

»Es könnten entsprechende Vereinbarungen getroffen werden.« Mengred senkte die Stimme und wollte offenbar verhindern, dass Pakat ihn hörte. »Es ließe sich arrangieren, dass Sie für mich arbeiten.«

»Ich muss meinen gegenwärtigen Dienst an Bord der *Enterprise* fortsetzen«, erwiderte Data diplomatisch.

Mengred kniff die Augen zusammen. »Ich könnte Sie zwingen, bei mir zu bleiben«, hauchte er.

Data begegnete dem Blick des Cardassianers und begriff, dass er es ernst meinte. »Das würde die *Enterprise*-Crew nicht zulassen.«

Mengred musterte ihn. »Glauben Sie, Riker wäre zu einem Kampf bereit, um Sie zurückzuholen? Sie haben selbst darauf hingewiesen, dass er schon einmal eine Konfrontation vermieden hat.«

Data gab zunächst keine Antwort, landete den

Shuttle im Hangar des cardassianischen Schiffes und schaltete die Bordsysteme auf Bereitschaft. »Die *Enterprise*-Crew würde es nicht dulden, dass Sie mich gefangen nehmen.« Er öffnete die Luke und vollführte eine höfliche Geste. »Und ich nehme an, dass Gul Ocett keinen Krieg beginnen möchte, um Ihnen zu einem neuen Adjutanten zu verhelfen.«

Pakat vernahm diese Worte, als er die Shuttlekapsel verließ und versuchte, von Mengred fortzukommen.

Der neben dem Androiden sitzende Cardassianer zögerte, bevor er langsam aufstand. »Ihre Talente werden hier vergeudet.«

»Vielleicht sollte nicht ich darüber nachdenken, mein bisheriges Aufgabengebiet zu verlassen, Jos Mengred, sondern Sie.«

Data wartete, bis Mengred widerstrebend nach draußen getreten war, bevor er die Luke schloss. Der cardassianische Flugdeck-Offizier erteilte ihm Starterlaubnis, und daraufhin aktivierte er wieder das Triebwerk. Erst als die Shuttlekapsel das Kraftfeld durchdrungen hatte und sich wieder im All befand, war Data sicher, dass Mengred keinen Versuch unternehmen würde, ihn an Bord des cardassianischen Kriegsschiffs festzuhalten.

Hinter der *Enterprise* sah er das Wogen der Plasmastürme in den Badlands. Data beschloss, dieses Motiv bei einem seiner nächsten Gemälde zu verwenden. Vor dem Hintergrund der roten und goldenen Plasmawolken wirkte das weiße Schiff besonders geschmeidig und anmutig.

Mit seinem Bericht hatte Data bereits dafür gesorgt, dass Starfleet-Schiffe dem Badlands-Sektor in Zukunft mit dem nötigen Respekt begegneten. Der Flug zur *Enterprise* nahm nur wenige Minuten in Anspruch, und diese Zeit nutzte der Androide, um die Badlands erneut zu scannen und weitere Daten zu gewinnen.

Data zweifelte nicht daran, dass er demnächst einen großen Teil seiner Freizeit damit verbringen würde, die gesammelten Informationen auszuwerten und zu versuchen, das Rätsel der Tetryonen-Strahlung zu lösen. Die Badlands waren ein faszinierendes Phänomen, das weitere wissenschaftliche Untersuchungen verdiente.

STAR TREK™

in der Reihe
HEYNE SCIENCE FICTION & FANTASY

STAR TREK: CLASSIC SERIE

Vonda N. McIntyre, Star Trek II: Der Zorn des Khan · 06/3971
Vonda N. McIntyre, Der Entropie-Effekt · 06/3988
Robert E. Vardeman, Das Klingonen-Gambit · 06/4035
Lee Correy, Hort des Lebens · 06/4083
Vonda N. McIntyre, Star Trek III: Auf der Suche nach Mr. Spock · 06/4181
S. M. Murdock, Das Netz der Romulaner · 06/4209
Sonni Cooper, Schwarzes Feuer · 06/4270
Robert E. Vardeman, Meuterei auf der Enterprise · 06/4285
Howard Weinstein, Die Macht der Krone · 06/4342
Sondra Marshak & Myrna Culbreath, Das Prometheus-Projekt · 06/4379
Sondra Marshak & Myrna Culbreath, Tödliches Dreieck · 06/4411
A. C. Crispin, Sohn der Vergangenheit · 06/4431
Diane Duane, Der verwundete Himmel · 06/4458
David Dvorkin, Die Trellisane-Konfrontation · 06/4474
Vonda N. McIntyre, Star Trek IV: Zurück in die Gegenwart · 06/4486
Greg Bear, Corona · 06/4499
John M. Ford, Der letzte Schachzug · 06/4528
Diane Duane, Der Feind – mein Verbündeter · 06/4535
Melinda Snodgrass, Die Tränen der Sänger · 06/4551
Jean Lorrah, Mord an der Vulkan Akademie · 06/4568
Janet Kagan, Uhuras Lied · 06/4605
Laurence Yep, Herr der Schatten · 06/4627
Barbara Hambly, Ishmael · 06/4662
J. M. Dillard, Star Trek V: Am Rande des Universums · 06/4682
Della van Hise, Zeit zu töten · 06/4698
Margaret Wander Bonanno, Geiseln für den Frieden · 06/4724
Majliss Larson, Das Faustpfand der Klingonen · 06/4741
J. M. Dillard, Bewußtseinsschatten · 06/4762
Brad Ferguson, Krise auf Centaurus · 06/4776
Diane Carey, Das Schlachtschiff · 06/4804
J. M. Dillard, Dämonen · 06/4819
Diane Duane, Spocks Welt · 06/4830
Diane Carey, Der Verräter · 06/4848
Gene DeWeese, Zwischen den Fronten · 06/4862
J. M. Dillard, Die verlorenen Jahre · 06/4869
Howard Weinstein, Akkalla · 06/4879
Carmen Carter, McCoys Träume · 06/4898
Diane Duane & Peter Norwood, Die Romulaner · 06/4907

STAR TREK™

John M. Ford, Was kostet dieser Planet? · 06/4922
J. M. Dillard, Blutdurst · 06/4929
Gene Roddenberry, Star Trek I: Der Film · 06/4942
J. M. Dillard, Star Trek VI: Das unentdeckte Land · 06/4943
Jean Lorrah, Die UMUK-Seuche · 06/4949
A. C. Crispin, Zeit für gestern · 06/4969
David Dvorkin, Die Zeitfalle · 06/4996
Barbara Paul, Das Drei-Minuten-Universum · 06/5005
Judith & Garfield Reeves-Stevens, Das Zentralgehirn · 06/5015
Gene DeWeese, Nexus · 06/5019
D. C. Fontana, Vulkans Ruhm · 06/5043
Judith & Garfield Reeves-Stevens, Die erste Direktive · 06/5051
Michael Jan Friedman, Das Doppelgänger-Komplott · 06/5067
Judy Klass, Der Boaco-Zwischenfall · 06/5086
Julia Ecklar, Kobayashi Maru · 06/5103
Peter Norwood, Angriff auf Dekkanar · 06/5147
Carolyn Clowes, Das Pandora-Prinzip · 06/5167
Michael Jan Friedman, Schatten auf der Sonne · 06/5179
Diana Duane, Die Befehle des Doktors · 06/5247
V. E. Mitchell, Der unsichtbare Gegner ·06/5248
Dana Kramer-Rolls, Der Prüfstein ihrer Vergangenheit · 06/5273
Barbara Hambly, Der Kampf ums nackte Überleben · 06/5334
Brad Ferguson, Eine Flagge voller Sterne · 06/5349
J. M. Dillard, Star Trek VII: Generationen · 06/5360
Gene DeWeese, Die Kolonie der Abtrünnigen · 06/5375
Michael Jan Friedman, Späte Rache · 06/5412
Peter David, Der Riß im Kontinuum · 06/5464
Michael Jan Friedman, Gesichter aus Feuer · 06/5465
Peter David/Michael Jan Friedman/Robert Greenberger, Die Enterbten · 06/5466
L. A. Graf, Die Eisfalle · 06/5467
John Vornholt, Zuflucht · 06/5468
L. A. Graf, Der Saboteur · 06/5469
Melissa Crandall, Die Geisterstation · 06/5470
Mel Gilden, Die Raumschiff-Falle · 06/5471
V. E. Mitchell, Tore auf einer toten Welt · 06/5472
Victor Milan, Aus Okeanos Tiefen · 06/5473
Diane Carey, Das große Raumschiff-Rennen · 06/5474
Margaret Wander Bonanno, Die Sonde · 06/5475
Diane Carey, Kirks Bestimmung · 06/5476
L. A. Graf, Feuersturm · 06/5477
A. C. Crispin, Sarek · 06/5478
Simon Hawke, Die Terroristen von Patria · 06/5479

STAR TREK™

Barbara Hambly, Kreuzwege · 06/5681
L. A. Graf, Ein Sumpf von Intrigen · 06/5682
Howard Weinstein, McCoys Tochter · 06/5683
Judith & Garfield Reeves-Stevens, Die Föderation · 06/5684
J. M. Dillard, Sabotage · 06/5685
Denny Martin Flinn, Der Coup der Promethaner · 06/5686
Diane Carey/Dr. James I. Kirkland, Keine Spur von Menschen · 06/5687
William Shatner, Die Asche von Eden · 06/5688
William Shatner, Die Rückkehr · 06/5689
William Shatner, Der Rächer · 06/5690
Peter David, Die Tochter des Captain · 06/5691
Dean Wesley Smith/Kristine Kathryn Rusch, Die Ringe von Tautee · 06/5693
Diane Carey, Invasion – 1: Der Erstschlag · 06/5694
Dean Wesley Smith/Kristine Kathryn Rusch, Tag der Ehre – 4: Das Gesetz des Verrats · 06/5702
William Shatner, Das Gespenst · 06/5703
William Shatner, Dunkler Sieg · 06/5704

STAR TREK: THE NEXT GENERATION
David Gerrold, Mission Farpoint · 06/4589
Gene DeWeese, Die Friedenswächter · 06/4646
Carmen Carter, Die Kinder von Hamlin · 06/4685
Jean Lorrah, Überlebende · 06/4705
Peter David, Planet der Waffen · 06/4733
Diane Carey, Gespensterschiff · 06/4757
Howard Weinstein, Macht Hunger · 06/4771
John Vornholt, Masken · 06/4787
David & Daniel Dvorkin, Die Ehre des Captain · 06/4793
Michael Jan Friedman, Ein Ruf in die Dunkelheit · 06/4814
Peter David, Eine Hölle namens Paradies · 06/4837
Jean Lorrah, Metamorphose · 06/4856
Keith Sharee, Gullivers Flüchtlinge · 06/4889
Carmen Carter u. a., Planet des Untergangs · 06/4899
A. C. Crispin, Die Augen der Betrachter · 06/4914
Howard Weinstein, Im Exil · 06/4937
Michael Jan Friedman, Das verschwundene Juwel · 06/4958
John Vornholt, Kontamination · 06/4986
Mel Gilden, Baldwins Entdeckungen · 06/5024
Peter David, Vendetta · 06/5057
Peter David, Eine Lektion in Liebe · 06/5077
Howard Weinstein, Die Macht der Former · 06/5096
Michael Jan Friedman, Wieder vereint · 06/5142

STAR TREK™

T. L. Mancour, Spartacus · 06/5158
Bill McCay/Eloise Flood, Ketten der Gewalt · 06/5242
V. E. Mitchell, Die Jarada · 06/5279
John Vornholt, Kriegstrommeln · 06/5312
David Bischoff, Die Epidemie · 06/5356
Peter David, Imzadi · 06/5357
Laurell K. Hamilton, Nacht über Oriana · 06/5342
Simon Hawke, Die Beute der Romulaner · 06/5413
Rebecca Neason, Der Kronprinz · 06/5414
John Peel, Drachenjäger · 06/5415
Diane Carey, Abstieg · 06/5416
Diane Duane, Dunkler Spiegel · 06/5417
Jeri Taylor, Die Zusammenkunft · 06/5418
Michael Jan Friedman, Relikte · 06/5419
Susan Wright, Der Mörder des Sli · 06/5438
W. R. Thomson, Planet der Schuldner · 06/5439
Carmen Carter, Das Herz des Teufels · 06/5440
Michael Jan Friedman & Kevin Ryan, Requiem · 06/5442
Dafydd ab Hugh, Gleichgewicht der Kräfte · 06/5443
Michael Jan Friedman, Die Verurteilung · 06/5444
Peter David, Q^2 · 06/5445
Simon Hawke, Die Rückkehr der Despoten · 06/5446
Robert Greenberger, Die Strategie der Romulaner · 06/5447
Gene DeWeese, Im Staubnebel verschwunden · 06/5448
Brad Ferguson, Das letzte Aufgebot · 06/5449
Kij Johnson/Greg Cox, Die Ehre des Drachen · 06/5751
J. M. Dillard/Kathleen O'Malley, Wahnsinn · 06/5753
Dean Wesley Smith/Kristine Kathryn Rusch, Invasion – 2: Soldaten des Schreckens · 06/5754
Pamela Sargent/George Zebrowski, Verhöhnter Zorn · 06/5756
J. M. Dillard, Star Trek VIII: Der erste Kontakt · 06/5757
Diane Carey, Tag der Ehre – 1: Altes Blut · 06/5763
John Vornholt, Der Dominion-Krieg – 1: Hinter feindlichen Linien · 06/5765
John Vornholt, Der Dominion-Krieg – 3: Sternentunnel · 06/5766
Peter David, Imzadi II · 06/5767
John de Lancie/Peter David, Ich, Q · 06/5768
J. M. Dillard, Star Trek IX: Der Aufstand · 06/5770

STAR TREK: DIE ANFÄNGE
Vonda N. McIntyre, Die erste Mission · 06/4619
Margaret Wander Bonanno, Fremde vom Himmel · 06/4669
Diane Carey, Die letzte Grenze · 06/4714

STAR TREK™

STAR TREK: DEEP SPACE NINE
J. M. Dillard, Botschafter · 06/5115
Peter David, Die Belagerung · 06/5129
K. W. Jeter, Die Station der Cardassianer · 06/5130
Sandy Schofield, Das große Spiel · 06/5187
Dafydd ab Hugh, Gefallene Helden · 06/5322
Lois Tilton, Verrat · 06/5323
Esther Friesner, Kriegskind · 06/5430
John Vornholt, Antimaterie · 06/5431
Diane Carey, Die Suche · 06/5432
K. W. Jeter, Das Böse · 06/5433
Melissa Scott, Der Pirat · 06/5434
Nathan Archer, Walhalla · 06/5512
Greg Cox/John Gregory Betancourt, Der Teufel im Himmel · 06/5513
Robert Sheckley, Das Spiel der Laertianer · 06/5514
Diane Carey, Der Weg des Kriegers · 06/5515
Diane Carey, Die Katakombe · 06/5516
Dean Wesley Smith/Kristine Kathryn Rusch, Die lange Nacht · 06/5517
John Peel, Der Schwarm · 06/5518
L. A. Graf, Invasion – 3: Der Feind der Zeit · 06/5519
Michael Jan Friedman, Saratoga · 06/5721
Diane Carey, Neuer Ärger mit den Tribbles · 06/5723
L. A. Graf, Tag der Ehre – 2: Der Himmel von Armageddon · 06/5725
Diane Carey, Der Dominion-Krieg – 2: Verlorener Friede · 06/5727
Diane Carey, Der Dominion-Krieg – 4: Beendet den Krieg! · 06/5728

STAR TREK: STARFLEET KADETTEN
John Vornholt, Generationen · 06/6501
Peter David, Worfs erstes Abenteuer · 06/6502
Peter David, Mission auf Dantar · 06/6503
Peter David, Überleben · 06/6504
Brad Strickland, Das Sternengespenst · 06/6505
Brad Strickland, In den Wüsten von Bajor · 06/6506
John Peel, Freiheitskämpfer · 06/6507
Mel Gilden & Ted Pedersen, Das Schoßtierchen · 06/6508
John Vornholt, Erobert die Flagge! · 06/6509
V. E. Mitchell, Die Atlantis Station · 06/6510
Michael Jan Friedman, Die verschwundene Besatzung · 06/6511
Michael Jan Friedman, Das Echsenvolk · 06/6512
Diane G. Gallagher, Arcade · 06/6513
John Peel, Ein Trip durch das Wurmloch · 06/6514
Brad & Barbara Strickland, Kadett Jean-Luc Picard · 06/6515

STAR TREK™

Brad & Barbara Strickland, Picards erstes Kommando · 06/6516
Ted Pedersen, Zigeunerwelt · 06/6517
Patricia Barnes-Svarney, Loyalitäten · 06/6518
Diana G. Gallagher, Tag der Ehre – 5: Ehrensache · 06/6530

STAR TREK: VOYAGER
L. A. Graf, Der Beschützer · 06/5401
Dean Wesley Smith/Kristine Kathryn Rusch, Die Flucht · 06/5402
Nathan Archer, Ragnarök · 06/5403
Susan Wright, Verletzungen · 06/5404
John Betancourt, Der Arbuk-Zwischenfall · 06/5405
Christie Golden, Die ermordete Sonne · 06/5406
Mark A. Garland/Charles G. McGraw, Geisterhafte Visionen · 06/5407
S. N. Lewitt, Cybersong · 06/5408
Dafydd ab Hugh, Invasion – 4: Die Raserei des Endes · 06/5409
Karen Haber, Segnet die Tiere · 06/5410
Jeri Taylor, Mosaik · 06/5811
Melissa Scott, Der Garten · 06/5812
David Niall Wilson, Puppen · 06/5813
Greg Cox, Das schwarze Ufer · 06/5814
Michael Jan Friedman, Tag der Ehre – 3: Ihre klingonische Seele · 06/5815
Christie Golden, Gestrandet · 06/5816
Dean Wesley Smith/Kristine Kathryn Rusch/Nina Kiriki Hoffman, Echos · 06/5817
Christie Golden, Seven of Nine · 06/5818

STAR TREK: DIE NEUE GRENZE
Peter David, Captain Calhoun · 06/6551
Peter David, U.S.S. Excalibur · 06/6552
Peter David, Märtyrer · 06/6553

STAR TREK: DIE BADLANDS
Susan Wright, Die Badlands 1 · 06/6475
Susan Wright, Die Badlands 2 · 06/6476

DAS STAR TREK-UNIVERSUM, 2 Bde.,
von *Ralph Sander* · 06/5150
DAS STAR TREK-UNIVERSUM, 1. Ergänzungsband
von *Ralph Sander* · 06/5151
DAS STAR TREK-UNIVERSUM, 2. Ergänzungsband
von *Ralph Sander* · 06/5270

STAR TREK™

Ralph Sander, Star Trek Timer 1996 · 06/1996
Ralph Sander, Star Trek Timer 1997 · 06/1997
Ralph Sander, Star Trek Timer 1998 · 06/1998
Ralph Sander, Star Trek Timer 1999 · 06/1999

William Shatner/Chris Kreski, Star Trek Erinnerungen · 06/5188
William Shatner/Chris Kreski, Star Trek Erinnerungen: Die Filme · 06/5450

Phil Farrand, Cap'n Beckmessers Führer durch
STAR TREK – DIE CLASSIC SERIE · 06/5451
Phil Farrand, Cap'n Beckmessers Führer durch
STAR TREK – DIE NÄCHSTE GENERATION · 06/5199
Phil Farrand, Cap'n Beckmessers Führer durch
STAR TREK – DIE NÄCHSTE GENERATION – Teil 2 · 06/6457
Phil Farrand, Cap'n Beckmessers Führer durch
STAR TREK – DEEP SPACE NINE · 06/6458

David Alexander, Gene Roddenberry – Die autorisierte Biographie · 06/5544
Judith & Garfield Reeves-Stevens, Star Trek Design · 06/5545
Nichelle Nichols, Nicht nur Uhura · 06/5547
Leonard Nimoy, Ich bin Spock · 06/5548
Lawrence M. Krauss, Die Physik von Star Trek · 06/5549
Judith & Garfield Reeves-Stevens, Star Trek – Deep Space Nine: Die Realisierung einer Idee · 06/5550
Herbert F. Solow & Yvonne Fern Solow, Star Trek: Das Skizzenbuch – Die Classic-Serie · 06/6469
Judith & Garfield Reeves-Stevens, Star Trek – Phase II: Die verlorene Generation · 06/6470
Herbert F. Solow/Robert H. Justman, Star Trek – Die wahre Geschichte · 06/6499
J. M. Dillard, Star Trek: Wo bisher noch niemand gewesen ist · 06/6500

Diese Liste ist eine Bibliographie erschienener Titel,
KEIN VERZEICHNIS LIEFERBARER BÜCHER!